つかもり　みさ
塚森 美沙
北条 晶
シアン

白銀の美しい毛並みを誇る、巨大なワイルドウルフ。
特殊個体だろうが、それにしても大きすぎる。
真紅の瞳を獰猛に光らせながら、
配下を十四匹ほど従えたウルフは空に向かい高らかに吼えた。

ツカモリダンジョン 五階層

甲斐御幸（かい みゆき）
甲斐陸人（かい りくと）
甲斐七海（かい ななみ）
甲斐大空（かい そら）

ダンジョン付き古民家シェアハウス
2
猫野 美羽
illust. しの

CONTENTS

第一章 ◆ 夏の初め

庭の青梅(あおうめ)が頃合いだったので、皆で収穫したのは夏の初めのこと。

梅の木は我が家の敷地(しきち)内に二本植えてあり、その恩恵は毎年の楽しみのひとつだった。

「大人になった今は梅酒がいちばんの楽しみだけど、梅シロップはもちろん、ジャムや甘露煮(かんろに)も美味(おい)しいんだよね。珍しいところでは、梅の浅漬けとか」

せっせと梅の実を収穫した後でポーションを混ぜた魔法の水で地面を湿らせると、実は元の状態で復活する。それを何度か繰り返したので、今年は大量の梅が手に入った。

せっかくなので色々と作ってみることにしたのだ。

「美味しいけど、下拵(したごしら)えが地味に面倒なのがなー……」

「アク抜きね？　綺麗(きれい)に水洗いして、たっぷりの水に数時間浸しておくのよね」

「さすがカナさん、詳しいですね」

晶(アキラ)に浄化(クリーン)を掛けてもらえば早いのだが、せっかくなので皆で洗うことにした。

「黄色く完熟した梅はアク抜きが不要だけど、うちでは青梅を使うのでアク抜きは必須です」

水魔法が使えるので、綺麗なお水には困らない。大きなタライに青梅を入れて、水魔法でくるくる洗濯機のように回していく。面白いくらいに汚れやゴミが落ちていった。

やり過ぎると実に傷が付いてしまうので、そこは慎重に、優しく洗っていく。

「洗い終わったら、ザルや新聞紙に並べて乾かすよ。キッチンペーパーで拭くのも良し」

大量の梅が山積みされているが、人手は四人分。しかも勤勉で器用なスライムたちもいるので、余裕で作業は捗った。

乾燥した梅の実は一粒ずつ傷がないか確認しながら、竹串でヘタを取り除いていく。地味な作業だが、意外とこれが楽しかったりする。このヘタが残っていると、せっかくの加工品に苦味やエグみが残るので、面倒でもこの作業は手抜きができない。

居間に新聞紙を広げて、おしゃべりを楽しみながら皆で梅のヘタを取っていく。

「水分が残っていたら、カビが生えます。なるべく乾燥させてね」

「こっちの梅は乾いていますよ、ミサさん」

念入りに確認してくれた晶が笑顔で梅を差し出してくる。艶々で傷一つない、綺麗な実だ。

「うん、良い梅だね。これを使おうか。アキラさんは何を作りたい？」

「梅酒と梅ジャムがいいです！」

「じゃあ、まずは梅酒を漬けてみる？」

「やった！　梅酒作り、すごく楽しみにしていたんですよ」

ほわほわと微笑む晶にほっこりするが、ここで残念なお知らせです。

「でも、飲めるのは最短で半年後かな。美味しく味わうためには、できれば一年は寝かせておけって、おじいちゃんが言っていた」

「ええっ？　そんなに先の話なんですか……」

「アキラちゃん、知らなかったの？　しょうがない子ねぇ」

「作ったことがなかったら、知らないと思いますよ。若い梅酒もサッパリとしていて飲みやすいようなので、たくさん漬けておきましょうか」

これだけ梅があれば、大量に梅酒を漬け込める。梅の数が足りなくなれば、またポーションと水魔法で再収穫を試みれば良い。やる気と体力があれば、無限収穫も可能なのだから。

「果実酒を作るためのガラス瓶、大量に蔵で見つけたから作り放題だよ」

物置小屋と化していた蔵は美沙（ミサ）の【アイテムボックス】スキルのおかげで、今はすっきりと片付いている。収納リストもすぐに確認ができるので、とても便利だ。

取り出したガラス瓶を土間に並べていくと、甲斐（カイ）が数え上げてくれた。

「十三個もあるな。ミサのばーちゃん、こんなに梅酒、作っていたのか？」

「毎年梅を漬けていって、飲むペースが追いつかなかったらしいわ。どんどん増えていったみたいで……」

ガラスの大瓶に四つ、毎年漬けていたことを覚えている。

年寄り二人、それほど酒好きでもなかったので、ちびちびと飲むくらいでは消費しきれなかったようだ。蔵の中には年代物の梅酒が大量に眠っていた。

「おかげで十年物の梅酒を発掘できたわよー。もう私が飲んじゃったけど」

「えー、年代物の梅酒、もうないのか？」

恨めしそうに甲斐に尋ねられて、美沙はてへっと笑った。

「成人したお祝いに貰(もら)って、ちょっとずつ飲んでいたんだけどね。二年間で飲み切りました！」

軽めに食前酒、食後はデザートワイン気分で飲んでいると、あっという間に消費した。

甘くて飲みやすい梅酒は友人にも好評で、我が家で開く女子会では必需品だった。

祖母が亡くなってからは、ずっと作れていなかった梅酒。

この家に帰ったからには復活させたかったので、ひとつひとつの作業が楽しくて仕方ない。

「じゃあ、乾いた青梅から漬けていきましょう。ホワイトリカーはたっぷりあるのよね」

バー『宵月(よいづき)』から退職金代わりに頂いてきたホワイトリカーの大瓶を、奏多(カナタ)が誇らしげに掲げている。購入するとなると地味にお金が掛かるので、ありがたい。

「俺も頼まれていたやつ買ってきたぞ。大量の氷砂糖」

大袋入りの氷砂糖を二十袋ほど、近くのスーパーに買いに行ってもらったのだ。かなりの重さになるので、甲斐にお願いした。【身体強化】スキル、やはり田舎生活には必須だと思う。

「助かるわ。ありがとう、カイ。じゃあ、さっそく梅酒を漬けていこう」

保存用のガラス瓶は晶にお願いして、念入りに浄化(クリーン)をしてもらった。熱湯での消毒作業は地味に面倒なので、これだけでもかなりの時短になる。

「この瓶に青梅と氷砂糖を交互に、三段くらいになるように重ねていってね。あとは、ホワイトリカーを注ぎ入れると仕込みは終わり！」

「え、それだけ？　簡単すぎねぇ？」

「簡単だけど美味しくなるのが梅酒なの。後は好みで氷砂糖の量を調整するくらいかな？」

祖父は甘党だったので、氷砂糖の量を多めにして梅を漬けていた。とろりと濃厚になるので、祖母も美沙も好きな味だった。

「甘党向けだと、青梅一キロに対して氷砂糖も一キロ。スッキリな味わいが好みな人は氷砂糖の量は六百グラムくらいかな」

「俺はスッキリな方がいい！」

「私は濃厚派かなー。甘くても炭酸で割ると、飲みやすいよ？」

「私もどちらかと言えば甘い味の梅酒がいいです」

甲斐はスッキリ派、女子組は甘口濃厚派と意見が割れてしまった。

「せっかくだから、両方作って飲み比べしたら良いんじゃない？」

奏多の一声で、二種類作ることになった。とりあえず、本日は全部で六瓶を仕込んでおくことにした。ふせんに今日の日付を書いて、分かりやすいように蓋に貼っておく。

「後は冷暗所に保管するだけ。うちは台所の保存庫にしまっていたんだけど」

手作りの味噌(みそ)や果実酒を寝かせていた保存庫は、今は空っぽだ。がらんとした空洞が寂しかったが、今日からは賑(にぎ)やかになる。

「なぁ、ミサ。まだ梅が残っているけど、これはどうするんだ」

「そうね。せっかくだし、梅シロップを作ってみない？」

「ミサさん、梅シロップって、お湯で割って飲むんですか？」

「私は炭酸で割って飲むのが好きかな。夏に飲むと爽やかで美味しいんだよね」

子供の頃は麦茶とカルピス、梅シロップジュースが夏の定番飲み物だった。

カルピスは祖母が作ると、少し薄めの味で、それもまた懐かしい。

「美味しそうです。すぐに飲めますか？」

「まぁ、梅酒よりは早いかな？　まだ氷砂糖が溶けきっていないだろうから、甘さは少ないけど、一週間くらいで飲めると思う」

「作りましょう」

意外と乗り気な晶に背を押されたが、梅シロップはすぐには作れない。水分を取った梅一キロ分をファスナー付き保存袋に詰めて冷凍庫に入れる。今できるのは、これだけなのだ。

「えっ？　これだけ？」

「一晩凍らせた梅を、さっきみたいに氷砂糖で層を作って寝かせるの。だから、続きは明日！」

「この、やり場のない熱意をどう……」

「梅ジャム！　うん、梅ジャムを作ろうか。これならすぐに食べられるし？」

「梅ジャム？」

「うん、梅ジャム！　酸味があるから、バニラアイスやヨーグルトに添えて食べても美味しいし、パンケーキにも意外と合うんだよ」

「……美味しそうです」

「よし、作ろう！」

落ち込んでいた妹が笑顔で復活する様子を、少し呆れた様子で奏多が眺めている。

「じゃあ、私は青梅の浅漬けを作ってみるわね。ミサちゃんのおばあさまのレシピ、教えてくれる？」

「はい、ぜひ！」

少し黄ばんだメモ紙をそのまま奏多に手渡した。祖母の几帳面な字でしたためられた青梅のレシピだ。浅漬けとあるが、こちらも今すぐには食べられない。一週間は漬け込む必要があるが、調理法自体は簡単なので、すぐに仕込めるだろう。

「ふふ、ありがと。じゃあ、二手に分かれて作業ね」

「俺は台所では役立たずだから、ニワトリの世話と薪割りに行ってくる」

手持ち無沙汰な甲斐が庭に出て行こうとしたので、ついでに昼食用の野菜の収穫を頼んでおく。今日の昼食は頂き物の素麺と夏野菜の天ぷらにする予定。

ことことと煮て軟らかくした青梅の実をザルで裏ごしにして、砂糖と一緒に煮詰めていくだけなので、ジャム作りも簡単だ。梅シロップに漬けた青梅は一ヶ月ほどで瓶から取り除くので、その実をジャムに再利用して食べるのも、また楽しみだったりする。

「梅酒作り、楽しいでしょ？」

「とても！　……そういえば、ミサさん。前に、いちご酒も作れるって言っていましたよね？」

嬉しそうに頷いた晶が、そっと上目遣いで問いかけてきた。これは断れない。

「言ったね。今なら材料もあるし、作っちゃう？」

すっかり果実酒作りにハマった面々は、それから、いちご酒にラズベリー酒、ビワ酒、レモン酒などを黙々と漬けていくことになる。半月で保管庫はいっぱいになる量だ。

一年後が、とても待ち遠しくなった。

古民家シェアハウスで過ごす、初めての夏が訪れようとしていた。

都内から四人で越してきたのは、ちょうど春真っ盛りの頃。この古民家を拠点にずっと忙しく働いていたので、この夏は少しのんびり過ごそうと、皆で相談していた。

ポーション水で育てている野菜やダンジョン素材を使った雑貨類の販売が好調なため、副業の心配なく田舎暮らしを満喫するくらいの稼ぎはある。

夕食後、のんびりと皆でお茶を啜(すす)りながら、ふと美沙は首を傾(かし)げた。

「カイは牧場仕事が週に五日でしょ？　過酷な力仕事だし、のんびりはできないんじゃない？」

「それが最近、仕事に慣れたからか、ノルマ分の作業を早く片付けられるようになってな。午後二時には帰っていいって。空いた時間は他のバイトに費やすのもいいけど、週休二日は確保する！」

午前五時から二度の休憩を挟みながら、八時間の肉体労働を平然とこなす甲斐は体力お化けだと思う。今は【身体強化】スキルのおかげで、腕力や体力を使う牧場仕事を軽々とこなしているが、そういえばダンジョンでスキルを得る前から、週に七日ぶっ続けで働いていた男だった。

牧場では「三人分は働いてくれるから」とオーナーに大層可愛(かわい)がられているらしい。ボーナス込みで二人分近い給料を貰っているのには、ちゃんと理由があるのだ。

以前、牧場での仕事内容を聞いたことがあるが、とても大変そうだった。早朝五時に出勤し、牛舎の清掃と搾乳。搾乳もただ搾るだけでなく、牛の乳首の消毒作業や前搾りなど細かい作業も多い。

搾乳が終われば、餌やりと片付け、子牛の世話、その後で再び清掃。牛のブラッシングやマッサージ、運動させるために散歩にも付き合うらしい。

牧草地の管理に、餌にする畑の世話もしなければならないので、意外と仕事は多いのだという。

それを嫌な顔ひとつ見せず、楽しそうに仕事をこなす若者をオーナーは手放したくないのだろう。

できるだけの高給と乳製品のお土産付きで可愛がってくれているようで、激務でも人間関係や職場環境はとても良いらしい。

「弁当持参だけど、新鮮なミルクは飲み放題だし、余った乳製品はくれるし、たまに新作スイーツも食わしてくれるし、最高の職場だぜー？」

「そうだね。カイが楽しそうで、何よりだよ」

ダンジョンでのレベルアップに伴って、体力や腕力が底上げしたおかげもあるのだろう。多少の疲れは大量に在庫のあるポーションでどうとでもなるので、気にせず働いている甲斐だった。

「夏休みも二週間貰えたぞ」

「二週間って、長くない？　牧場、大丈夫なのかな」

「オーナーんとこの息子さんたちがバイトを兼ねて帰省するんだと」

「ああ、なるほど」

そういえば、牧場オーナーには大学生の息子が二人いた。

大学の夏季休暇は二ヶ月近くあるので、遊びを半分、残りの日数でバイトをこなす予定らしい。

「ちゃんと有給の休みだから、気兼ねなくダンジョンに潜れるぞ」

「いいわね。久しぶりにダンジョンキャンプする？　あ、でも弟さんたちが遊びに来たいって言ってなかったっけ？」

夏休みに何の予定もない弟たちを、自然豊かなこの家に招いてやりたいと甲斐から相談を受けていたのだ。もちろん、大家として快諾した。

あいにく部屋は余っていないので、三人には居間で雑魚寝(ざこね)をお願いすることになるが。

「ああ、俺の休暇と一部重なるように決めてもらう予定。一週間だけど、いいか？」

「もちろん。カイが仕事に行っている間、面倒を見てあげたら良いのね？」

「いや、牧場に連れて行くつもり。オーナーも体験学習の練習になるからって、快諾してくれた」

「それは良い体験になりそうだね」

たしか、弟くんたちは、下は小学生が二人、上が中学生だったか。ずっと都会暮らしだったなら、田舎で過ごす間は自由研究や日記の題材に困らないことだけは確かだ。

「最後の三日間は山遊びに川遊びで、徹底的に付き合ってやるつもり」

さすがの甲斐も弟たちをダンジョンに誘うことはしないだろう。念のために甲斐家の兄弟が泊まりに来た時にはしっかりと蔵に鍵を掛けておこうと思う。

（うっかりダンジョンに足を踏み入れてケガをしたら大変だもんね）

一階層のスライムは、動きは遅いが、一応はモンスターなのだ。顔を覆って窒息させようとしたり、消化液で溶かそうと襲い掛かってくることもある。

「まぁ、来るのは盆の時期だし。まだ一ヶ月以上は先の話だよ。それまでにやる事はたくさんあるけどな」

にやりと笑う甲斐の表情は、悪戯を思い付いたガキ大将のそれとよく似ていた。

小学生の時、廃墟と化した工場跡に段ボール製の秘密基地を作ろうとした、あの頃の悪ガキと全く同じ表情だった。

「――カイ？　何を企んでいるのかな？」

じろりと睨め付けて問いただすと、首を竦めながら器用に手を合わせてきた。

「頼む、ミサ。こないだ、ご近所さんの依頼でゴミ屋敷の片付けを手伝いに行った時に回収してきたアレ、俺にくれないか？」

「まさか、アレ？　廃車になっていた、古い大型バス」

「そう、それ。コンテナハウスみたいに造り替えたら面白いかなと思って」

「何それ。面白そう」

「私も参加したいです、それ！」

甲斐と美沙が夏の予定を語っていた、すぐ隣で手慰みに素材を弄っていた晶が、喜色満面で挙手している。

てっきりハンドメイド作業に集中しているかと思っていたが、しっかり聞いていたらしい。

「私の【錬金】スキルが役に立つと思います。すごく楽しそう……」

「アキラさんが手伝ってくれるのは心強い。だいぶ汚れていたから、綺麗にしたかったし」

「車としては一切使わずに、居住性を重視してＤＩＹをするんですね？」

「そうそう！　ちょっとした寛ぎ空間と寝台があれば、良い秘密基地にならねぇ？　弟たちが泊まりに来た時も、そこを使わせたら気を遣わなくても済むだろうし」

「そんなこと気にしていたの？　女子部屋は離れだし、気にしなくても良いのに」

黙々と動画の編集作業に集中していた奏多がくすりと笑った。

「そんな風に誤魔化さずに、自分の秘密基地が欲しかったって素直に白状したら良いのに。弟さんたちをダシにするのはダメよぉ？」

「…………カイ？」

「おう、悪かった。俺が欲しかったんだ。ダメか？　できるだけ廃材を使って、予算も掛けないつもりだ。それに、完成したらダンジョンでも使えそうだろ？」

「……それは、たしかに？」

たしかに、あの廃バスには小さいながらもトイレが付いていた。廃バスが宿泊できるコンテナハウスに生まれ変わるなら、ダンジョンの休憩所としても大いに役立ってくれそうだ。

何より、晶が熱意たっぷりの眼差しで、指を組んで見詰めてくるので。これも断れそうにない。

「分かった。弟くんたちが泊まりに来るまでに、どうにか使えるように改造できるなら——」

「もちろん！」

「頑張ります！」

キャッキャと盛り上がる甲斐と晶。うん、微笑ましい。奏多も仕方ないわねぇ、と言いつつ楽しそうに笑っている。意外とキャンプやサバイバル生活が好きなのかな、と思いきや。

「ＤＩＹ動画って、結構人気のあるコンテンツなのよねぇ」

「違った。儲け目的だった」

冗談かはともかく。コンテナハウス作りは、美沙としても楽しみだった。

回収した廃バスは解体して晶の錬金素材になる予定だったが、タイニーハウスに生まれ変わるのは、悪くない未来だろう。

のんびり過ごす予定の夏休みに、思いも寄らず別の予定が入ってしまったが、それはそれで夏を満喫できそうだ。

「とりあえず、流し素麺を楽しむための、竹を取りに行かないとね！」

のんびり楽しく夏を満喫して過ごすためには、それなりの準備が必要だ。
モノ作りをこよなく愛する甲斐と晶はさっそく廃バス弄りを楽しんでいるし、奏多は動画の撮影や夏野菜を使ったレシピの研究などに余念がない。

「ミサは何をする予定なんだ？」

「せっかくだから、夏野菜を増やそうかと」

「あ、じゃあノアさんを連れて行きますか？」

「そうだね。ノアさん、お手伝いをお願いしてもいい？　バイト代はボア肉ジャーキーで」

納屋の革製ソファで涼んでいた三毛猫が「仕方ないわね」という表情でのんびりと起き上がり、伸びをする。

ボア肉ジャーキーは奏多お手製の猫用おやつだ。塩分を使っていないので、高カロリーだけどヘルシーな逸品です。水分を抜くために、水魔法を駆使してお手伝いしたのは良い経験になった。

七月の初めともなれば、既に陽射(ひざ)しはかなり強い。

熱中症と日焼けが怖いので麦わら帽子と首に巻くタオルは忘れずに、いざ畑へ。

「夏野菜はネット通販でも人気だし、もうちょっと増やしたかったんだよね。バーベキューセットとして販売しても、かなり売れそうな気がする」

とうもろこし、ナスにキュウリ、トマトはテッパンだ。レタスとズッキーニとピーマン、かぼちゃも我が農園の主力商品。その他にもミニトマトやおくら、大葉などは自家消費用に作っている。

スイカとメロンも夏の収穫を目安に育てている。今年は雨が少なかったので、味にはかなり期待が持てそうだ。

「美味しく育ったら、売っても良いかな。ご近所さんへのお裾分けにしても喜ばれそう」

最近はスイカの値段も上がっているので、贈り物にすると、喜ばれることが多い。

もっとも大きな冷蔵庫や井戸が無いと、持て余されるのもスイカのお約束だが。

「さて。ここに新しい畑を作ろうかな。ノアさん、お願いしても良い？」

「ニャッ」

相変わらず、良い返事だ。

拾った木の枝で空き地となっていた庭の一角に線を引いていく。

心得たもので、ノアは引かれた線を一瞥（いちべつ）すると、その手前の地面にそっと前脚を置いた。マシュマロに似たふわふわのおみあしが、とても愛らしい。

ノアの後をついて来たスライムのシアンがゆったりと揺れながら地面を観察している。

土魔法で細かく耕し、綺麗な畝（うね）まで作ってくれたノアには約束通りにボア肉ジャーキーを捧（ささ）げた。

「もうちょっと湿らせておこうかな」

土が渇いていたので、水魔法でしっとりとさせ、【アイテムボックス】から大豆を取り出した。

「時期的には四月から五月の間に種まきをするお野菜だけど……」

だが、ここにはポーションがあるのだ。土作りや肥料も気にせず、せっせと大豆を埋めていく。

「一ヶ所に三粒ずつ。深さは二センチくらいね」

土をかぶせて、ポーション入りの水を魔法でたっぷりと与えてやる。

地味に大変な作業だが、隣で観察していたスライムのシアンが分裂体を呼び出してくれたので、種まきは予定より早く作業を終えることができた。

「よし！　ありがとね、シアンたち。お礼のジャーキーをどうぞ」

何となく、分裂体の子たちにもあげてみたが、喜んで食べてくれた。

表情はないが、左右に揺れたり跳ねたりと、意外と感情表現が豊かなスライムたちだ。

「種まきの直後が、特に危ないっておじいちゃんが言ってたっけ。ねぇ、シアンたち。畑に植えた大豆を狙ってハトやカラスが来るかもしれないんだよね。しばらく見張ってもらっても良い？」

どこで見ているのか不明だが、種をまいたら途端に奴らは飛んでくるのだ。器用に種をほじくられたり、せっかく出た若芽を美味しく食べられてしまうのは悔しい。

シアンが大きく上下に揺れて、雇用契約が結ばれた。バイト代は収穫物の一部で良いらしい。

「お、シアンも好きなのかな。美味しいよね、枝豆」

夏と言えば、枝豆だ。冷えたビールの最強のお供だと、独断と偏見で思っている。

祖父は畑の端で少しだけ大豆を作っていたが、どうせならたくさん作って存分に味わいたい。

「早く食べたいから、いつもより多めのポーションをあげちゃおう」

いつもの倍量をたっぷりの水魔法で大盤振る舞いしたところ、大豆がむくりと芽を出した。

ポーションと魔法で作った水の威力は相変わらずだ。これなら一週間後には枝豆を堪能(たんのう)できるかもしれない。

「じゃあ、畑の番をお願いね？」

小さな分裂体スライムがぴょこりと跳ねて返事をする。ここに残ってくれるのは三体。さっそく近くの木の枝に潜んで畑を眺めるハトを警戒してくれている。

頼もしい番人に後は任せて、美沙は庭に向かった。

夏野菜の栽培といえば、もうひとつ試してみたいのだ。緑のカーテンとなる、ゴーヤ作りを。

苗を植える前に、皆に確認はしておいた。ゴーヤが苦手な人もそれなりにいるので、あまり大量に作っても持て余すかもしれないと不安に思ったのだ。結果、皆ゴーヤは大好きでした。

甲斐などは、わざわざ沖縄料理の居酒屋まで出向いて食べていたらしく、大歓迎されてしまった。

「見た目も涼しげだし、ゴーヤを育てるのはアリだと思うぞ。チャンプルー美味いし」

「ちょうどウッドデッキのすだれ代わりになって、良いと思います」

甲斐も晶も笑顔で勧めてくれたし、奏多に至っては既にゴーヤレシピを検索している。

「チャンプルー以外にも、佃煮なんてあるのね。ゴーヤ茶も手作りできるなんて知らなかったわ」

「カナさんが楽しそう……。皆がそこまで好きなら多めに作っておきますね。念のために苗も幾つか買っておいたし」

生物は収納できない【アイテムボックス】だが、なぜか植物は収納できる。なので、美沙はホームセンターや農協に行く度に大量に苗や種を仕入れては、密かに収集していた。

「ウッドデッキの手前と蔵の壁に生やそうかな。うん、白壁に緑が映えそう！」

こちらもノアに頼み込んで、ふかふかの土を作ってもらい、ゴーヤの苗を植えた。

ポーション入りの水魔法でぐんぐん育つのはわかっていたので、先に支柱も立てておく。

ついでに畑の水やりと収穫を済ませて、一息ついたところで昼食だ。

「今日は冷麺よ」

テーブルにガラスの大皿を並べながら、奏多が厳かに宣言する。

最近、昼食はさっぱりとした麺類が多い。素麺にうどん、蕎麦と続いて、本日は冷やし中華。キュウリの千切りと錦糸卵、トマトに彩られた冷麺は色鮮やかで目にも楽しい。ハムの代わりにボア肉のチャーシューが添えられており、胡麻だれ風味のタレが絶妙だった。

デザートは晶と二人で仕込んだビワのゼリー。ビワは種だけ取り除き、そのままの形で寒天寄せにしてある。ビワの味が濃くて、とても美味しい。夏にぴったりのデザートだ。

「五階層の攻略は止まっているけど、ダンジョン内でラズベリーやビワみたいに美味しい果物が採れるといいね」

「私、シャインマスカットが良いです」

「俺はマスクメロンがいいな。食ったことないから！」

ここぞとばかりに高級品を推してくる晶と甲斐。

奏多も呆れているのか、優雅に指を左右に振ってにこりと笑みを浮かべた。

「私は断然サクランボを推すわ。佐藤錦がイチオシよ」

「ん、それも高級品。ちなみに私はマンゴーが良いです。お高いブランドの完熟品なら、なお良し」

お中元コーナーで見かけて、そのお値段に度肝を抜かれた果物、マンゴー。一箱三万円だったのを覚えている。一個一万円のマンゴーの味がとても気になったのでチョイスしてみた。味は不明。

「フルーツを採取できたら、またネットショップの人気商品が増えるよね。ダンジョン産なら、味に不安はないし」

取らぬ狸の皮算用だとは分かっているが、ちょっと妄想してしまう。お金儲けは大好きです。

ふと思い付いたように、甲斐が口を開いた。

「そういや、ダンジョンではセーフティエリア以外では放置していた物は吸収されて消えるだろ？

あれ、カナさんの鑑定ではダンジョンが吸収して資源として再利用しているんだったよな？」

「ええ、そうみたいね。倒した魔物のドロップアイテムや魔石も長時間そのまま放置していると、いつの間にか消えているもの」

セルフでリサイクルしているとは、何てエコなダンジョンか。

もし、【アイテムボックス】にゴミ箱機能が付いていなかったら、大量の粗大ゴミはダンジョンに捨てていたかもしれない。

「ならさ、俺たちが食いたい果物とか野菜をダンジョンに吸収させたら、どっかのエリアで生えてきたりして」

甲斐がからりと笑いながら、とんでもない爆弾発言を投げ掛けてきた。

第二章◆五階層探索

五階層はワイルドウルフが闊歩(かっぽ)している。ワイルドウルフは基本、群れで行動していた。たまに、はぐれた個体を見かけることはあるが、大抵が五、六匹からなる群れで動いていることが多い。

五階層には立派な樹木がたくさん目についたので、この層の資源は木材だけなのかと思い込んでいたが、探索してみると、森の中に湧き水とブルーベリーの茂みを見つけることができた。

「ブルーベリー！　ジャムが作れるよ、アキラさん！」

「わぁ……！　たくさん作ってパンケーキに使いたいです。バニラアイスにも載せたい」

「ハイハイ。欲しいなら、俺らが見張っているから、さっさと採取してくれ」

「さすが、カイ！　分かっているわね」

「オオカミが来たら、すぐに迎撃できるようにしていなさいよ？」

「ん、分かった。カナ兄(にい)」

「はーい！」

良い子の返事をして、女子二人でブルーベリーを採取していく。本日、スライムたちには畑のお世話と見張り番をお願いしているので、ダンジョンでの採取は自分たちで頑張らないといけない。

ちなみにノアは軽い運動と散歩を兼ねてダンジョンを利用しているようで、一階層のスライムを猫パンチで殲滅し、二階層のホーンラビットは土魔法で仕留めていた。

ノアにテイムされたスライムのシアンはまるで従者のように彼女の背後に控えて、せっせとドロップアイテムを回収している。

二匹とは後で合流することにして、四人は五階層の探索を優先した。

「目に鮮やかな色だね。粒も大きめだし、艶めいて綺麗」

「立派なブルーベリーですね」

粒が大きめで瑞々しいブルーベリーは宝石のよう。ひとつだけ摘んで口に放り込んでみたが、甘酸っぱくて美味しかった。ジャムに加工するのが、もったいないくらいに瑞々しい。

同じく味見した晶も、生のままでスイーツに使いたいと考えているようだ。

「ブルーベリータルトにして食べてみたいです」

「タルト、良いかも。甘味が強いから、スムージーにも合いそうだよね。ヨーグルトやアイスに添えて食べるのも良さそう」

三階層のラズベリーも美味しかったが、ブルーベリーの方が馴染んでおり、使い勝手も良い。マフィンやチーズケーキなどの焼き菓子にベリーを使うレシピはたくさんあるので、色々と作ってみたいな、と思う。

傷が付かないように慎重に採取していると、ふいに足元の茂みが揺れた。

「ん？　何か、いる？」

「モンスター……なのかな、この子？」

晶が首を傾げている。ブルーベリーの茂みの傍に、丸々と太ったマーモットに似た小動物がいた。

悪意や殺気が皆無なためか、その気配に気付かなかった。

どうやらブルーベリーを主食としているようだ。そのマーモットもどきをワイルドウルフが餌にしているのだろう。ふっくらとした体格の齧歯類系モンスターは、驚くほどに警戒心がない。

あのスライムでさえ、ダンジョンへの侵入者に反応して向かってきたというのに、こちらを一瞥することもなく無心にブルーベリーを食べている。

「このマーモットもどき、どうしよう？　カイ、狩る？」

「んー……。これだけ小さくて邪気のない生き物は倒しづらいな」

「そうね。この子のお肉がドロップしたとして、ミサちゃん食べたいかしら？」

「う、うーん……。ちょっと遠慮したいかもです、それは」

「毛皮も小さいし、質もあまり良さそうじゃないですしね。私も要らないです」

「アキラさんが意外とクール……」

こちらに向かって攻撃してくるなら、気にせずに迎え撃つが、のんびりとブルーベリーを食べているだけの小動物は害しにくい。

四人で視線を交わし、ほぼ同時に頷いた。最年長の奏多が提案してくれる。

「ワイルドウルフたちのご飯みたいだし、私たちは手を出さないようにしましょう」

三人ともその提案を歓迎した。

【アイテムボックス】で持ち込んでいたバスケットはすぐにいっぱいになった。粒が大きくて立派なブルーベリーなので、市販品よりも嵩張るのだ。

大満足の成果にほくほくしながら、見張りの二人にお礼を言う。

「ありがとう。お待たせしました」

「おう。報酬はブルーベリーで何か美味い物を食わせてくれたら良いぜ」

「それは任せて！　色々と試してみたいんだよね」

「今日のおやつ、さっそくパンケーキにして食べてみたいです」

晶の提案に胸が躍る。パンケーキのブルーベリー添え。そんなの絶対、美味しいに決まっている。

「ほら、貴方たち。盛り上がるのは良いけれど、お客さんよ？」

呆れたように奏多に注意されて、慌てて身構えた。

真っ先に気配に気付いていた甲斐が、口笛を吹いてニヤリと笑う。

「お、九匹の大所帯みたいだな」

群れのリーダーの指示なのか、周りを囲むようにワイルドウルフが迫ってきていた。

幸い、ここは湧き水の傍らで少し開けた場所なので、武器を振り回すスペースは充分にある。

奏多は矢を撃ち込んで数を減らし、甲斐は勢い良く群れに突っ込んでいく。

巨大なオオカミを相手に武器で挑むのはまだ怖かったので、美沙は水魔法で迎撃することにした。

晶が光魔法で目潰しをしたワイルドウルフを狙ってウォーターカッターを放つ。

（どうせドロップアイテムに変わるんだもん。原型は気にせずに、ダメージ優先で倒す！）

切れ味の鋭い水魔法で、頸や胴体を真っ二つにしていく。たまにズレて脚だけを切断してしまった時は、無駄に苦しませているようで申し訳なく思う。

なるべく一撃で命を刈り取れるよう、水魔法の制御に集中する。

「これで最後！」

甲斐がラスト一匹の頸を刀で切り落として、戦闘は終了した。

最後まで残っていた、少し大きめな個体が群れのボスだったようだ。地面に倒れた死骸がゆっくりと消えていき、ドロップアイテムが残された。

「……ん？　何だろう、これ。金色のコイン？」

魔石と牙、見事な毛皮のドロップアイテムと共に、その個体は金色の見たことのない意匠のコインを残した。

「ドラゴンの絵柄のコインですね。ざっとネットで検索してみましたが、海外を含めて同じデザインの物はありませんでした」

午後三時前を目処にダンジョンから帰還して、今はのんびりと居間で休憩中。

晶がタブレットで調べてくれたが、同じデザインのコインは見つからなかった。

「やっぱさ、これは異世界のコインなんだよ。ドラゴンがいる国のさ」

盛り上がる甲斐と静観する奏多。晶は不思議そうに首を傾げている。

「今までは倒したモンスターの素材ばかりドロップしていたのに、どうして今回は金貨が落ちたんでしょう？」

晶の疑問も尤もだ。美沙も同意を示すように、大きく頷いてみせる。

「や、素材以外でも一度落ちただろ。ほら、あの解体用のナイフ」

「ブッチャーナイフですね。たしかに」

テーブルを挟んで真剣に額を突き合わせている二人。なかなか良い雰囲気だと思う。

甲斐に下心はないのだろうけれど、キッチンの隣に立つ奏多は複雑そうな表情をしている。

可愛い妹と可愛がっている弟分の二人が仲良くしている姿に、少し戸惑っているようだ。

(今のところ、あの二人の間に色気は皆無だから、口出ししにくいよね)

保護者役の兄としては気になるところだろう。

採取したブルーベリーでジャムを作る美沙の横で、奏多はスフレパンケーキを四人分焼いている。

トッピングはバニラ味のアイスクリーム。採取してきたブルーベリーの蜂蜜がけを添えてみた。

ブルーベリージャムはまだ冷めていないので、今回はお預け。冷蔵庫で一晩置けば、明日の朝食頃には美味しく食べることができるだろう。

(煮込んだばかりの、まだ温かいジャムも美味しいんだけどね)

それは調理人の役得だ。スプーンでひと匙分だけ、ジャムの味見をする。

うん、ほんのり酸味が残る美味しいジャムの完成だ。

「完成したのね。美味しそうだわ」

「カナさんもどうぞ」

新しいスプーンでジャムをすくい、奏多の口元に運んであげてから、気付いた。

（これは、仲良しカップルがする「あーん」では？）

慌ててスプーンを引っ込めようとしたが、奏多は気にした様子もなく、ぱくりと口に含んだ。

「うん、良い出来ね。これはヨーグルトと抜群の相性を誇りそうな味だわ」

「そ、ですよね？　焼き菓子以外にも色々と使えそうだと私も思いますっ！」

「フルーツソースにして、こってりとした肉料理に合わせても面白そうね、ふふっ」

瞳を細めて奏多が笑う様は、血統の良い猫の王様のよう。

パンケーキを焼くために両手が塞がっていたのだと、ちゃんと理解していたが、それでも胸は無責任にときめいてしまっていた。

（カナさん、すこぶる顔が良い！　知っていたけど！）

心臓に悪い、と赤くなった頬をてのひらでぱちぱち叩いている美沙の姿を目にして、奏多がくすりと笑った気がした。

「このブルーベリー、カナさんが作ってくれたパンケーキにすごぉく合う！　美味しい……」

「生クリームはもちろん、カスタードクリームとの相性も良いですね。バニラアイスに添えて食べるのも贅沢で幸せな気分になります」

うっとりと瞳を細めた美沙と晶の二人がパンケーキを幸せそうに噛み締める。

昔懐かしホットケーキの方が好みだと嘯いていたはずの甲斐でさえ、無言で貪り食べていた。

奏多のスフレパンケーキは絶品だ。ふわもち食感の焼き上がりには特に感動した。レシピ通りに頑張って作ってみても、なかなか綺麗に膨らまないのがパンケーキ。もはや尊敬しかない。

ダンジョン産ブルーベリーのほどよい酸味がスフレパンケーキの上品な甘さをより際立てているように、美沙は思う。

「本当に、このブルーベリーは最高ね。スイーツのランクを一気に上げてくれるわ。ジャムも期待ができるわね、ミサちゃん」

「ですね！　明日の朝ごはんで味見するのが楽しみ」

美味しすぎて、一気に食べ尽くしてしまわないか、それだけが心配だ。

採取したブルーベリーの半分は既にジャムに加工してある。

洗ったブルーベリーはテーブルに置いておくと、つい手が伸びてしまうため、【アイテムボックス】に収納した。二十粒ほどは試しに冷凍庫で凍らせている。

冷凍してシャーベット状にしたフルーツの美味しさはまた格別なのだ。旬のいちごやバナナを凍らせて、夏にアイス代わりに食べると最高に美味しかったことを思い出す。

（うちの畑の美味しいいちごちゃんも冷凍しておこうっと）

きっと、晶が気に入ってくれるに違いない。

夏といえば、やはり冷たいデザートが食べたくなるというもので。

「このブルーベリーでアイスクリームを大量に作り置きしたいな。いつでも食べられるように」

「ミサさん。私、手伝います」

「じゃあ、これから作っちゃう？　良さそうなレシピを一緒に検索しよう」

料理は苦手だが、お菓子作りは好きな晶は即戦力だ。

何を作ろうか、とウキウキしながらタブレットを覗き込もうとしたら、甲斐に手招きされた。

「ミサ、五階層で手に入れた木材、庭に出してくれよ。バスの改装に使いたいから」

「ん、分かった。中古バスのＤＩＹは順調そう？」

「おう、順調。今のところ、良い感じだぜ。なぁ、アキラさん」

「順調だと思います。すぐに木材を使えるように加工したいので、私も行きます」

錬金スキルは素材を最適化させることができるため、木材の水分を除くことが可能なのだ。

水魔法でも水分を取り出すことはできるが、素材としてはイマイチな状態になるらしく、もっぱら晶が担当している。

ダンジョン産の素材は魔力を含んでいるからか、錬金スキルで加工がしやすいようだ。

作業場にしている庭の片隅に、三人揃って移動する。

回収した際には錆と汚れで凄まじい状態だった中古バスは、今では現役と言われても納得できるほどに見違えていた。

「すごいね。新品みたい」

「浄化(クリーン)を何度も掛けましたからね。かなり汚れがこびりついていて、大変でしたけど」

「錆も錬金スキルで除去してくれたんだよな。すごかったぜー」

外装には汚れも傷も見当たらない。ピカピカだ。錆の除去も相当苦労したようで、晶はおかげで錬金スキルのレベルが上がったと苦笑している。

中を見せてもらうと、運転席や座席部分は全て撤去されていた。バスの形の大きな箱だ。ここから内装を考えて、ひとつずつ作り上げていくのだという。

「いいなぁ。楽しそう」

「おう、めっちゃ楽しいぞぉ」

バスの中では、奏多が設置した定点カメラが稼働している。

後で見栄え良く編集して動画に上げるのだろう。でき上がりが楽しみだ。

「じゃあ、甲斐が伐採してきた木を庭に出すね。ちょっと離れて」

かなりの大きさの木々を三本ほど【アイテムボックス】から取り出して、慎重に庭に並べていく。

晶がさっそく木材の加工に取り掛かっている。乾燥と切断を手慣れた様子で行う様は圧巻だ。

あっという間に見事な木の板が大量に地面に積み重なった。

「アキラさん、さんきゅ！　助かった。この綺麗な木目の板で床を作るよ」

「フローリングの床にするんだね」

「本当は畳素材にしたかったけど、ダニやノミが怖いからな」

「あー……それは嫌かも」

虫の問題からは、田舎民は目を逸らせない。

掃除をするにしても、フローリングの床の方が断然楽なのだ。特に小学生男児はよく飲み物や水を床に盛大に零す生き物なのだと、甲斐が重々しい口調で断言する。ものすごい説得力だ。

水やお茶ならまだマシ。大抵がジュースを零すので、さらに厄介なのだとも力説されてしまった。

「ちゃんと拭き取っておかないと、あっという間にアリが寄ってくるんだよな」

「そうだね。お菓子のクズも気を付けないとだね。外だし」

アリだけでも厄介だが、ゴキブリが繁殖するのだけは絶対に阻止したい。

甲斐は神妙な面持ちで頷いた。我が家には天性のハンターである『ノアさん』がいるが、彼女は獲物を見せにきてくれるタイプなので、悲劇は未然に防ぎたい。

「……ちゃんと見張っとく」

四人兄弟の長男は大変そうだ。

「中に入っても良い？」

「ああ。道具類が転がっているから、気を付けて」

「ん、分かった。わぁ、結構広いね！」

内装をトイレ以外全て撤去したバスの中は、想像よりもかなり広かった。

どんな家ができるのか今から楽しみだ。

木材はダンジョンから無料で仕入れ放題。せっかくだし、高級な材木を使いたい。

「トイレももう少し広くしたいし、簡易キッチンもあったら便利だよな」

「蔵に放置されていたミニ冷蔵庫があったから、それも取り付けない？　幸い、まだ使えたし」

「お、いいな。秘密基地に家電があると気分も上がりそうだ」

モノ作りが好きな二人がその気になってＤＩＹに熱中し始めたので、スイーツ作りは、美沙が一人で挑戦することにした。キッチンには奏多がいるから、別に寂しくはない。


夕食を仕込む奏多の隣で、美沙は黙々とデザート作りに熱中する。甲斐が牧場から貰ってきた乳製品の在庫が大量にあるため、ヨーグルトのアイスを作ることにした。

生クリームとプレーンヨーグルト、ブルーベリーに蜂蜜。これらの材料をフードプロセッサーで攪拌（かくはん）して凍らせるだけだから、簡単だ。甘過ぎず、夏にぴったりの爽やかな味に仕上がった。

ガラスの器に盛ってミントの葉を飾れば、目にも鮮やかで美味しそう。

ヨーグルトが余ったので、ついでにいちご味でも作ってみる。

残ったブルーベリーはスムージーにした。ヨーグルトと牛乳、蜂蜜、ブルーベリーをたっぷり使う。ここでケチると味が落ちるのだ。ミキサーで滑らかになるまで攪拌し、ブルーベリーの粒を三つとミントで飾り付けると完成。

「あら、これも綺麗ね。良い香りがするわ」

「カナさんも味見をどうぞ。贅沢にたっぷりのブルーベリーを使ったので美味しいはずです」

ブルーベリーのスムージーとヨーグルトアイスは皆にも好評だった。

鹿肉を使ったロースト料理にブルーベリーソースを使ってみた奏多は、まだ改良の余地があると首を捻っていたが、柑橘系のソースよりはベリーの方が鹿肉との相性も良かったように思う。

「マフィンやパウンドケーキ、スコーンにも使ってみたいし、また五階層に採取に行きたいな」

木材の伐採と果物の採取。お肉の確保も兼ねて、翌日もまたダンジョンに潜ることになった。

「昨日、ためしに埋めてみた梅のタネから芽が出ている……」

「あらやだ、ほんと」

「ダンジョンの中の方が、育ちが良いんでしょうか。ミサさん、比較するために庭に埋めた梅のタネはまだ芽が出ていないんですよね？」

「うん。今朝見た限りでは」

ウルフ狩りとブルーベリー採取のために五階層へと降りる前に、甲斐が口にしたダンジョンでの果樹栽培を試してみようと、タネを植えておいたのだ。

場所は三階層の森林ゾーン。セーフティエリアとエリア外の二ヶ所に梅のタネを埋めてみた。確認しやすいように園芸用のプレートを土に挿してポーション入りの水をあげておいたのだが。

「セーフティエリア外の方はプレートもタネも吸収されたみたいね。何も残っていないわ」

「やっぱり異物認定されて消えちゃうんだ」

「でも、セーフティエリアでは育てられそうですよ」

奏多が【鑑定】スキルで確認してくれるので、結果が分かりやすい。

濃い魔力──奏多曰(いわ)くの魔素(まそ)が多い方が、植物の育ちが良くなるそうだ。普通に育てると数年から十年単位の時間が必要な果樹は、ダンジョンのセーフティエリアで栽培する方が効率が良い。

「魔素が多い方が美味しくなるんだよね？　お高く売れそうな果樹の苗を買ってこよう」

もちろん自分たちが食べる分はしっかりと確保しておくつもりだ。

収穫した果実はポーション水をあげると、すぐに実るが、自然とリポップした実の方が美味しいようだとの奏多の見立てがある。ダンジョン内の果実は半日ほどで自然と復活するので、無理な収穫は諦めた。毎日通って、こまめに採取する方が良い。

「お高いフルーツといえば、ブランド品のマンゴーとかメロンかな」

「いちごやサクランボは外せないわね。そう言えば、ミサちゃんの【アイテムボックス】に高級サクランボを収納してもらっていたわよね？」

「あ、はい。佐藤錦ですね。ありますよー」

サクランボは奏多の好物だ。シーズン中にたくさん購入しておいたサクランボを【アイテムボックス】の中で預かっている。収納スキルは保管にはもってこいなのだ。

おかげで好物をシーズン外でも味わえると、皆にも好評だった。

「どうせなら、色々な種類の果樹を植えたいな。柑橘系の木がたくさんあると楽しそうだし」

みかんやオレンジだけでなく、レモンを栽培するのも良いかもしれない。自分たちで消費する以外は販売に回しても良い。無農薬で新鮮な国産レモンはきっと需要があるはず。

（国産というか、ダンジョン産だけど）

レモンは健康にも良い。料理はもちろん、ドリンクやスイーツにも使える。レモン酢を使った酢飯も面白そうだ。想像するだけで、わくわくしてきた。

「南国系のフルーツも食べたいです。パイナップルやココナツ、バナナにパパイヤ！」

「私はブドウが欲しいわね。緑の宝石、マスカットは高く売れるわよ？」

北条兄妹（ホウジョウきょうだい）が楽しそうに告げていく果物の名前を、美沙はひたすらスマホにメモしていく。

マスカットはもちろん、庶民派デラウェアは美沙も好物だ。ブドウは苗を買えばいいのだろうか。

ブドウがたくさん育ったら、ワイン作りにチャレンジするのも良いかもしれない。ダンジョン産のブドウなら、すこぶる美味しいはずなので、期待が持てる。アルコール度数が1％未満なら自家消費用として醸造できると聞いた覚えがあるが、後でしっかり確認しておこう。

「とりあえずの実験は成功ってことで良いよね？　後でホームセンターに買い物に行かなきゃ」

果樹のタネと苗が必要だ。手持ちの果物からタネが採れる場合は、それを利用してみよう。

「バナナは中にタネが入っているから、追熟させれば良いかな？　ブドウもタネありを買ってきて食べちゃおう。ちょっとお高いやつを選びたいな」

「賛成。スーパーに行くなら付き合うわ。いっそ、ショッピングモールの果物ショップはどう？」

「モールの中に青果店がありましたね。行きましょう、カナさん」

近所のスーパーでは高級果実は扱っていないのだ。ショッピングモールなら、ギフト用の品揃え（しなぞろえ）が良いため、目的の物は揃うだろう。

奏多のお誘いに頷いていると、晶がにこりと笑った。

「私は鹿革バッグの注文がたくさん入っているから、留守番をしていますね。カナ兄、ミサさんと二人で行ってきなよ？」

「そうね。じゃ、ミサちゃん。二人でデートしましょう」

「えっ？　あ、はい喜んで！」

居酒屋の店員のような返事をしてしまったが、いきなりデート発言されたら仕方がないと思います！　まぁ、冗談なのだろうけれど、心臓に悪い。

（カイが出勤日で良かった。絶対に揶揄（からか）われていたよね）

午前中の事務仕事諸々（もろもろ）を片付けた後で、北条兄妹と三人でダンジョンの果樹園（予定）を確認しに来ただけなのだ。

ついでに三階層のラズベリーとワイルドディア肉をお土産に、帰還することになった。

二階層でアルミラージ狩りを楽しんでいたノアと合流し、一階層でポーションを集めていたスライムのシアンを拾って帰宅した。


ショッピングモールでタネのある果物を何種類か買ってきた。

柑橘系は夏みかん、甘夏、オレンジにグレープフルーツ、レモンを購入。柚子（ゆず）や酢橘（すだち）は【アイテムボックス】に収納してあったので、こちらも試しに植えてみる予定だ。

晶リクエストの南国系フルーツは、バナナとマンゴー、パイナップル、ココナッツを買ってみた。

奏多が熱望していた高級マスカットはあいにくタネなしばかりだったので、輸入モノを代わりに購入。あとは甲斐の好きなスイカとメロンを買ってきた。どれもいちばん高い品種を選んである。

「ココナッツはもったいないけど、そのまま埋めましょうか。他のフルーツはタネだけ残して、皆で美味しく食べちゃいましょう」

「高級フルーツ、しっかりと堪能しないとね」

ちなみにタネが入っている実かどうかは、奏多が念入りに鑑定しつつ選んでくれた。

タネからの栽培が成功しなくても、苗を手に入れれば良い。

「ダンジョンのおかげで半自給自足生活が送れているけど、ますます食生活が豊かになりそう」

肉や卵に野菜、果物がほぼ無料で手に入るのだ。

米はご近所さんからお裾分けで頂く分と直接米農家から安く譲ってもらっている。乳製品は甲斐が消費期限の近い品を牧場から無料で貰ってきたり、社販で安く手に入れてくれるので困らない。

「ウサギ肉、鹿肉、イノシシ肉は手に入るものね、ダンジョンで。ウサギは鶏肉(とりにく)に近いし、イノシシ肉も豚肉の親戚みたいな味だし。あとは牛肉があれば良いんだけど」

「牛のモンスターがダンジョンにいると嬉しいですね」

牛肉は熱望しているが、牛のモンスターはちょっと怖そうだと思う。

なにせ、ダンジョン内のモンスターはどれも巨体。牛なんて、ただでさえ大きいのだ。それがモンスターともなれば、かなりの大物になるのは間違いない。

「他の肉がこれだけ美味しいもの。きっと牛のモンスター肉も絶品のはずよ。黒毛和牛に近い味だと素晴らしいわよね。早く食べてみたいわー」

奏多は暢気に笑っている。黒毛和牛風モンスター肉。想像すると、喉が鳴りそうだ。

ショッピングモールの抽選で当たったブランド牛の味を思い出して、美沙はうっとりする。

A5ランク黒毛和牛肉のすき焼きは絶品だった。鍋にせず、タレに漬け込んだ薄切り肉を鉄板で焼いて生卵に絡めて食べた。あれは今でもたまに夢に見るほどに素晴らしい、完成された味だった。

「すき焼き、ステーキ、ローストビーフ。牛カツにしても良いわね。生で食べられる部位はあるのかしら？」

「高級牛肉の刺身……ッ！　食べたいです、カナさん」

「ユッケにしても良いわよねー。ちゃんと鑑定すれば生食可能かどうか分かるもの。楽しみね」

「はい、期待しておきます。モンスター牛肉！」

恐怖は食欲に駆逐されるらしい。美沙は笑顔でサムズアップした。

ともあれ、ダンジョン攻略に新たな楽しみができたのは悪いことではないだろう。

実は、フルーツショップに行くついでに、モール内の貴金属買取店に寄ったのだ。

「ダンジョンでドロップした金貨を買い取ってもらえたのは良かったですね」

手にした封筒には二十二万円の臨時収入がある。

五階層で倒した、大きめの個体のワイルドウルフはどうやらフロアボスだったようだ。ドロップしたのは、見たことのないデザインの金貨。奏多の鑑定では純金――純度の高い24金とのこと。

この封筒の中身は、中古バスの改造費用に充てることにしよう。

「この世界の金貨ではないから、純粋にグラムと金の品位での買取りになったのよね。ドロップした黄金のコイン、二十四グラムがその日の金相場換算でこの金額になったよ」

「フロアボスを倒せば、金貨一枚のボーナスドロップになるのか」

「そのフロアボスって毎回出没するのかな。毎日現れるなら、誰かさんが仕事を辞めてダンジョンに張り込みそう」

「誰かって誰だよ。俺なら仕事は辞めずに、休日は泊まり込みで狩るね、ボスを」

「フロアボスは特殊個体で、その階層で強くなったら進化するみたい。出没頻度は不明。運に期待するしかなさそうよ？」

奏多の鑑定結果に、甲斐が肩を落としている。残念そうだ。

「それに、レアドロップが金貨とは限らないよね？　ブッチャーナイフだってレアドロップだったもの」

ブッチャーナイフをドロップしたモンスターも特殊個体だった。武器や金貨をドロップするなんて、本当にゲームの世界のようだと思う。

あいにく現実世界で換金できそうな物は、いまのところ金貨くらいだ。特殊個体自体がかなり珍しい存在なので、レアドロップアイテムを定期収入にするのは難しいと思われる。

新しい階層に挑戦すれば、フロアボスに遭遇しやすいのだろうけれど。

「これから下層に挑戦する際の、ちょっとしたお楽しみね」

くすりと笑う奏多に、皆で頷いた。

「美味しいお肉にフルーツ。あとはアキラさんが錬金に使える素材が手に入れば最高だね」

「六階層、アキラさんの好きなフルーツがあると良いな。あと牛肉！」

「牛肉！　ぜひ！」

「……お楽しみのところ申し訳ないけど、今後また金貨がドロップしても、アキラちゃんに錬金スキルでアクセサリーにしてもらうわよ？」

奏多の提案に、美沙は首を傾げた。不思議そうにしていると、ため息まじりに説明してくれた。

「コインの種類を調べるのに時間が掛かったのよね、店頭で。毎回、どこで手に入れたか説明するのも面倒なのよ。それに換金額が大きくなると、確定申告も必要になるわ」

「それは大変そうですね……」

税務調査が入ると厄介だ。ダンジョンで手に入れたコインです、なんて説明はできない。

「アクセサリーにして、ネット販売をするんですね」

こちらも確定申告が必要になるが、コインの転売よりは説明がしやすくなる。

「ダンジョン産の金貨なら、錬金スキルも使いやすいから楽しみです！　24金のままだとアクセサリー加工がしにくいので合金にする必要がありますけど」

まずは再び、金貨を手に入れなければならないが、新しい素材を弄れると知り、晶は嬉しそうだ。

さっそくスケッチブックを取り出して、デザインを考案している。

「肉ドロップも嬉しいけど、金貨や魔道具（マジックアイテム）が手に入るのはありがたいよね」

マジックバッグは特にダンジョンで重宝している。

個別に行動する際、美沙がいないグループには荷物持ちが必要だ。シアンにも体内に一時的に収納ができるスキルがあるが、大量に収納することは難しい。マジックバッグがあれば、シアンに無理をさせることなく、心置きなく肉を狩れると皆には好評だった。

ちなみにブッチャーナイフは甲斐が愛用している。肉確定ドロップが可能になるため、積極的に使っていた。たまに奏多が魚を解体する手間を省くために借りて使っているようだ。

「食材は自分たちやご近所さんで消費ができるし、売ることもできるけど。モンスター素材は加工するアキラさんの手間が大変そう」

「錬金スキルがあるので、そこまで負担ではないですよ？　モノ作りは楽しいですし」

実際、晶はとても楽しそうにモンスター素材を弄っている。

モノ作りの楽しさを知っている甲斐も頷いてはいるが、持て余している素材はあった。

「鹿革やラビットファーならまだしも、オオカミの毛皮は困るよな」

そう、五階層のワイルドウルフの毛皮である。

「ラグや毛皮のコートなら作れそうですよ？」

「うーん……」

さすがに、オオカミの毛皮で作られたコートは売れない。

品質は良くても、自分たちでこっそり羽織るくらいしか、使い道はないだろう。

何枚くらい在庫があったかな、と美沙はステータス画面を開く。【アイテムボックス】のリストを確認しようとして、はたと手を止めた。ステータス上のスキル欄が点滅していたのだ。

これはもしかして新しいスキルを覚えたのでは？

点滅する箇所をタップすると、初めて見る単語が目に入った。

「素材売買……？　あ、もしかして【アイテムボックス】のスキルレベルが上がった？」

慌てて、【素材売買】欄をタップしてみる。詳細な説明があるのは、とてもありがたい。

どうやら、収納したダンジョン産の素材を売り払うことができるスキルのようだ。

「なぁに？　どうしたの、ミサちゃん」

「私の【アイテムボックス】スキルがようやくレベルアップしたんですけど……。不要な素材を売り払うことができるみたいです」

「マジか！　じゃあ、売ろうぜ。オオカミの毛皮」

「分かった。試してみるね」

あらためてステータス画面を見る。美沙の【アイテムボックス】はパソコンのフォルダー形式に収納物を整理しているため、確認はしやすい。

ドロップアイテムのフォルダーをタップして、ワイルドウルフの毛皮の数を確認する。

三十八枚。見事に不良在庫だ。フォルダーを長押しすると、『売却しますか？』と文字が表れた。

迷わず『ＹＥＳ』の項目をタップする。

「あ、売れた。ワイルドウルフの毛皮は一枚が二百Ｇだって。全部で七千六百Ｇの儲けね」

「おお、やったな、ミサ！　で、Ｇって何だ？　ゴールドの略？　円じゃないのか？」

「うーん？　詳しい説明はないけど……。あ、購入画面が追加されている？」

タップして、皆で画面を覗き込んだ。

ちなみに各自のステータス画面は通常は本人しか見えないが、皆に見せたいと念じれば、見せることが可能になる。

「ドロップアイテムを売るだけじゃくて、その売上げで別の素材を購入できるみたい」

今のところ購入ができるのは、これまでにドロップしたことのある素材だけのようだ。

ポーションを試しに一本だけ売却してみたが、一Gだった。残念。ポーションは自分たちで使う方がお得だろう。

「これまでドロップしたことがある素材が買えるなら、ラビットフットも買えるんですか？」

「あ！　そっか、レアドロップアイテムも買えるんだ……。ちょっと待ってね」

ざっとリストを確認して、ラビットフットをタップすると、売り値はなんと――

「ラビットフット、一本が十万Gだね」

「マジか。オオカミの毛皮五百枚分かよ」

「ちなみに金貨は二十万Gで購入ができます」

「オオカミ千匹分か……」

「数字だけで見ると途方に暮れそうになるけど、コツコツ倒していけば意外と貯まるものよ？　五階層のモンスター素材だから、金額も安いんじゃないかしら」

「そうだね、カナ兄の言う通りかも。もっと下の階層のモンスターだと、きっと高値がつきますよ、カイさん」

「そっか。そうだよな！　さっさとレベルを上げて強くなって、先に進めばいいんだよな」

単純な甲斐は落ち込みも激しいが、立ち直りも早い。

無言で素材の価格をひとつずつ確認していると、奏多もそれに気付いた。

「あら？　意外と魔石の買取額は悪くないのね」

「そうなんですよ。スライムの魔石は十Gですけど、アルミラージの魔石は五十G。ワイルドディアは百G、ワイルドボアが百五十G」

「ワイルドウルフの魔石は？」

「何と毛皮よりも高額の三百Gでした」

「あら、じゃあ魔石と毛皮でウルフ一匹が五百Gになるのね。良かったじゃない、カイくん。二百匹倒せばラビットフットが手に入るわよぉ？」

「マジか！　それなら頑張れそうだ。一日二十四倒していけば、十日で貯まるな？」

脳筋過ぎるが、何となく甲斐なら達成しそうではある。

これまでに大量に集まった魔石と不要な素材——ワイルドディアのツノやワイルドボアの毛皮、牙などを売り払えば、かなりのGが貯まりそうだった。

「魔石は全部、売っても良いんだよね？」

「今のところ要らないから、いいと思います。必要になったら、すぐに手に入りますし」

「じゃあ、売却っと！」

チリも積もれば何とやらで、売却したGでラビットフットが二本手に入った。

合成して『幸運値』をMAXにするためには、あと十本以上のラビットフットが必要だ。

「じゃあ、コツコツ狩って稼ぎましょうか」

「おう！　俺はしばらく五階層にこもる」

「私は肉と果物の採取を頑張ろうかな。ついでにダンジョン果樹園の様子見もしたいし」

「いつも通りに私は素材を加工しますね。鹿革バッグの注文がたくさん入っているので」

目標が決まると、動きやすい。

とは言え、我が古民家シェアハウスの一番のモットーは「命大事に」と「楽しく過ごす」なので。

そこは忘れないように、あらためて皆で約束した。

夏野菜は順調に売れている。バーベキューセットと銘打った詰め合わせ販売も人気商品だ。いっそ大量に在庫を抱えるウサギ肉、鹿肉、イノシシ肉をジビエセットとして売り出せたら良いのだが。
「食肉処理業と食肉販売業の許可が必要なんだっけ？　加工した肉の販売も許可がいるんだよね、たしか。まぁ、許可云々（うんぬん）の前にモンスター肉はダメだよね……」
美味しいお肉なのに、もったいない。売ることはできないけれど、譲ることは可能なので、せっせとご近所に配り歩いている。

ご近所の奥さま連中にはあっさりとして軟らかなアルミラージ肉が人気で、鶏肉代わりに使っているそうだ。おじさん連中はディア肉やボア肉で一杯やるのが最高だと笑っていた。

ボア肉は鍋、ディア肉はステーキや煮込みにして食べているらしい。

ジビエ肉はキロ単位でお裾分けしているため、お返しも豪華だ。何せ、ここしばらく、我がシェアハウスではお米を買っていない。もっとも、ご近所さんも我が家からのお裾分けの肉が大量にあるため、全く肉を買わなくなったと豪快に笑っていた。

「たくさん貰っているのもあるけど、ミサちゃんたちがくれるお肉がすごく美味しいからねぇ。もう市販の肉じゃ満足できないわー」

そんな風に笑いながら言われてしまい、こちらも真顔で頷いてしまった。

（たしかに、あのお肉に慣れたら、市販の鶏肉や豚肉は買おうとは思わなくなったなー……）

ウサギ肉は鶏肉と食感が似ている。ボア肉は豚の上位互換肉だと我が家では認識されているため、豚肉も購入していない。ダンジョンのおかげで、我が家はたんぱく質には困っていなかった。

「野菜の販売は順調だし、いちごやベリー類の注文も安定している。ビワも売れているし、果物部門は単価が高くて美味しいよね」

ダンジョンで採取する果物類は時間が経つとリポップするので、毎日こつこつと収穫している。元手はかからず、それなりの金額で売れるので、ダンジョンフルーツは良い稼ぎになった。面倒な箱詰め作業はスライムたちが手伝ってくれるので、人件費も掛からない。

収穫した野菜や果物は【アイテムボックス】に収納しておけば、ずっと新鮮なまま保管が可能なので、不良在庫を抱えることもない。

「今月もたくさん売れたなー。儲けた分のお金で家の修繕をしよう」

本日の事務作業を終えて、美沙は一息ついた。

事務所代わりの居間のテーブルにはノートパソコンや書類、ファイルが散らかっている。玄関からすぐの部屋でこれは見苦しい。【アイテムボックス】に収納して誤魔化した。

「よし、お掃除終了！　収納物は『事務所フォルダ』に仕分けして、ゴミは削除。本当に【アイテムボックス】は便利だわー」

ゴミ捨て機能は特に神がかっているスキルだと思う。

「あ、ノートパソコンとタブレットは出しておかなきゃ」

事務所兼居間のノートパソコンとタブレットはシェアハウスの共有財産として皆で使っている。

「さて、仕事も終わったし、ちょっと畑を見てこようかな」

枝豆とゴーヤの成長具合が気になるし、夕食用の野菜も収穫しておきたい。

ついでに牧場から帰るなり、中古バスで作業をしている甲斐の様子も確認しておこう。

素足にサンダルを突っかけて、のんびりと庭に出向いた。外に出て、まずは玄関横のウッドデッキを眺める。すだれ代わりの緑のカーテンが見事に生い茂っていた。

苗を植えたばかりなのに、もう小さな実があった。まだ黄緑色の可愛らしい指先サイズのゴーヤだ。この様子なら、あと数日で収穫できそうだと思う。

ポーションをゴーヤに与えて、鶏小屋まで歩いていく。ニワトリたちは相変わらず元気そうだ。

狭い鶏小屋にずっといるのは可哀想だと、最近は数時間ほど庭を自由に散歩させている。畑を荒らさないようにと、ノアがしっかり教え込んだおかげで、彼らが啄むのは小さな虫や雑草ばかり。適度に運動もできているようで、最近の卵の味は格別だ。ストレス発散も兼ねて、良い習慣になったように思う。

新しく作った大豆畑も順調で、枝豆ももうすぐ収穫できそうだ。念のため、奏多に鑑定してもらい、食べ頃を教えてもらおう。枝豆とビールの黄金の組み合わせを堪能できる日も近い。

ウキウキしながら、庭の片隅に向かう。中古バスを止めた方角から、二人の声が聞こえたので、納屋に寄り道してから顔を出すことにした。コツコツ、とバスの筐体をノックする。

「カイにアキラさん、二人とも順調？　ちゃんと休憩は取っている？」

「あ、ミサさん。ええと、今から休みます……」

「悪い。集中すると、すぐに時間が経つよな」

「相変わらずなんだから、もう」

職人気質な二人は熱中して寝食を忘れがちになるので、奏多と美沙とで定期的に差し入れ持参で様子を見るようにしている。

木の陰になっているとは言え、七月の車内だ。二人ともすっかり汗だくだ。

「あぁ、もう！　気を付けないと、熱中症になっちゃうでしょ！　二人とも外に出て」

「お、ラッキー」

「ミサさん、お願いします」

バスから降り立った二人に、最近覚えた水魔法を使ってやる。シャワーよりも細かい、ミスト状の水を二人に纏わせるのだ。

「うおー！　冷たくて気持ちぃいー！」

「火照った肌がすぐに冷えて、気持ち良いです」

「んっふふー。最近、水の温度を調整できるようになってきたんだよねー。ミストも冷たい水で作ったから、下手なエアコンより快適でしょ？」

「さいっこう！」

冷たい水を作り出すのは簡単にできたが、温かい水は意外と難しくて、特に熱湯はまだ苦戦中だ。適温でお湯が作れるようになれば、ダンジョンのセーフティエリアでもお風呂に入れるようになるかもしれない。冬場は特に冷えるので、それまでには習得できるように練習している。

「ミサさん、ありがとうございます」

晶が三人まとめて浄化をしてくれたので、汗も水も綺麗に消えた。

「後は水分補給ね。麦茶とお漬物をどうぞ」

「サンキュ。これ、納屋に置いている冷蔵庫のやつ？」

「そ。ちゃんと麦茶を毎日作って入れてあるんだから、こまめに水分補給しなさいよ」

「はーい」

「ごめんなさい。麦茶美味しいです」

「漬物もうめぇな。ナスとキュウリの辛子漬け？」

「うん。我が家のお野菜です。塩分もとらなきゃね」

二人が麦茶を飲んでいる間に、バスの中を覗いてみる。先日は座席を外し、床材も剝がされて箱だけになっていたバスが、すっかり様変わりしていた。木材の良い匂いがする。

「フローリングだ！　木目が素敵ね」

「おう。集中して作業したから、綺麗なもんだろ？　今は二段ベッドを作っているところ」

「木材には困りませんから、かなり予算を削れたんですよ」

ダンジョン産の良質な木材を惜しげなく使ったフローリング。表面もぴかぴかに磨かれており、裸足で歩くと気持ちが良さそうだ。

中央より少し手前の位置にトイレが付いている。二段ベッドは後部座席の位置に、通路を挟んで二台設置するようで大枠はもう完成しているようだった。

観光用の大型バスとして使われていたため、座席は通路を挟んでの四人席。シングルサイズでも座席二つ分はあるので、眠るには充分な広さのベッドだ。

「ベッドも自分たちで作ったんだね」

「設計図があれば、そのくらいはな。たまに親方に聞きながら進めたから」

「充分すごいよ。布団は使っていない客用布団があるし、弟くんたちの夏休みに間に合いそうだね」

トイレとベッドがあれば、秘密基地としては充分だろう。

笑顔で二人を振り返ったが、きっぱりと首を振られてしまった。

「え、あれ？」

「いえ、せっかくなのでキッチンも造りたいです。ダンジョンで使うなら、ちゃんとした調理場もあった方がいいし、冷蔵庫の置き場も用意したいです」

「アキラさん……？」

「だよな、どうせならきちんと造り込みたいよな。網棚部分も改造して収納スペースにしたいし、四人で寛げるリビングも作ろうぜ」

「いいですね、カイさん！　じゃあ、ソファを置きましょう。ベッドにも使える折り畳み式のソファがいいと思います。木枠を作ってくれれば、クッション素材は私が用意しますよ」

「おお、それは助かる。頼んだぞ、アキラさん！」

「はい！」

「わー……」

これは止められそうにない。職人魂に火が着いた二人を残し、美沙はそっとバスから離れた。

「カナさんにも現状を説明して、二時間ごとに見回りをしないと……」

容赦ない陽射しに眉を顰(ひそ)めながら、やれやれとため息を吐(つ)いた。

第三章 ◆ 六階層探索

甲斐（カイ）の休日に合わせて、ダンジョン六階層に挑戦することになった。

近所には小旅行の予定だと伝え、野菜や果樹にはたっぷりとポーション水を与えておく。鶏小屋には自動給餌器と給水器を用意してあるが、生き物なので多少の不安はあった。

お隣さんに様子を見てもらおうかと悩んでいると、シアンの分裂体のスライムたちに畑とニワトリの世話を任せれば良いと奏多（カナタ）に提案された。

「いいのかな……？」

「なーぅ」

首を傾げていると、主（あるじ）であるノアが一声鳴いた。ぽよん、とシアンが揺れて分裂していく。

三体の小型スライムたちが何やら訴えてくるので、ニワトリと畑の世話をお願いしてみた。まかせて、と左右に揺れる様は楽しそうだ。スライムたちを観察すると、テイムされた従魔は仕事を与えられることが何よりの喜びだと感じているように見える。

正確には『ノアさんの従魔』だが、主の飼い主である奏多には絶対服従、家族扱いの晶（アキラ）にも忠実。

ちなみに美沙（ミサ）と甲斐に対しては、同居人くらいに思ってくれているようだ。

一応、お願いをすると聞いてくれているので、少なくとも好意はあるように思えるが、もしかして対価のおやつのおかげかもしれない。

固定電話は留守電に設定し、ガスの元栓も締めた。

「じゃあ、お留守番をお願いするね。人が来たら、ちゃんと隠れるのよ？」

お留守番係の三体のスライムたちを順番に撫でてやりながら、お願いする。

ちゃんと言葉を理解している賢いスライムたちは、ぽよんと揺れた。

夕食と風呂は早めに済ませてある。甲斐が牧場から帰宅するのが、午後三時前後。

甲斐が準備を終えたら、ダンジョンキャンプに向かうことにした。

食料と飲み物を【アイテムボックス】に収納し、準備は万端だ。

今回はテントだけでなく、ＤＩＹ中の大型バスも持ち込む予定でいる。トイレと二段ベッド付きの車内は、落ち着いて休めそうだ。甲斐は少し不満そうにしていたが。

「まだ改造途中なんだがな……」

「でも、実際に使ってみた方が、改善点が見つかるかもですよ？」

「そうだな。アキラさんの言う通り、使い勝手が分かった方が良いか」

すっかりＤＩＹに夢中な二人を横目に、美沙は無心で収納リスト内の荷物を確認していく。

バスは真っ先に【アイテムボックス】に放り込んである。キャンプ道具にキッチン用品、カメラ用の機材などを順番に収納した。

今回もノアとシアンは参戦予定なので、彼女たちのご飯とベッドも用意してある。

「じゃあ、出発するわよ。今回は六階層探索がメインだけど、『命大事に』を忘れずにね？」

「「はーい！」」

引率の奏多に良い子の返事をして、四人と二匹でダンジョンへの扉を潜り抜けた。


二階層までは一息に駆け抜けた。襲ってくる個体だけ仕留めて、ドロップアイテムを拾う。

スライムとアルミラージはやり過ごすことは簡単だが、三階層からは厳しい。

「ワイルドディアの気配がする。向かって右側の方向に二頭、左側に一頭」

甲斐が【身体強化】スキルの派生スキル、【気配察知】を覚えてからは、討伐はかなり楽になった。遠距離攻撃を先行で仕掛けることができるのは、かなりのアドバンテージだ。

奏多が風魔法を纏った矢を放ち、晶も目潰しの光魔法をワイルドディアにぶつける。

大きなツノを振り回しながらパニックに陥っている巨体に、美沙のウォーターカッターで止めを刺す。その間に、甲斐は二頭の大鹿の頸を刀で落としていた。

「鹿肉と魔石、毛皮を落としたぞ」

「こっちはハズレね。ツノと魔石だけだったわ。残念」

「でも買取りしてもらえるようになったし、チリツモですよ、カナさん」

最近覚えた【素材売買】スキル。使い道のなかった魔石やワイルドディアのツノなどのドロップアイテムをダンジョン内通貨で買い取ってもらえるので、とても便利だ。

今のところは『G』を貯めて、アルミラージのレアドロップアイテム、ラビットフットを購入するのが目標。幸運値を爆上げしてくれるラッキーアイテムを上限まで合成するのが狙いだ。

「ラズベリー狩りはお預けね。最短で五階層のセーフティエリアを目指すわよ」

「カナさんの言う通り、まずはセーフティエリアで拠点作りかな」

「おう、野営地は決まっているし、ちゃちゃっと設営しちまおうぜ。三時間くらいは夜のダンジョンで暴れられるだろ」

「五階層のレア個体探しですか、カイさん」

「それもいいな。また金貨がドロップしたら、バスにシャワールームも付けるか」

「こらこら、勝手に決めないの！　だいたいシャワーなら、ミサちゃんがいるでしょ？」

楽しそうに盛り上がるモノ作り担当の二人を奏多が叱ってくれる。はい、シャワー係です。

湯船に浸（つ）かりたいというわけでなく、シャワーだけなら、水魔法で充分だ。

「じゃあ、カナ兄。せめてバスタブを買って欲しい。ゆっくり湯船に浸かりたい……」

可愛い妹の切実なおねだりに、奏多が珍しく怯（ひる）んでいる。

「カナさん、バスタブなら私も欲しいです。衝立（ついたて）を置けば、セーフティエリアでも入れますよね？」

はい、とそっと挙手して美沙も援護射撃を繰り出した。光魔法の浄化（クリーン）で汚れは落ちるが、疲れやストレスは解消しないので。女子二人からのお願いが続いて、奏多も白旗を掲げた。

「分かったわ。カイくんが金貨をドロップしたらね？」

「やった……！」

「カイ、聞いた？　死ぬ気でゲットするのよ」

「マジかよ。俺、責任重大過ぎねぇ？　まぁ、風呂には俺も入りたいけどさー」

「頑張って！」

笑顔でサムズアップ。この三泊四日ダンジョンブートキャンプで、どうにか入手できることを祈りつつ、四階層へ向かった。


ワイルドボアを倒しながら、最短距離で四階層を駆け抜けて、無事に五階層に到着した。

五階層のセーフティエリアは六階層に続く扉の周辺にある。四人と二匹で連携して、ワイルドウルフを倒しながら進み、午後六時過ぎにようやく目的地に辿り着いた。

「到着！　急いで来たから、いつもより疲れたねー」

「うぉい、ミサは転がる前に荷物を出せよ？　ほら、拠点作りはこっちでやっとくから」

「んー」

渋々起き上がって、セーフティエリアの中央に【アイテムボックス】から取り出したドームテントを設置する。組み立てた状態で取り出せるので、テント設営の手間は省けるが、なぜか中身は一緒に取り出せなかった。なので、ドームテント内にラグを敷いたり、ソファやテーブルを並べる作業は、甲斐が引き受けてくれた。

「荷物や家具を置いたままでも【アイテムボックス】に収納はできるのに、取り出す時には別々になるのは不思議よね。バスは中身ごと収納も取り出しも可能だったのに」

どういう理屈かは不明だが、二段ベッドなどの家具を設置したバスはそのまま取り出せたのだ。

箱に入れた食材と同じ扱いなのだろうか。バスはテントと違い、収納箱と見做(みな)されたのかもしれない。

「だとしたら、ダンジョンキャンプをするのは、キャンピングカーが最適になるな。テントやタープを張るのも楽しいけど」

「キャンプ気分でダンジョンアタックするのはカイくらいだと思う」

呆れる美沙の横で、甲斐は手際よく拠点を作っていく。

泊まるのはバスの中だが、休憩は広めのドームテントが良いだろうとリビング用の大きめのテーブルとベンチを二脚軽々と運んでいる。特製キャットタワーも中央に置いてもらった。

ラビットファーのふかふかクッションを気に入っているノアが、さっそくキャットタワーの天辺(てっぺん)で寛いでいる。

「今回はバスのトイレが使えるから安心ですね、ミサさん」

「外にトイレに行くのは地味に怖かったし、トイレ付きのバスは本当にありがたいよね」

バス付属のトイレは少し狭いけれど、手洗い場も付いており、便利だ。芳香剤とトイレットペーパー、ペーパータオルも完備しているので、清潔で快適です。

「本当はキッチンスペースも完成させたかったんですが……」

「いや、充分だよ？　シンクもちゃんと使えるし」

本格的な調理は外でするつもりなので、バス内のキッチンはコンパクトに作ってもらった。

ちなみにシンクはシンプルなステンレス製の物を通販で購入した。意外と安くて驚いた。

「冷蔵庫と小型レンジ、ケトルが設置できる収納棚とキッチンテーブルもまだ作れてないんです」

「カイ兄弟が遊びに来るのは二週間後。それまでに完成できれば良いんだからね？」

「そうでした」

舌を出して照れ笑いする晶が尊かったので、秒で許しました。

バスに装着するタイプのサイドタープを晶と甲斐の三人がかりで設置して、拠点作りは完成だ。

「サイドタープって便利ね」

調理がしやすいように、キッチンテーブルやコンロなどを配置しながら、奏多が感心している。

「設置が楽なのは、ありがたいですよね」

ダンジョン内では今のところ雨が降る様子はないので不要だったかもしれないが、何となく気分が落ち着くので、毎回タープを使っている。

「カナさん、食器や調理器具も出しておきましょうか？」

「あら、ありがと。助かるわ、ミサちゃん。こっちのテーブルの下にお願いできる？　あと飲み物を入れたクーラーボックスも出しておきましょうか」

「はーい。【アイテムボックス】に冷たい飲み物は大量に収納してあるけど、やっぱり自由に飲めた方が便利ですよね」

大型とまでは言わない。せめて小型の冷蔵庫があれば、人数分のドリンクは冷やせておける。

「蔵に眠っていた中古のミニ冷蔵庫を使うつもりでしたけど、どうせなら、もう少し大きめの冷蔵庫がいいですね。できれば、冷凍庫付きで」

「アイスクリームですね！　支持します」

晶が意図を理解して、間髪入れずに同意してくれた。

ダンジョンの中は外よりも涼しくて、過ごしやすい。だが、『外』の気候と連動しているため、夏本番ともなれば、それなりに暑くなりそうだった。氷やアイスは絶対に必要だと思う。

奏多もそれは理解していたようで、思案顔。

「バスで使えるサイズの物があれば導入しても良いんじゃないかしら？　ああ、でも電力の問題があるんだったわね」

「バスの屋根にソーラーパネルを付けるのはどうかな、カナ兄」

「ソーラーパネル！　その発想はなかったかも」

「いいんじゃね？　エアコンも付けたいし、発電機だけじゃちょっと不安だったんだよな」

晶に続いて甲斐も会話に割って入ってくる。

たしかに、アイスや氷だけでは真夏の寝苦しい夜はやり過ごせない。エアコンも必須だ。

甲斐が狙っているのは、業務用のスポットクーラーだ。ポータブルクーラーと迷ったようだが、普通の車よりも広いバス内では業務用のスポットクーラーの方が快適に過ごせると熱弁された。

「涼しい方がこっちもありがたいけど、業務用って高そうなイメージがあるんだよね」

「大丈夫だ。六万円台で見つけておいた。寝室部分だけ冷やせれば良いんだし、充分だと思う」

「発電機はうちに中古の物があるから、それを使おう。ソーラーパネルの代金も地味に掛かりそうだし。……分かっているよね、カイ？」

「おう、金貨狙いな！　稼げそうなレアドロップアイテムも狙っていく」

若干怯みつつも、甲斐は大きく頷いてサムズアップしてみせた。欲しい物が明白な方が、脳筋的には迷いなく動けるらしい。良いことです。

「じゃあ、今から三時間くらい？　六階層の様子を見に行きますか？」

「うーん……。ざっとフロアを確認して、危険そうなら、すぐに撤退すること。それで良い？」

「はい、カナさん」

「ん、分かった。カナ兄」

「イエス、マム！」

約一名、奏多に頬を引っ張られながら、四人と二匹で六階層に向かった。

五階層から六階層へは転移扉を使って降りるようだ。独特の浮遊感に美沙は慌てて目を瞑った。頬に当たる柔らかな風に気付いて、そっと目蓋を開ける。

「うわぁ……！」

歓声を上げて、周囲を見渡した。

空に広がるのは夕闇が藍に融ける寸前の美しい大空。細い三日月と気の早い星の瞬きが見事だった。言葉もなく、その雄大な光景に見惚れてしまう。三階層から五階層までは森林エリアで、木々に邪魔をされて見渡せなかった空が、今は視界いっぱいに広がっていた。

「六階層は二階層と同じ草原エリアなんだな」

「二階層は見渡す限りの草原だったけど、このフロアはもう少し見応えがありそうよ？」

奏多が指差した方角には、雑木林のようなシルエットが散らばって見える。森林ほどの大きさはないが、過ごしやすい木陰はたくさんありそうで、ほっとした。

足元に生える草花の種類も豊富で、奏多が興味深そうに観察している。

「お、さっそく現れたみたいだぞ」

嬉しそうに甲斐が刀を構える。刀の切っ先が向けられた方向には、人型のモンスターがいた。

「……もしかして、ゴブリンですか？」

「あれがゴブリン？」

「そうね、鑑定でもゴブリンと出たわ。気を付けて」

身長1メートルほどの、緑の肌をした小鬼――ゴブリンだ。

腰にボロ布を巻き付けただけの格好で、手には棍棒(こんぼう)をぶら下げている。体毛はなく、目だけがギョロリと大きくて、生理的に気持ち悪かった。

「さすがに刀では斬りにくいな。ミサ、フォローよろしく」

「え？　あ、ちょっと、カイ！」

止める間もなく、甲斐は火魔法を放った。ファイアーアロー。

一階層の洞窟内で【着火(ファイア)】の練習を繰り返していただけあって、以前と比べても魔法の精度は上がっている。炎の矢はゴブリンに直撃し、人型の炭を作って消えた。

幸い、周辺に燃え移ることなく、火は消えたのでホッとする。

「成長したじゃない、カイ」

「おうよ。これから下に降りるにつれ強敵になるだろうし、なるべく攻撃魔法のスキルを上げておきたかったからな。練習、頑張った」

「水魔法で消火活動をしなくて済んで良かったよ……」

「ミサがいるから、安心して火魔法が使えたぜ？」

からりと笑う甲斐の膝を背後からカックンさせて、ゴブリン型の灰が消えた場所に向かう。

晶も気になるようで、そっと肩越しに覗き込んできた。

ゴブリンからドロップしたのは、緑色の魔石だった。

「残念。魔石だけか」

「でもゴブリンの皮とか目玉がドロップアイテムでも困るし、魔石で良かったです」

「ふええ」

綺麗な顔でサラッと口にする晶に少し引いてしまう。

だが、ツノや皮がドロップしているのは確かなので、ゴブリンでもドロップする可能性はあるのだ。皮も嫌だが、肉は絶対に無理。どうせドロップするなら、魔石がありがたい。

「ゲームだと武器やコインを落とすよね。もしかして、金貨をドロップするかも」

二足歩行のモンスターの方がオオカミよりも金貨を落としそうだと思う。

「そうね、価値が高いドロップを期待しましょうか。明るいうちにもう少し探索したいわ」

苦笑する奏多に優しく宥(なだ)められてしまう。促されるまま空を仰ぎ見て、茜色(あかねいろ)が藍色に変化する様に気付いた。陽が落ちるのが早い。慌てて【アイテムボックス】から目当ての物を取り出した。

「懐中電灯、人数分あるから使ってね」

「ここはランタンじゃないのか？」

「持ち歩くのにはちょっと邪魔なのよ。懐中電灯の方が軽いし、使いやすいと思う」

ランタンを抱えた状態でバトルするのはいかにも大変そうなので、ここは懐中電灯一択だ。

「とりあえず、あの雑木林を目指しませんか？　木陰にモンスターが隠れていそうだし、果樹かどうかも確認したいです」

「それは大事だね、アキラさん」

六階層で採れる果物を期待しながら、薄暗い草原を進んでいくことにした。


「ゴブリンが出た！　三匹！」

「右！」

「左で！」

「じゃあ、真ん中は俺がもらう！」

ゴブリンは数匹で固まって行動する。遭遇するのは三匹から五匹ほどの小さな集団が多い。最初に出会ったのは、はぐれゴブリンだったようだ。

手にした武器も棍棒だけでなく、石で作った槍（やり）のような物や、錆（さ）びた短剣など様々で。

武器を持った二足歩行のモンスターを相手にするため、弓や魔法で攻撃する。倒す相手が被（かぶ）らないように、それぞれが攻撃対象を申告してから魔法をぶつけた。

「あ、コインがドロップした」

「マジか！　やった、さっそくレアドロップだな」

コインを拾い上げたが、以前手にした物と色が違った。

懐中電灯の光を当てると、そのコインは黄金色ではなく、赤茶けた色をしていた。

「金貨じゃないね。もしかして、銅貨かな？」

「ミサちゃん、見せてくれる？　……そうね、鑑定によると、青銅貨とあるわ」

「銅貨か。金貨より、かなり価値は低くなるよな」

甲斐が残念そうに肩を落とす。

ひとまず、青銅貨を【アイテムボックス】に収納して【素材売買】スキルで査定してみた。金貨は二十万Gだったが、青銅貨は千Gになった。

ちなみにゴブリンの魔石は五百Gだったので、レアドロップではあるのだろう。

「Gを日本円で考えると、金貨は二十万円で青銅貨は千円か……」

「レアドロップの場合、魔石とコインを合わせて、一匹で千五百円になるのね。まぁ、コツコツ稼ぐしかないか」

ゴブリンはワイルドディアやワイルドボアより狩りやすいし、魔石の価値も高めだ。数も多そうなので、心理的な嫌悪感さえ我慢すれば、稼ぐにはもってこいかもしれない。

六階層はゴブリンの他にもニワトリに似た姿のモンスターがいた。

外見はうちで飼っている白色レグホンにそっくりだが、大きさは三倍近くある。

奏多の鑑定によると、コッコ鳥という種の鳥型モンスターらしい。

「食用可。『その肉はとても美味』らしいわよ？」

その一言で皆、本気になって狩り始めた。

コッコ鳥はニワトリと同じく飛ぶことはないが、結構な高さを跳ぶことはできる。

鋭い蹴爪と嘴で攻撃してくるのが厄介だが、槍や薙刀でも倒せそうだ。トリッキーな動きをするし、唐突に跳び上がるので魔法の狙いは付けにくい。

「鳥目だから、夜に狙うと狩り放題ね。群れを見つけたら、ラッキー。近くに巣があって、高確率で美味しい卵が手に入るみたいよ」

「コッコ鳥、最高じゃないですか！」

ドロップアイテムは、鶏肉と魔石。羽根は落とさないようだ。

美味しい卵を目当てに三十羽ほど倒すと、何と金色の卵をドロップした。

「黄金の卵、レアドロップアイテムね」

「もしかして中身が全部、黄金なのか？」

「残念ながら、卵の殻だけが黄金ね。中身は普通の卵みたい」

「それは食べて大丈夫なやつです……？」

「中身は他の卵と同じみたいよ。黄金の殻はアキラちゃんの錬金スキルでアクセサリーにして売れば良いと思うわ」

ちなみに、コッコ鳥の巣も見つけることができたので、普通の卵も手に入った。

普通とは言っても白色レグホン（大）なモンスターの卵なので、大きさも三倍ほどある。

「黄金の卵はMサイズなのが残念だな」

「でも、卵の殻が十グラムとして、金相場が八千円で換算すると、八万円の儲けになるわよ？」

「鶏肉も卵も食えるし、美味しいよな、コッコ鳥。ちなみに、魔石の買取りはいくらだ？」

「四百G。ゴブリンの魔石よりは安いけど、肉のドロップもあるし、私は断然コッコ鳥推しかな」

「推すなよ。分かるけど」

ゴブリンとコッコ鳥を夢中で狩っていると、あっという間に三時間が経った。

月明かりと懐中電灯の光源はあるが、疲れも見えてきたので本日の探索はここまでとする。

かなりの数の鶏肉と卵を手に入れることができたので、皆満足そうだ。

レアドロップアイテムの黄金の卵はあいにく一個しか手に入らなかったが、ゴブリンは青銅貨を五匹中一匹は落とすようで、これはそれなりに手に入れることができた。

「青銅貨が四枚で四千G、ゴブリンの魔石二十個、コッコ鳥の魔石が三十二個で、合計二万六千八百Gになったよ」

「結構稼いだな。これに黄金の卵の殻が八万円で売れるとなれば、三時間でかなりの儲けだ」

「とはいえ、換金はリスクがあるし。アキラさんにアクセサリーの材料として使ってもらう方が良いと思う」

「私は貴金属を弄れるから嬉しいですけど、良いんですか？」

「もちろん！　青銅貨は【素材売買】に回すとして、金貨や銀貨は使い道に困るものね」

コインをアクセサリーに再利用して販売した売上金は、ダンジョン攻略資金として使うことが決まった。具体的には、バスハウスのエアコン、バスタブなどの代金となる予定。

「でも、鶏肉と卵がたくさん手に入ったのは嬉しいわよね？　明日は鶏肉料理よ」

笑顔で奏多が宣言すると、途端に歓声が上がった。

「やった！　カナ兄、唐揚げでお願い」

お肉大好き麗人、晶が潤んだ瞳で兄におねだりをしている。ここぞとばかりに美沙も両手を組んで、奏多を見上げた。小首を傾げての上目遣い、大事です。

「アルミラージ肉での『もどき』じゃない、本物の鶏肉……！　カナさん、私はコッコ鳥の肉と卵を使った親子丼も食べてみたいですっ！」

「俺、両方食いてぇ」

「あーもう！　分かったわよ、明日ね？」

「やった！」


ウキウキしながら、五階層のセーフティエリア内の拠点に戻った。

時刻は夜の十時。残念ながら、拠点にはまだ風呂は無いので、晶に浄化(クリーン)をお願いして、後は着替えて眠るだけだったのだが。そっとお腹(なか)を撫でて、美沙は切なそうに息を吐いた。

「カナさん、お腹がすきました……」

「俺も腹減って死にそう」

「カナ兄、私も……」

後は眠るだけの時間だが、どうにも我慢ができそうになかった。

切ない訴えに、奏多は苦笑まじりに頷いてくれる。

「魔法をたくさん使ったから、お腹が空くのは仕方がないわよね。おにぎりと卵焼きを作ってあげるわ。手伝ってね？」

「やった！　さすが、お母さん！」

「誰がお母さんよ、誰が」

軽口を叩いた甲斐はにっこり笑ったイケメンにアイアンクローを喰らっている。

良い子の女子組は堅く口を閉ざして、夜食作りのお手伝いに励んだ。

作ったのは、塩にぎりと卵焼き。お米はいつも炊き立てを【アイテムボックス】に収納しているので、さっと握ることができた。

卵焼きは奏多が手早く作ってくれた。六階層で手に入れたコッコ鳥の卵を使った、特製の卵焼きだ。ダチョウサイズの大きな卵を二個使って、砂糖入りの甘い卵焼きと出汁巻きを。

コッコ鳥の卵は文句なしに美味しかった。

綺麗なオレンジ色の黄身は濃厚で、シンプルな塩にぎりととても良く合っていた。

「卵焼きが美味しくて、手が止まらないよ……？」

「おう、めちゃくちゃ美味いな。いくらでも食えそうだ」

「あとは眠るだけの時間だし、そこは我慢ですよ、カイさん。……それにしても、甘い卵焼きがおにぎりに合うとは思わなかったです」

「塩にぎりだから、甘い卵焼きとの相乗効果で美味しく感じるんじゃないかな？　私はどっちも好きだから幸せだよー」

「ふふ、気に入ってもらえたようで嬉しいわ」

大きな平皿にたくさん握ったはずの塩にぎりは、あっという間に空になった。

ポーション水と畑の野菜をたっぷり与えられている、うちのニワトリたちの卵も美味しいが、コッコ鳥の卵は格別だった。やはりダンジョン産の食材は一味違う。

「これは色々な卵料理を作るのが楽しみになってくるわね」

「オムレツとかシンプルな卵料理に強そうな味だよなっ、カナさん」

「あぁ、いいわね、オムレツ。具材なしで勝負してみたくなるじゃない。茶碗蒸し（ちゃわんむ）も良さそう」

「スイーツも美味しく作れると思うよ、カナ兄」

「プリンにマフィンにマドレーヌも絶対に美味しく作れると思います、カナさん……！」

それぞれ好みの卵料理を連想しては身悶（みもだ）えしていると、ふと甲斐が首を傾げた。

「焼いただけの卵があれだけ美味いなら、鶏肉料理は？」

はっと皆が顔を上げる。唐揚げと親子丼は約束した。照り焼きチキンにチキン南蛮も外せないだろう。シンプルに焼き鳥も良い——

「——カナさん……」

「分かったわよ。これからしばらくは鶏肉料理！　飽きたからって、残すのは許さないわよ？」

「残すなんてまさか！」

「そうだよ。カナさんの飯めちゃくちゃ美味いんだから、残すわけねーっての！」

「あ、あら……そう？　そんなに？」

ほんのり頬を染めて、ちょっと照れくさそうな奏多。満更でもなさそうだ。

三人の食べっぷりをいつもニコニコ楽しそうに見守ってくれているだけあって、美味しく完食してくれる相手には甘いのだ。

もちろん調理を丸投げにするつもりはないので、しっかりお手伝いはします。

「明日が楽しみですね」

「昼食からよ？　朝は弱いもの」

「もちろん。朝食は私が卵料理を作りますから」

コッコ鳥の卵はまだまだあるのだ。贅沢に使っても、美味しく食べられるなら後悔はない。

在庫が切れたら、六階層にコッコ鳥を狩りに行けば良いだけなのだし。

「さ、そろそろ寝るわよ。初めての車中泊、実は結構楽しみにしていたのよ、私」

「こんなデカい車での車中泊は俺も初めてだからなー。布団は二段ベッドにセットしてあるから、後は場所を決めるだけだぞ」

甲斐の案内でＤＩＹしたバスに皆で乗り込んでいく。

四十人乗りの大型バスは、外で見るよりも広く感じた。入ってすぐの場所がリビングスペースで、小さめのテーブルとソファが置かれている。

備え付けのトイレが中央にあり、その手前に未完成のキッチン。

いちばん奥が寝室だ。二段ベッドが通路を挟んだ両脇に据え付けられており、目隠し用のカーテンが下がっている。まるで秘密基地だ。子供の頃の夢を思い出して、自然と微笑んでいた。

「左右で男子と女子に分けた方がいいよな？　どっちがいい？」

「じゃあ、向かって左側を女子組が使いたいな。トイレが近い場所の方が嬉しい」

「私はどっちでも。ベッドは下が良いから、カイくんが上でも良いかしら？」

「むしろ上のベッドを使いたかったから、俺は大歓迎」

男子組はあっさりと決まったようだ。女子組は二人で相談し、美沙が下のベッドを使うことになった。夜中に寝ぼけて階段を踏み外してしまうのが怖くて、下を選んだ。

夜に強い晶は、上段のベッドを快く承諾してくれた。


改装した中古バスでの車中泊は、意外と寝心地が良い。

以前ダンジョン内でテントに泊まった際にはコットを使ったのだが、寝返りが打てない狭さには閉口したものだった。

シングルサイズの二段ベッドはカーテン付きなこともあり、落ち着いて眠ることができた。マットレスとひんやりシーツのおかげで、かなり快適だ。

初めての階層に挑戦した疲れもあり、美沙はすぐに眠りに落ちることができた。

「きっかり八時間爆睡しちゃった……」

アラームは午前七時にセットしてあった。夜中に一度も目を覚ますことなく、すとんと寝落ちることができたので、疲れは残っていない。寝起きのポーションも不要なほどに元気だ。

皆を起こさないように、【アイテムボックス】から服を取り出して、手早く着替える。カーテンを開けて様子を窺うが、既に起きているのは、朝の早い甲斐だけのようだ。

そっとベッドを抜け出して、バスの外に出た。

セーフティエリア内、ジャージ姿で軽くストレッチをしている甲斐に声を掛ける。

「カイ、おはよ。相変わらず朝が早いね」

「おうミサ、はよ。牧場勤務だからな。自然と目が覚めるようになったんだ」

彼なりに気を使ったのだろう。料理ができない代わりに、テーブルには四人分の皿とグラス、カトラリーがセットされ、コンロでたっぷりのお湯を沸かしてくれていた。

「やるじゃない、たまには」

「たまには、は余計だぞ。俺はやる時はやる男なの！」

「それ、やらない時は、なーんにもやらないと同義だからね？」

「う……」

思い当たることがあったのか、気まずそうに視線を逸らしている。悪戯が見つかった子供みたいな反応に、くすりと笑ってしまう。

「まぁ、最近のカイは、やる男に進化したみたいだし。少しは見直しているけどね？」

「そうか？　だったら嬉しいけど」

「ちゃんと働いて稼いでいるし、担当の仕事はこなしてくれている。偉いと思っているよ？」

素直に褒めてあげたのに、当の甲斐は落ち着かない様子で瞳を揺らしている。

「なによ？」

「いや、急に褒めてきたから、何か裏があるのかと」

「失礼過ぎるから、罰としてひとっ走り！　ブルーベリーをカゴいっぱい採取してきてね？」

「うえぇぇ」

情けなさそうな悲鳴を上げるが、じろりと睨み付けると、慌てて刀を脇に挿して、駆けて行った。

本日の朝食は、甲斐のおかげで新鮮な朝摘みブルーベリーが楽しめそうだ。

「さて、二人が起きてくる前に朝食を用意しないと」

【アイテムボックス】には昨日採取した、コッコ鳥の卵がまだ十個近くある。さすがに朝から鶏肉料理を食べる元気はないので、卵料理を作ることにした。

「夜食がおにぎりと卵焼きだったから、朝はパンにしよう」

ブルーベリーがあるなら、パンケーキが良い。甲斐が沸かしてくれたお湯はポットに移し、コーヒー用にする。残りのお湯で、コッコ鳥の卵を茹でることにした。

「パンケーキは一人二枚焼いて、ベーコンとスクランブルエッグをメインに作ろうかな。ゆで卵はブロッコリーと和えてミモザサラダに。トマトはカプレーゼにしようっと」

四人分の朝食を作るのも、すっかり手慣れてしまった。

焼き上がったパンケーキやスクランブルエッグは温かいうちに【アイテムボックス】で保管する。

「この大きさの卵の茹で加減、見極めが難しい……」

少し半熟気味なゆで卵をマヨネーズと和えてサラダにするのが好みだが、ダチョウサイズの卵では茹で加減が分かりにくい。とりあえず、いつもの倍の時間を鍋の中でころころ転がしていると、少しハスキーな、艶やかな声が背後から降ってきた。

「今がちょうどミサちゃん好みの半熟だと思うわ」

「あ、カナさん！　おはようございます。あと卵の鑑定感謝です！」

えいやっとお湯を捨てて、冷水で茹でた卵を冷やしていく。こういう時、水魔法は便利だ。凍る寸前の冷たい水を、と念じれば、あつあつの卵もすぐに冷やすことができた。

殻を剝いて、フォークの背で卵を潰していく。顆粒のコンソメと塩胡椒で味付けをして、たっぷりのマヨネーズでフィリングを作り上げた。

「美味しそうね。彩りも綺麗だわ」

「ブロッコリーの緑が映えますよね。ミモザサラダ、大好きなんです。名前も可愛いし」

卵黄が雪の上に咲く春の花――ミモザの花のように見えることから名付けられた、サラダ。見た目も華やかで、味も美味しいなんて、素晴らしすぎる。

グリーンリーフを敷き詰めた大きめのサラダボウルに、ミモザサラダを見栄え良く盛り付けてみた。赤パプリカも細切れにして散らしてやる。

「そういえば、アキラさんはまだ夢の中なんです？」

「私と同じくらいの時間に起きたわ。先にノアとシアンの朝食を用意してくれているみたい」

「じゃあ、すぐにテーブルに着けますね。盛り付けちゃいます」

「手伝うわ。コーヒーを淹(い)れるわね」

ワンプレートの大皿にパンケーキとベーコン、スクランブルエッグを並べていると、カゴいっぱいにブルーベリーを採取した甲斐が意気揚々と戻ってきた。

デザートのヨーグルトに添えることにして、テーブルに並べておく。

眠そうに目元をこすりながら晶もやって来たので、四人揃っての朝食だ。

「スクランブルエッグはバターと塩胡椒だけで作ってみたんだけど、どうかな？　物足りなかったらケチャップもあるよ」

「いや、充分。すげぇ美味い！」

「そうね。卵の味が濃厚でとっても美味しいから、シンプルな調味料の方が味を楽しめるわ」

「おいしいです……」

ほやほやの寝起きの笑顔で、晶に褒められた。他の二人にも好評なようで、ほっとする。

自分でも食べてみたが、たしかに濃厚で美味しかった。大きな卵だから味が薄くなりそうなものなのに、コッコ鳥の卵のポテンシャルはすごい。

ミモザサラダも我ながら絶品だ。マヨネーズとの相性が良い。箸が止まらない。

塩にぎりと卵焼きを夜食にしたのに、たっぷりの朝食を残さず完食してしまった。ブルーベリー添えのヨーグルトも口直しにちょうど良い。

食後のコーヒーを堪能しながら、今日の予定を話し合う。

「今日は六階層を隅々まで探索するのよね？　ゴブリンとコッコ鳥を狩りながら」

「おう。せっかくだから、地図を埋めがてら、ついでに稼ごうぜ」

コッコ鳥の鶏肉と卵はたくさん確保しておきたい。金の卵がドロップするかは、運次第だ。

「ゴブリンは攻撃魔法の練習台になるし、少額だがコインも落とすから、頑張って倒そう。ちっとばかし、見た目はグロいけど」

「だいぶ慣れたけどね。二足歩行のモンスターの血まみれ姿はたしかにあまり見たくないかも」

同じ血まみれでも、なぜか四つ足の獣タイプのモンスターはまだ平気だった。

食用の獣の狩猟感覚に近いのかもしれない。

とは言え、これからダンジョンの下層へ降りて行くと、二足歩行のモンスターも増えそうだ。

なるべくゴブリンで攻撃に慣れておきたい。


青空の下であらためて見渡す六階層は、魅力的なフロアだ。

草原には多種多様な草花が群生しており、ぽつぽつと小さな林もある。

林の中にはベリーやキノコを見かけたので、奏多が嬉々として鑑定していた。キノコの中には食用の物があったようで、ベリーと併せて採取する。

灌木（かんぼく）の繁（しげ）みを見つければ、四人で囲い、そっと歩み寄った。大抵、コッコ鳥の巣があるため、そこで群れを殲滅し、卵を頂くのが四人のお約束になった。

ゴブリンは特にテリトリーがないようで、何処にでも現れた。見かけたら、即魔法をぶつけるようにしている。

晶だけは光魔法に攻撃魔法がないため、こつこつと目眩（めくらま）し魔法を使っているが、四人とも六階層のゴブリン退治のおかげで魔法のスキルレベルが上がったように思う。


昼食に美味しいコッコ鳥の親子丼を堪能し、ご機嫌で探索を続けているうちに、それを見つけた。

最初に気付いたのは、甲斐だ。音と匂い。敏感に察知して、駆け出した。慌てて後を追い掛けると、ショートブーツと靴下を脱いだ甲斐が楽しそうに水遊びをしていた。

「ダンジョンに、川……？」

呆然（ぼうぜん）と見詰める視線の先には、幅が三メートル程ある澄んだ川が流れていた。

第四章◆ダンジョンでグランピングを楽しもう

「まさか、ダンジョンに川があるなんてねー」

澄んだ水の流れに指を浸しながら、ほうっと息を吐いた。冷たくて気持ちが良い。甲斐のように裸足で飛び込む蛮勇さはないが、水遊びをしたくなる心地は何となく分かる。

川幅は三メートルほどで、深さは膝上。場所によって深さは違うかもしれないが、水遊びにはちょうど良い大きさの川だと思う。

「川にモンスターがいなくて良かったですね。私だったら、ピラニアやワニを想像して、怖くて入れないです。カイさん、勇気があるな……」

「アキラちゃん、あれは勇気とは言わないわ。考えなしのバカって言うのよ」

「カナさん、ひでぇ！　さすがの俺だって、ちゃんと【気配察知】で確認しているよ？」

六階層に川を見つけるなり、大喜びで飛び込んだ男をじっとり睨み付けてやると、そっと視線を逸らされた。やはり考えなく行動していたようだ。

飛び込んでからは、警戒して周辺を確認していたみたいだが。

静かに川を覗き込んでいた奏多が、ほっとため息を吐いた。

「鑑定してみたわ。この川には人を襲うような生き物はいないようね」

「お、やったな！　泳げるぞ、ミサ。綺麗な川だし、チビたちも連れてきたくなる」

「……カイ？」

「冗談だって！」

「それにしてもこの川、どこまで続いているんでしょうね？」

晶の疑問に、三人揃って首を捻った。ダンジョン自体が不思議空間なため、あまり深く考えていなかったが、たしかに気になる。

「上流、どうなっているのかな？　ちょっと遡って調べてみたいかも」

「そうね。私も気になるわ」

「俺も気になる。せっかくの景色だし、川の側で野営できる場所を探してみようぜ」

四人揃って川の上流を目指すことにした。

川縁を進んでいくと、ぽつぽつとゴブリンが現れる。弓と魔法で倒しながら進んだ。

ドロップアイテムはシアンが率先して拾い集めてくれた。ノアは土魔法でゴブリンを瞬殺している。ストーンランスは魔力を喰うようで、最近はもっぱら石礫を放って倒していた。

「ノアさんの石投げ、いいな。俺もやってみたい」

調子に乗った甲斐が小石を拾い、【身体強化】スキルを使ってぶん投げたところ、ゴブリンの頭部が消滅した。

スプラッタな惨状にげんなりするが、当の甲斐は遠距離攻撃手段が増えた、と喜んでいる。

ノアに頼んでちょうど良いサイズの小石を作ってもらっているあたり、本気なのだろう。

「カイさん、投擲用の武器を作りましょうか？　投石機とか、パチンコとか」

「不器用だから、多分使えないと思う。素手でぶん投げる方が性に合っているし。でも、ありがとな、アキラさん」

「いえ。私がちょっと作ってみたかっただけなので」

　モノ作りが趣味な二人が何やらくすぐったいやり取りを交わしている。

　付き合っていられない、とばかりにこちらに歩み寄ってくるノア。美沙の足元に座り、すっと前脚を上げてアピールしてくる。抱っこのおねだりだ。北条兄妹ではなく、こっちに来るのは珍しい。嬉しいお誘いを、もちろん断るわけがない。美沙は笑顔で彼女を抱き上げる。

　ふかふかの被毛は柔らかくて、陽光の匂いがした。

「ミサちゃん、重くない？　辛くなったら交代するわよ？」

「大丈夫ですよ。ノアさん、抱っこされるのがすごく上手ですね。力の抜き加減が絶妙です」

　ずっしりとはするが、ダンジョンと畑仕事で鍛えた身体には何てことなかった。計測はしていないが、レベルが上がると同時に腕力も強くなっているのだと思う。

　その後もゴブリンとコッコ鳥を倒しながら進んでいくと、六階層の突き当たりに辿り着いた。

　二十メートルほどの高さの岩壁と、その手前に設置された転移扉。つまりは、ここが六階層のセーフティエリアなのだろう。周囲を見渡して、皆で頷き合った。

「この滝から川に繋がっていたんだ……」

「小さな湖もありますね。澄んでいて綺麗な水です」

岩壁からちろちろと流れ落ちる細い滝が水源だった。湖というより、小さな溜池（ためいけ）に見える水場には、時折銀色に煌（きら）めく何かが揺らめいていた。よく見ると、魚が泳いでいる。

「魚がいるね。……食用かな？」

「よし、捕まえるか」

「待ちなさい。まずは鑑定してからよ」

ステイ！　と甲斐が奏多に叱りつけられている。幻の犬耳が、甲斐の頭に見えた気がする。ぺたりと力なく寝かされていた。肩を落として正座する甲斐わんこを優しい晶が慰めている。

平和だ。ダンジョンの中にいるのに。

「カナさん、鑑定できました？」

「それが、動きが素早くて難しいのよ。ミサちゃん、水魔法で魚を大人しくできないかしら？」

「やってみますね」

【アイテムボックス】からバケツを取り出して、足元に置く。水を操るのは、お手のものだ。

毎朝の畑の水やりで鍛えたのはもちろん、お風呂場での水遊びが良い訓練になっていると思う。

渦を作り、流れを変えて、水球（ウォーターボール）をいくつも宙に浮かべて遊んでいるのだ。

「魚を水球（ウォーターボール）に閉じ込めて浮かべてやれば――やった、ゲット！」

人の気配に敏感な魚も、自分たちを育（はぐく）む水には警戒しないため、簡単に捕まえることができた。

水球（ウォーターボール）ごと、そうっと魚を移動させて、用意しておいたバケツに入れてやる。

「ミサちゃん、すごいわね。釣竿要らずよ」

「自分でもちょっと驚いたんですけど、川や海で魚獲り放題じゃないですか、これ？」

「密漁はダメよ、ミサちゃん」

「えー」

パシャン、とバケツの中で跳ねる魚を二人で覗き込んだ。綺麗な魚だ。どことなく見覚えがある。

「ヤマメに似ていますね」

「そうね、ヤマメ……というか、サクラマスね。もちろん食用、美味しいわよ？」

「たくさん獲りますね！」


転移扉の前、綺麗な水場のあるセーフティエリアは野営地にはもってこいの場所なので、五階層に設置した拠点を丸ごと移動させた。

ロケーションも素晴らしいし、何より美味しい魚が獲り放題なのは最高だ。

「サクラマスだけでなく、鮎まで獲れるなんて！」

奏多が珍しくはしゃいでいる。川魚が好物らしい。美味しいけれど、買うと高い。気軽に食卓に並べることは難しいのだ。ここまで新鮮な物は滅多に手に入らないし、テンションも上がるだろう。

湖を浚える勢いで捕獲した美沙だが、獲り尽くしてしまうことを恐れた奏多に止められて、合計二十四匹ほどで漁は打ち止めにした。

バケツいっぱいの鮎とサクラマスを手分けして下処理をしていく。

「せっかくの新鮮な鮎だもの。シンプルに塩焼きにしましょうね」

奏多の提案で、鮎は串打ちをして塩焼きにすることに。

サンマを下ろしたことはあるが、鮎やサクラマスを料理するのは初めてだ。てっきり内臓を取りだすのだと思ったが、鮎はウロコやぬめりを取って、腹を押して糞を絞り出すだけで、そのまま串を打った。ヒレに化粧塩を施し、両面にも塩を振って、あとは炭火でじっくりと焼いていく。

「火加減は俺が見とくよ」

「じゃあ、私はおにぎりを作ります！」

料理が苦手な二人がさっさと戦線離脱するのを、奏多と苦笑しながら見送った。

鮎は十六匹獲ったので、一人四匹ずつ食べられる。

串打ちした残りの鮎を甲斐に託して、次はサクラマスの調理だ。

「さて、サクラマスね。刺身がいちばん美味しいって聞いたことがあるわ」

「アニサキスが怖いです、カナさん」

「それなのよねぇ。新鮮な淡水魚は寄生虫が怖くて生食には絶対に挑戦しないのだけど……」

じっとサクラマスを眺める奏多。鮎と比べて、かなり大きい。体長は三十センチ以上ありそうだ。

鮎のように串を打つのは難しそうなので、ムニエルに調理するのが妥当か。

「うん、どのコも大丈夫そうだわ。この湖には寄生虫が存在しないみたい」

「え？　あ、鑑定！」

「そ。鑑定によると、寄生虫は皆無、病気もない健康的なお魚さんだったわ」

「……ということは」

こくり、と息を呑（の）む。真剣な表情で奏多が頷いた。

「ええ。お刺身、解禁よ」


サクラマスは全部で四匹。そのうち二匹を刺身にすることにした。

「さて、ミサちゃん。ブッチャーナイフをお願いしても良いかしら？」

「はぁい！　時短ですね。良いと思います！」

肉の血抜きに解体だけでなく、魚を三枚に下ろすことができる、便利なナイフだ。【アイテムボックス】から取り出すと、奏多がそれは楽しそうにブッチャーナイフを使いこなしていく。

「この魔道具（マジックアイテム）のすごいところは、魚のウロコまで取ってくれるところなのよねぇ」

「ああ……。地味に面倒ですよね、ウロコを取るのって」

祖母に教えてもらった時には、包丁の背でウロコを取ったが、シンクの外まで散らばって後片付けが大変だったことを覚えている。

「ウロコって指に刺さるんですよね。爪の間に刺さった時には、何の拷問かと思いましたよ。エラやヒレも危険です。しばらく手が生臭くなるし。お魚料理は美味しいけれど、私は断然、切り身を買う派です！」

「ミサちゃんの気持ちも分かるわ。私も魚屋で買う時には、便利な切り身派ね。でも、このナイフなら、魚のエラ部分にブッ刺すと、あら不思議」

「ウロコが消えましたね。あと、もう既に三枚に下ろされている……」

「ブッチャーナイフ、使う際に明確に念じれば、ウロコや内臓を取り除いてくれるから便利だわ。あら汁を作る時には気を付けないといけないけれど」

消えた内臓諸々はブッチャーナイフが美味しく頂いてくれているらしい。便利……？

使い方を間違えると、とんでもホラー武器になりそうだが、我がシェアハウス内で使うのは調理の際だけなので、問題ない。

「ブッチャーナイフくん、骨は食べないんですかね？」

「あんまり美味しくないみたい。ミサちゃん、捨ててくれる？」

「はーい！」

生ごみ処理はお手のものだ。【アイテムボックス】に放り込んで、ゴミ箱にポイ。我が家ではゴミステーションを一切使っていない。エコなお家です。

「骨に少し残った身がもったいないわね」

「あ、削ぎますよ？　スプーンでごりごりと」

「そう？　じゃあ、お願いするわね」

「意外と楽しいんですよね、コレ。マグロの中落ちみたいで美味しそう」

丁寧にスプーンでこそいだ身はタッパーに入れておく。サクラマスのハラスは、見た目はサーモンにそっくりだ。

（そういえばサーモンって、マスだっけ？）

冷凍させて半解凍で食べるルイベも美味しそう、と奏多が刺身包丁を使う様を眺める。

「食べやすいように、薄く切ったのよ。お刺身は冷やしておきたいんだけど……」

「クーラーボックスに入れておきましょうか」

抜かりなく、たっぷりの氷や保冷剤を仕込んだクーラーボックスを収納してきたのだ。アイスクリームや冷たい麦茶を楽しむために用意した物だが、こんなところで役に立つとは。

平皿に大盛りにした刺身にはラップをかけて、慎重にクーラーボックスに仕舞っておく。

食事時には、ちょうど良く冷えている頃合いだろう。

「残りの二匹はムニエルにしましょうか。シンプルな塩焼きも美味しいけれど、鮎があるから、違う食感を楽しみたいわ」

「どっちも好きだけど、カナさんのムニエルが食べたいです。パンにもご飯にも合って、美味しいもの」

「あらあら。嬉しいことを言ってくれるわね」

ふふふ、と笑いながら上機嫌で包丁を握る奏多を、せっかくなのでスマホで撮影することにした。

湖を背景に調理するなんて、最高のロケーションだ。

ダンジョンの中なので、配信で場所が割れる心配もない。存分に録画した。

気負った様子もなく、奏多は楽しそうにサクラマスのムニエルを調理していく。

「分量や調理の説明は面倒だから、後で字幕を入れるわ」

塩胡椒とガーリックパウダーで下味を付けた切り身に小麦粉をうすくはたき、オリーブオイルとバターを熱したフライパンで焼いていく。

皮目がパリッと焼き色になったら、身をひっくり返して裏側もじっくり焼いた。溶けたバターをスプーンですくい、回しかけると身が引き締まる。

「うん、良い焼き色ね。付け合わせはベビーリーフとミニトマトにしようかしら。レモンの代わりにスダチをスライスしましょう」

「うわぁ、綺麗……！」

彩りも鮮やかな、サクラマスのムニエルの完成だ。見栄えが良いように他の皿にも盛り付けていると、甲斐と晶が寄ってきた。

「こっちも鮎が焼けたぞ」

「おにぎりも完成しました。カイさんが焼いてくれたんですよ。美味しそうです」

「ほう。ほーう？　やるじゃん、カイ」

「いやいや、単に余った網があったから！　鮎の隣でまとめて焼いただけだって」

「んっふふふー。親切だよねぇ、アキラさんに対しては」

「はいはい。じゃれるのはそのくらいにして。少し早いけど、夕食にしましょう」

「はーい！」

奏多の一声で、三人は素早く立ち働く。甲斐は折り畳み式のテーブルを広げ、四人分のイスを並べた。晶はテーブルに食器とカトラリーを並べていく。

美沙はクーラーボックスからお刺身の大皿を取り出すと、テーブルの中央に置いた。

おお、と歓声が上がる。

鮎の塩焼きは一人四匹ずつ、それぞれのお皿に盛り付けた。化粧塩のおかげで、見栄えが良い。焼き加減も絶妙だ。

焼きおにぎりは二十個もあった。こちらも大皿に載せて、刺身のお隣に置くことにした。食べたいだけ、セルフで取り分ける方式にする。醤油(しょうゆ)を塗って炭火で焼いたおにぎりの香ばしい匂いは、食欲を刺激してやまない。

サクラマスのムニエルは二匹を半身ずつ調理したので、こちらも各自の皿に盛り付けた。サーモンピンクと緑と赤、ソースの黄色が目に鮮やかで美しい。思わず、舐(な)めるようなカメラアングルで撮影してしまう。うん、最高の撮れ高です。

「夕食には少し早いけれど、せっかくの焼き立てだし、食べちゃいましょう」

「やった！　カナさん、冷えた白ワインにします？　それとも、ビールがいいです？」

「そうねぇ。サクラマスのムニエルは白ワインで味わいたいところだけど。鮎の塩焼きと焼きおにぎりを前にしたら、冷えたビール一択ね」

「俺も俺も！　冷えたビールが飲みたい！」

「私も缶ビールが欲しいです」

リクエストに従って、冷えた缶ビールを【アイテムボックス】から取り出した。ついでに氷で満たしたタライも用意して、何本か冷やしておくことにした。白ワインも瓶ごと突っ込んでおく。

「さすが、ミサちゃん。分かっているわね！」

「んっふふー。もっと褒めてくれても良いんですよ？」

上機嫌で乾杯する。冷たいビールで喉を潤し、さっそく鮎の塩焼きに対峙した。パリッとした皮ごと食べるのが醍醐味だ。青くさいような、独特な鮎の香りを味わいながら、咀嚼する。塩加減も焼き加減も抜群だ。内臓のほんのりとした苦味も良い。ビールがすすむ。

あっという間に食べきってしまった。二本目を齧りながら、焼きおにぎりもじっくりと味わう。

「美味しい。日本人に生まれて良かったたって、しみじみ思っちゃう」

「分かる。魚とビールで延々呑めるよな」

「ああ、本当に美味しいわね、この鮎。たくさん獲れるなら、甘露煮を作ってみたかったけど、もったいない気がしてきたわ」

「ええっ？　鮎の甘露煮食べたいよ、カナ兄！」

新鮮な鮎を甘露煮にするのがもったいない気持ちも、食べたい気持ちもどちらもよく分かる。かろうじて甘露煮も食べたい欲が上回ったので、晶の援護射撃に回ることにした。

「カナさん、カナさん。鮎やサクラマスって、ダンジョンのモンスターじゃないですよね？　ということは、カテゴリー的にはラズベリーやブルーベリーと同じで採取できるのでは？」

「その可能性は高いわね。……待って。ということは――……」

「多分、私たちが根こそぎ魚を捕まえたとしても、明日また湖にリポップしているんじゃないでしょうか」

「…………食後、もう少し魚を獲ってみて、明日確認してみましょう」

「毎日大漁確定なら、甘露煮だけじゃなくて、色んな魚料理が味わえるなー」

明日の楽しみも確約されたところで、存分にダンジョン産の魚を堪能した。

湖の側での野営は、快適だ。

景色も良く、釣りや水遊びも楽しめるし、ベリーの木々を見つけたので、採取し放題。セーフティエリア内なので、モンスターは襲ってこない。安心して、のんびりと過ごせた。

もはや、これはグランピングだと思う。

就寝用のバスハウスの他にもドーム型のテントを設置しているので、ラビットファーのラグにのんびりと寝転がることもできる。タープの下に調理台やダイニングテーブルセットを設置した。

甲斐はノアのためにハンモックを吊るし、対抗するかのように、晶もキャットタワーを並べている。当の彼女は自然の木登りに夢中のようだが。

せっかくのハンモックなので、ありがたく美沙が使わせてもらった。

ゆらゆら揺れながら、収納内に放り込んでいた本を読む。冷たいジンジャーエールを堪能しながらの、優雅な読書。控えめに言って最高です。

（やっぱりグランピングかな？）

湖を覗き込んでいた奏多が良い笑顔で振り返った。ぐ、と親指を突き出してのサムズアップ。

「お魚さんたち、復活していました？」

「ええ。昨夜眠る前に、ミサちゃんに大量に捕獲してもらったじゃない？　だから、ちょっと心配だったけど。今、見てみたら、昨日と同じくらいの数の魚が泳いでいるわ」

やはり、ダンジョン内で採取可能な植物や生き物は、時間が経てばリポップするようだ。

「また自給率が上がりそうですね」

「そうね。野菜と卵、肉だけは充実していたダンジョン生活だけど、とうとう魚まで手に入るようになったわね……」

「海のお魚も欲しいですけど、贅沢は言いません。鮎の甘露煮が楽しみです！」

「分かっているわよ。ちゃんと作るから」

苦笑する奏多に、しっかりと約束を取り付ける。鮎の甘露煮なんて贅沢なご馳走(ちそう)、食べたことがない。今からとても楽しみだった。

「昨夜のお刺身も美味しかったですよね」

思い出すと、ほうっと熱いため息がこぼれ落ちる。

サクラマスのお刺身は、養殖で脂がたっぷりのったサーモンと良く似た食感だった。ねっとりとした甘さが後を引くが、くどさは感じない。旨味(うまみ)が凝縮された味だった。

「そうね。サクラマスのお刺身は絶品だったわ。ムニエルも美味しかったし、洋食メニューのレシピをたくさん試してみたくなっちゃった」

「ああ……サクラマスのムニエル。美味しかったですよね、あれも。身がふっくらして、滋味豊かで。バターと魚の脂が絡まったソースが最高に美味しかったです。パンがあったら、お皿がピカピカになるくらいソースを拭って食べていましたね！」

「うふふ。たしかに、サクラマスの脂が良いソースになったわよね。天然モノより養殖モノの方が脂のりは良いものだけど、ダンジョン産のサクラマスも養殖になるのかしら？」

「そうかも……？　毎日採り放題だし」

「お魚の採り放題はミサちゃんがいないと難しいと思うけど」

　魚を捕まえるのに【水魔法】はお役立ちだ。甲斐などは次に来る時には、釣竿や網を用意すると張り切っているが。

「とりあえず、リポップしたお魚さんたちをまた捕まえておきますね。だから、カナさん。今日のランチはサクラマスのグラタンをお願いします」

「ダンジョンで、グラタン？」

「えへへ。ちゃんと調べてきたんです。スキレットやフライパンでのグラタン作りのレシピ」

「ああ、なるほど。分かったわ。挑戦してみるわね。美味しそうだし」

　言質（げんち）は取ったので、さっそく【水魔法】漁に向かう。暇そうにしていた甲斐を助手にして、水球（ウォーターボール）に閉じ込めた鮎やサクラマスを次々とバケツに移していった。


　三人がそれぞれ立ち働いている間、晶はベリーを使ったカナッペを作ってくれた。

市販のビスケットにカスタードクリームを載せて、採取したブルーベリーやラズベリーを華やかに飾り付ける。我が農園自慢のいちごもカットして彩りに添えてある。

ピスタチオナッツを刻んで散らし、粉砂糖を振りかけると完成だ。

一口サイズのデザートで、見た目もとても可愛いらしい。完成したカナッペは美沙が慎重に【アイテムボックス】に収納した。これは本日のデザートになる。

「サクラマスが二十五匹、鮎はなんと四十四匹もゲットできたよ！」

湖だけでなく、近くの川も探したので、昨日よりもたくさん捕獲することができた。

これだけあれば、しばらくは魚料理に不自由することはないだろう。

生きたままだと【アイテムボックス】に収納できないので、甲斐が手早く締めてくれた。氷を詰めておいたクーラーボックスに締めた魚を並べていく。

「肉はもちろん最高の食材だけど、魚も美味いよな。キャンプ場で食べると、さらに美味く感じる」

「それ、分かるようになったかも。家で食べるのも良いけど、外だとまた格別だよね」

外での調理は自宅よりも不便だが、工夫しながら挑戦するのも楽しいと思えるようになった。

奏多もオーブン以外で作るグラタンは初めてだと、張り切っている。

「今朝食べたサクラマスの雑炊も美味しかったよね」

「土鍋で米から炊いたやつな。あれは反則的な美味さだわ。軽い朝食って言われたけど、丼に三杯はおかわりしたもんな」

「カイは食べ過ぎだよ、いくらなんでも」

贅沢にサクラマスを丸ごと使った雑炊は、是非とも我が家のレシピに加えて欲しい美味しさだった。優しい風味は二日酔い明けの朝食にもピッタリだと思う。

「よっしゃ、これが最後の一匹！」

「お疲れさま。ね、弟くんたちが遊びに来たら、川遊びに連れて行ってあげようね。で、河原キャンプで、この鮎を焼こう」

「いいな、それ。チビたちも喜びそうだ」

クーラーボックス二個分の魚は傷まないよう、すぐに【アイテムボックス】に収納する。

家に帰ったら、下処理をしなければ。冷凍保存しておくべきか、すぐに焼いて食べられるように【アイテムボックス】で保管しておくか、悩みどころだ。

（ご近所さんへのお裾分け用だけ冷凍しておこうかな。ダンジョン産の魚だから寄生虫の心配はないけれど、貰った方は冷凍していないと不安だよね）

しばらくは自分たち用に確保しておきたいので、配るとしてももう少し先の話になりそうだ。

鮎やサクラマスに触れて生臭くなった手を【水魔法】で洗ってみたが、独特な匂いはなかなか落ちそうにない。晶に浄化（クリーン）をお願いすると、ぬめりだけでなく、生臭さも綺麗に消えた。

浄化（クリーン）の魔法は最強だとあらためて思う。感心していると、奏多に呼ばれた。

お待ちかねのランチタイムだ。

「すぐに行きます！」

タープ下のテーブルには、スキレットと大きめのフライパンがそのまま並べられていた。リクエストしたサクラマスのグラタンだ。焦げたチーズの香ばしい匂いがたまらない。

「すごい。美味しそうです、カナさん！　フライパンでもこんなに綺麗な焦げ目が付くんだ」

「そこは秘密兵器を使ったのよ」

ふふんと笑いながら、奏多が取り出したのは、クッキングバーナーだ。

「いつか使ってみたくて、こっそり購入していたのよ。今回初めて使ってみたけど、楽しかったわ。クセになりそう」

「なるほど、バーナー。グラタンのお焦げ部分が大好きなので、良いと思います！」

「俺も良いと思う。肉とか魚とか炙り放題だな」

「炙ったお肉……素敵ですね。カナ兄、次はお肉料理でも炙りをぜひ」

「仕上がりが段違いだもの。これは積極的に使っていくから期待していて？」

お約束のウインクに、皆スタンディングオベーションだ。落ち着きましょう。

メインはサクラマスのグラタンだが、ガーリックトーストやトマトスープも並べられている。

どれも美味しそうだ。

「グラタン、熱いから気を付けてね？」

「はーい！　いただきます！」

玉ねぎとサクラマスだけでなく、キノコもたっぷり入っている。この階層で採取したキノコなので、旨味がすごい。とろりとしたグラタンソースには牧場の新鮮な牛乳とチーズが使われていた。

以前に食べた、ウサギ肉のグラタンも美味しかったが、シーフードグラタンも負けていない。

「サクラマスとチーズの相性が抜群！　グラタンがこんなに美味しいなら、ホワイトシチューにも良さそう。サクラマス、色々な食材との相性が抜群ですね」

「身がふっくらしていて、お肉にも負けないもの。煮物、蒸し物、刺身に焼き、どれも美味しく調理できるから、素敵な食材だわ」

「グラタンうめぇ。チーズと合うなら、サクラマスを使ったピザも良さそうだ」

「それ絶対に合うと思う！　カナ兄……」

「はいはい。そのうち庭にピザ窯を作っちゃいそうな二人ね」

軽やかに笑う奏多を前に、美沙は額を押さえる。冗談のつもりの一言だろうが、モノ作りが大好きな二人の目が真剣だ。制作途中のバスハウスが完成してから、と釘を刺しておこうと思う。

六階層でのキャンプを終えてからは、のんびりと田舎暮らしを満喫している。

「んー。しっかり果汁が砂糖にいきわたっているね。良い感じ」

梅を漬けた酒やシロップは定期的に瓶を傾けて混ぜている。こうすると糖分がいきわたると、祖母から教えてもらった。凍らせた梅を氷砂糖で漬けるだけで果汁が溢れるのが、不思議で仕方ない。

梅酒を楽しめるのはまだ先の話だが、梅シロップは一週間から十日ほどで飲める。

「つまりは、もう飲み頃。ふふふっ」

スプーンで味見をしてみる。綺麗な琥珀色の、とろりとした液体だ。梅の香りが強い。少しだけ舐めてみたが、そのまま味わうには、かなり濃厚。美味しいけれど。

「お湯や炭酸で割る方が飲みやすいかな？　でも、原液のシロップも、これはこれで使いようがあるんだよね。カキ氷のシロップにするとか」

さすがに昼間から梅酒カキ氷はどうかと思うので、そっちはお風呂上がりのお楽しみにしよう。

バニラアイスに梅酒を回し掛ける楽しみも忘れてはいない。

「子供の頃は夏休みが大好きだったけど。大人になった今も、夏は楽しいことがいっぱいあるものなのね。知らなかったかも」

何と言っても、夏は冷やしたビールが最高に美味しい。バーベキューも盛り上がるし、きっと川遊びも楽しいに違いない。

（春は花見で楽しいし、秋は美味しいご飯とお酒が楽しめるし、冬は炬燵で飲むビールがまた楽しいんだよね）

一年中飲んでいる気がするが、気にしない。美味しいご飯とお酒は生きる活力なのである。

「ともあれ今は、梅シロップジュースだね！　炭酸で割って、皆に配ってあげよう」

『宵月』から引き上げてきた炭酸水のボトルはまだたくさん【アイテムボックス】に眠っている。

氷をたっぷり放り込んだグラスに梅シロップを投入し、炭酸水を混ぜる。

マドラーを使うと氷が涼しげな音を立てた。

バーテンダー時代の奏多に教わった、中指と人差し指の間に挟んで、親指を添えた持ち方でマドラーを動かしてみる。

（中指で前に押し出して、人差し指で引くように円を描く、だったかな？）

上手に混ぜられたかは分からないが、琥珀色の美しい色合いには満足した。ほど良く冷えたところで、【アイテムボックス】に人数分のグラスを収納する。


八月初めの夏の陽射しは強烈だ。古民家は山の麓に建っているので、都心よりは涼しい。が、体力を奪うような強い陽射しは、都会のそれと変わらない。

麦茶は途切れないように作り置いているつもりだが、すぐに飲み干してしまう。毎日こまめに交代で麦茶作りに励んでいるが、たまにはお茶以外の水分補給も良いだろう。

まずは、庭で未だバスの改造に励んでいる二人に差し入れだ。

「二人とも、そろそろ休憩にしない？　梅シロップジュースを持って来てあげたよー」

ドアを叩いて中を覗き込む。窓は開け放ち、扇風機を使っているようだが、中はかなり蒸し暑い。

「うわぁ。大丈夫？　熱中症にならない？」

「平気平気。ちゃんと定期的に休憩しているからな」

「私も大丈夫ですよ。暑くなったら、納屋の方に涼みに行っているので」

からりと笑う甲斐はあまり信用がならない。涼しげな表情で微笑む晶も言わずもがなだ。二人ともモノ作りに熱中すると、寝食を忘れるタイプだということは、既に熟知している。

（定期的に私かカナさんが様子を見に来ないと、ずっと作業しているもんね）

最近では、心得たノアやシアンが作業を止めに乱入し、強制的に休憩に持ち込むこともあった。飼い猫にまで心配されていますよ？

「とりあえず外に出ようよ。暑すぎる！」

渋る二人を引きずって、ひんやりとした納屋に避難する。コンクリート製の建物はちょうど風の通り道なこともあり、意外と快適だ。

「はい、本日のおやつだよ。梅シロップジュースと鶏皮せんべい」

「おお！　これ、もしかしてこの前漬けた梅のやつ？」

「そうそう。皆に下処理を手伝ってもらった、梅シロップだよ。炭酸で割っているから、飲みやすいと思う」

「綺麗な色ですね。漬けていた梅はどうするんですか？」

「梅ジャムにするつもり。クリームチーズとの相性がいいから、クラッカーに添えて食べると美味しいんだよね－」

「酒に合いそうだな、それ。……ん、美味い。酸味がまろやかになって、すげぇ飲みやすいな。疲れも取れそうだ」

「美味しいです。これは、シャーベットにしたくなりますね」

「アキラさんの案もいいね。私はカキ氷にしようかと考えていたんだけど、シャーベットもいいかもしれない。甘酸っぱいから、夏にぴったりだね」

「カキ氷！　いいな、それ。シャーベットも食いたい」

「弟くんたちに作ってあげたいですね、カイさん」

「おう。絶対に気に入るぞ、アイツら」

革のソファに背を預けて、三人でのんびりと梅シロップジュースを堪能する。クエン酸が美味しい。汗で失った塩分は、小皿に盛った鶏皮せんべいで補給する。

「この鶏皮を揚げたツマミも美味いな。手が止まらなくなる」

「これ、もしかしてコッコ鳥の？」

「当たり！　コッコ鳥の鶏皮部分に塩胡椒で味付けて焼いたやつだよ。美味しいでしょ？」

「揚げてないのか」

「ないよー。油も一切引かずに、フライパンで皮目部分からひたすら焼くだけ。鶏油が溢れてくるから、パリパリの揚げ焼き状態になるんだよね」

節約料理レシピを思い出して、作った一品だ。業務用のスーパーで安く仕入れた鶏肉の皮部分を使って作る、簡単おつまみレシピ。学生時代には良くお世話になったメニューでもある。

安くて作るのが簡単なのに美味しいので、重宝していたレシピだ。ちなみに脂がキツいと祖父母には不評だった。年配者の胃腸には優しくないのかもしれない。

「美味いけど、ビールが欲しくなる」

「夜まで我慢だよ。また作ってあげるから。じゃあ、私はカナさんにもジュースを配ってくるから、ほどほどに休憩すること！」

甲斐が牧場仕事から帰宅するのが午後三時過ぎ。一時間近く、あの暑いバスの中にこもっていたようで、二人は後ろめたそうに「てへへ」と笑っている。これはダメそうだ。

ため息を吐いて、ぽよぽよと通りがかったスライムのシアンに二人の見張りをお願いする。お駄賃は鶏皮せんべい。大喜びで受けてくれたので、後を任せて母屋に戻る。

「さて、カナさんは屋根裏部屋かな？」

午前中に動画編集作業を終えた奏多は、午後からはキッチンか屋根裏部屋にこもることが多い。キッチンで料理を研究しているか、屋根裏部屋で読書を楽しんでいるかの二択がほとんどだった。

傾斜のキツい階段を登った先、予想通りに奏多がソファに腰掛けて本を読んでいた。

「カナさん、梅シロップが完成したので、ジュースの味見をお願いしても良いです？」

「あら、わざわざありがとう。綺麗な色ね、美味しそう」

手にしたグラスをしみじみと眺める様は妹とそっくりだ。さすがに奏多に鶏皮せんべいを提供するのは憚られて、ここは無難に頂き物のサブレをそっと差し出しておく。

「美味しいわねぇ、梅のシロップジュース。梅酒しか飲んだことはなかったのだけど、夏にはとても良い飲み物だわ」

「疲労回復効果がありますからね。お口に合って良かったです」

「シロップでこの出来なら、梅酒が今から楽しみね」

「せめて半年は我慢してください。寝かせた方がまろやかになります」

「焦ったいけど、我慢するわ」

「その代わりと言ってはなんですけど、漬けておいた梅でジャムを作りますね」

漬けっぱなしにしておくと、えぐみが出る場合があるので、飲み頃になったら梅は瓶の中から回収するのだ。そのまま食べても美味しいが、どうせならジャムにしたい。

「素敵。手伝うわよ？　私も鮎の甘露煮を作りたかったし」

「鮎の甘露煮！　私も手伝います」

「じゃあ、共同作業ね。ジュース美味しかったわ。ありがとう」

優しい微笑を向けられて、今日一日の疲れが浄化された気分だ。

ご機嫌でポニーテールを揺らしながら、美沙は弾むような足取りで階段を降りていった。

モノ作り好きな二人が張り切って取り掛かっていた、中古バスの改装が完了した。

明日から甲斐の弟たちが我が古民家シェアハウスに泊まり掛けで遊びに来るため、どうにかギリギリで間に合った。

「計算通り！」

「いやいや、カイ。ギリギリだったじゃないの。弟くんたちのお泊まりは、明日から一週間なんだよね？　他の準備はできているの？」

「一応、牧場オーナーには見学をお願いしているけど」

「他の予定は？」

「んー……出たとこ勝負的な？」

「もう！　少しは考えなさいって！」

「アイツらずっと都内暮らしだからなぁ。キャンプもしたことないし、田舎は初めてなんだ。見る物なんでも新鮮に感じるだろうし、どこでも遊び場にすると思うぞ？」

「それは、そうかな……？」

ちょうど美沙たちが暮らす古民家の周辺には、山も川もある。海までは少し距離があるけれど、車で片道一時間ほど飛ばせば海水浴場もあるのだ。

「クラゲが怖いから、お盆シーズンの海は避けたいかな。水遊びは近くの川でも平気？」

「平気平気。むしろ喜びそうだ。海水浴場じゃ、バーベキューも気を遣うし。人のいない河原の方が気にせず騒げそうだよな」

河原でバーベキューをしても良いかと、事前に役場へ確認しているので、安心して楽しめる。火の管理とゴミの持ち帰りさえ徹底すれば、特に問題はないと許可が下りたのだ。

観光客が皆無な田舎ならではのアバウトさに感謝だ。田舎ゆえにロケーションは素晴らしいので、SNSでバズったら、一気に人が押し寄せそうではあった。

地元が潤うのは嬉しいが、マナーの悪いキャンプ客が集まるのは好ましくないため、河原では奏多の動画配信もしない予定。ダンジョン内の湖の方が映えそう、とは皆の意見だ。

「初日は近くを散歩して、翌日から三日間は牧場の見学と手伝い経験。あとの三日間で、川と山を遊び尽くす予定だ！」

「山も川も舐めたら危険な場所だからね。ちゃんと面倒を見てあげるんだよ？」

「分かっているって。任せろ」

「……不安しかないけど、まぁ、リクくんがいるから大丈夫かな」

「いやいや、長男、オレ。リクは次男！　オレが保護者だからなっ!?」

「甲斐四兄弟の中で一番しっかりしているのは間違いなく次男のリクくんだと思う」

長男のカイ、もとい御幸(ミユキ)は二十二歳。次男の陸人(リクト)は中学三年生、十五歳だ。下の弟二人は小学生で、何と双子だ。七海(ナナミ)と大空(ソラ)という名前らしい。

美沙はまだ下の弟二人とは会ったことがないので、名前しか知らないのだが。

「双子くんたちは、いくつだったっけ？」

「ん、ああ。小学四年生で、十歳。悪ガキだが、リクの言うことだけはちゃんと聞くんだよなぁ、アイツら」

「リクくん、育ち盛りの男子の胃袋を掴(つか)んじゃっているからね」

「やっぱそれかぁ」

あー、とため息を吐きながら、甲斐は頭をがしがしと掻(か)いている。

それまで黙々とバスハウスの内装を確認していた晶が、ふと顔を上げた。

「カイさんの弟さんたちの名前、もしかして……」

「おう。上から順に陸海空、分かりやすいだろ？」

「なんて呼んでいるんですか？」

「七海が俺と一緒でフルネーム呼びを嫌がるから、リク、ウミ、ソラ呼びだな。学校でも頑なにそのあだ名で通しているみたいだ」

「なるほど。ウミくんはカイにそっくり、と」

「あー…たしかに、似ているかも？　リクは温厚で文系寄り。ウミは体育会系で暴れん坊。ソラは理系の悪戯好きかな」

なかなか個性的な弟くんたちのようで、今から会うのが楽しみだ。

昨日のうちに、美沙は奏多と連れ立って、スーパーで弟くんたち用に色々と買ってきている。我が家は野菜や肉、卵には困らないが、子供たちにはオヤツが必要だ。

特に夏はアイスが大人気と見込んで、たくさん買い込んである。

カキ氷用のシロップも定番のいちご、レモン、メロン、ブルーハワイと揃えた。

スナック菓子については、我が家の野菜でヘルシーなチップスを作る予定。

「明日は何時頃に迎えに行くの？」

「早朝四時には出発する予定。カナさんに車を借りるから、実家には六時頃到着すると思う」

早めに出発するのは、母親を駅まで送るためらしい。弟たち三人を我が家に招待し、その間、母親に二泊三日の温泉旅行をプレゼントしたのだ。

仕事と息子たちの世話で疲れている母親へのサプライズだという。

移動で疲れるのは意味がないので、電車で一時間ほどの観光地の宿を甲斐はネットで予約していた。宿までの往復切符も手配済み。

「おばさんがゆっくり養生できると良いね」

「そうだな。俺はまだ子供の頃に旅行の思い出はあるけど。リクが生まれてからは忙しくて、旅行自体が久々のはず」

「温泉宿なんですよね？　ご飯が美味しい宿、ってカイさんが頑張って探していた」

「えっアキラさん、見ていたの？　恥ずかしいんだけど！」

「どうしてですか？　すごく良いお兄さんだなって、感心しました。お母さまにも自慢の息子さんです、きっと」

「ふぉぉアキラさんもうやめてぇぇ」

褒められ慣れていない甲斐が恥ずかしさに身悶えしているのを放置して、美沙はさっさとバスハウスの見学に向かった。

「わぁ……！　あれから、かなり手を入れたんだね。すごく快適そう」

ダンジョンキャンプに使わせてもらってから、しばらくは内装を確認していなかったのだが、さすがの完成度だった。

ドアを開けてステップを上がると、小さいながらも玄関スペースがある。

五足ほど収納できる木製の靴箱は、甲斐の手作りだろう。シンプルだが、味がある。一応、スリッパも置いてあるが、小学生二人は裸足になるだろうと見越して、床はフローリングにしてあった。

美沙も裸足で踏み締めてみたが、ひんやりとしており、気持ち良い。

「ここはリビングかな？　折り畳みができるテーブルとベンチがある」

木製のテーブルはバスの壁面に装着されており、折り畳んで仕舞えるように工夫されていた。

ここには座り心地の良いソファを置く予定だったが、さすがに夏なので風通しの良い木製のベンチとなったようだ。スノコのようになっている座席部分に、接触冷感素材のクッションを置いてある。明るい水色のクッションで、涼しそうだ。

「ん？　これはもしかして、ベンチを繋げれば、スノコベッドになりそう……？」

ベッドに変形するだけでなく、季節ごとにカバーを替えれば、通年で楽しめるようになっていた。

冬はドロップアイテムのワイルドウルフの毛皮を敷けば、ゴージャスかつ暖かそうだ。

「で、このクッションはラビットファーだね。白い毛皮を青く染めたのかな。すごく綺麗」

バスハウスのカラーリングは夏らしくブルー系で纏めているようだ。

リビングの隣にはキッチンスペース。シンクと調理台、ガス台には卓上コンロが置かれている。

冷蔵庫の上には木製の棚が設置され、小型のレンジとポット置き場になっていた。

シンクの上は両開きの棚があり、収納スペースもしっかり確保されている。中身はフライパンと小鍋、食器はステンレス製のワンプレート。蓋付きのシェラカップも四人分揃っている。

もちろん冷蔵庫の中には飲み物のボトルがしっかりと冷やされていた。

ちなみに電源は納屋のコンセントを使っている。バスハウスは納屋にぴたりと寄せて、延長コードを駆使して家電を使用する予定らしい。

「ダンジョンではソーラーパネルと発電機を使うしかないけど、ここには電源があるもんね。でも、おかげで冷房問題も解決したかな」

日中は日除けのタープを張って熱を集めないようにしつつ、スポットクーラーで涼を取る作戦だ。いちばん陽射しのキツい時間帯は外に遊びに出掛けているので、どうにかやり過ごせるだろう。よほど暑さが過酷なら、母屋に避難してくれれば、居間にはエアコンがある。

山裾の夜間は涼しくなるので、スポットクーラーで充分快適だろうが、当初の予定通りにエアコンの利いた居間で雑魚寝をするのも、きっと楽しいと思う。

「そうだ。せっかくだし、蚊帳を出してあげよう。多分、見たこともないだろうし」

美沙も幼い頃は蚊帳に大喜びしたタイプだ。テント気分で楽しかった覚えがある。

バスハウスの二段ベッドも綺麗にベッドメイクされていた。シングルサイズのタオルケットも藍色で揃えてある。ワイルドウルフからドロップしたコインを換金した資金の残りで、新しい寝具をセットで買い揃えたのだ。

ベッドの手前にはクローゼットが備え付けられている。両開きタイプで、一番下の段はトランクケースがすっぽり入りそうなほど、広い。

上は三段に分かれており、棚になっている。着替えや雑貨置きにもちょうど良い大きさだ。

四人分の収納スペースがあり、下手なビジネスホテルよりも快適そうだ。

「ん？　ベッドにぬいぐるみ？」

ふと気付いて、そっと枕の横を覗いてみる。

てのひらサイズのぬいぐるみは、きっと晶が作った物だろう。

ラビットファーを使った、ふかふかのぬいぐるみだ。小鳥のぬいぐるみ、イルカのぬいぐるみ、子犬のぬいぐるみがそれぞれの枕元に一つずつ飾られていた。

「ウェルカムぬいぐるみかな？　可愛いな。カイのベッドには……ニワトリのぬいぐるみ？」

お世話係のイメージが強かったのか。

何にせよ、晶の可愛いらしいおもてなしに、甲斐兄弟たちもきっと喜んでくれることだろう。

第五章◆甲斐兄弟との夏休み

甲斐の弟たちが、我が家にやって来た。

奏多から借りた軽ワゴンに乗って、早朝から迎えに行っていた甲斐が弟たちを乗せて戻ってきたのだ。助手席に座っているのは、次男の陸人だろうか。十年ぶりだが、面影がある。甲斐を小型化させたような、元気な双子が後部座席ではしゃいでいるのが、遠目からでも良く分かった。

ちょうど手が空いたので、留守番をしていた三人で出迎えることにした。

甲斐が車を停めると、待ちかねたように後部座席のドアが開いて双子が飛び出してくる。

助手席の少年が慌てて二人の後を追い掛けた。甲斐がため息を吐きながら、車から降りてくる。

「しょーがねーなー、アイツらは。ちょっと捕まえてくる」

「元気ね。さすが小学生男子」

二人の兄に首根っこを摑まれて、四人兄弟で戻ってきた。

次男の陸人は明るい茶色の癖っ毛がチャームポイントの十五歳の少年だ。母親似で優しい顔立ちをしている。少し垂れ目気味でおっとりとした性格だったことを、美沙は覚えていた。

「ほら、挨拶」

「もー兄ちゃん、うるさい！　分かっているってば」

「お世話になります。次男の陸人です。こっちが七海で三男。メガネをかけているのが末っ子の大空です。よろしくお願いします」

甲斐の催促に、率先して挨拶をしたのは次男の陸人だ。いつのまに手にしていたのか、手土産の紙袋をそつなく渡してくる。

「いらっしゃい、リクくん。カイの運転で酔わなかった？」

「……もしかして、ミサ姉ちゃん？」

「うん。久しぶりだね。手土産ありがとう。気にしなくても良かったのに」

「母さんが絶対に持っていけって」

恥ずかしそうにはにかむ姿は、人見知りをしていた幼い頃と変わっていない。下の兄の様子を興味深そうに眺めていた双子たちが、はっと何かに気付いたように、美沙を振り仰いだ。

「あ、ミサか！　兄ちゃんが良く話題にしていた……」

「だな。母さんも懐かしいわーって言っていた。えっと、よろしくお願いします」

「あ、そうだ。お世話になります！」

「おいこら呼び捨てるなって。リクみたく、ミサ姉ちゃんって呼べ」

「何でだよー。兄ちゃんも呼び捨てじゃん」

「そりゃ俺は幼馴染みだからな」

「えー？　そんなのズルいー」

三男の七海――ウミは、小学生時代の甲斐にそっくりだ。短髪で膝には絆創膏が貼ってある。にかりと快活に笑う、ガキ大将タイプ。四男の大空――ソラは、少し長めの前髪とメガネがトレードマーク。顔付きは双子の兄であるウミとよく似ているが、受ける印象は全く違って見えた。

「どっちでもいいけど。どうせなら、ミサ姉ちゃんって呼ばれたいかな。ウミくん、ソラくん、一週間よろしくね？」

「ミサはここの家主だからな。怒らせるんじゃねぇぞ？　で、ミサの隣にいるのが、カナさんだ」

「よろしく、少年たち。カナって呼んでね？」

にこり、と微笑む奏多に、少年たちは驚いていた。さすがに今日はメイクはしていないが、こんなに綺麗な男の人は見たことがなかったのだと思われる。

「よろしくお願いします、カナさん」

いち早く立ち直った陸人――リクが、そつなくお辞儀するのを真似て、双子も頭を下げている。

「こっちが私の妹」

「アキラと言います。兄共々、よろしく」

兄の奏多と同様に麗しい晶の笑顔に、三人の少年たちはほんのりと頬を赤らめている。さすが思春期。自分との違いにちょっと遠い目をしたくなった美沙である。

「こちらこそ、よろしくお願いします……」

おずおずと挨拶を返すリクの背後で、双子が首を傾げている。

「オトコ？　オンナ？　どっちがどっちだ？」

「アキラさんが兄って言っていたから、カナさんはオトコだろ。妹の方がオンナのヒト」

「逆じゃないの？」

「コラ、お前ら。失礼なコトを口にしていると、飯抜きにするぞ」

えー？　と騒ぐ双子を、次男のリクが慌てて頭を下げさせている。

「ふふっ。こんな外見だけど、一応女です。よろしくね」

「そして私の性別は男よ。喋り方が少しばかり変わっているけど、気にしないでちょうだい」

「おお……！」

個性的な北条兄妹の自己紹介に、双子が何やら感心している。

少しばかり驚いてはいたが、特にそれ以上気にならないようだったので、そのまま我が家へ案内することにした。バスハウスが気になるのか、ちらちらと眺めていたが、まずは母屋へ。

荷物は母屋の居間に置いてもらう。中を案内するのは、長兄の甲斐に頼んでおく。

美沙はさっそく手土産を開けて、お茶の用意をする。

「あ、バウムクーヘンだ。美味しそう」

「あら、この店。人気店だから、お母さま、ずいぶん苦労して手に入れたんじゃないかしら？」

「そうなんですね……。気を遣わせちゃったかな」

とはいえ、美味しいお菓子の差し入れは素直に嬉しい。ありがたく頂戴する。

人数が多いからか、バウムクーヘンは二個セットで包まれていた。それとは別に一口サイズの固めなバウムクーヘンも人数分。

「どっちも美味しそう……。とりあえず、先に切り分けちゃいますね」

「お砂糖でコーティングされた、このカリカリの皮部分がとっても美味しいのよねー」

上機嫌の奏多が、一口サイズのバウムクーヘンを仏壇に供えてくれた。お供えを忘れて切り分けていた美沙は少しばかり気恥ずかしい。

外は陽射しが厳しかったので、冷たい麦茶を人数分用意したところで、敷地内を案内してくれていた甲斐が弟たちを引き連れて戻ってきた。ついでにバスハウスを見学させてあげたのだろう。

双子たちが、やたらと興奮してはしゃいでいる。

「ほら、落ち着け。順番に手を洗ってこいよ」

「「はーい！」」

洗面所に向かう双子の後を次男のリクが追い掛ける。すっかり保護者役が板についているようだ。

甲斐はこの短時間で既にぐったりと疲れ切っていた。

「アイツら、元気すぎないか？　出発前からテンションマックスのままだぞ……」

「初めての兄弟旅行が嬉しくて、張り切っているんじゃない？」

そう考えると、微笑ましい。

テーブルに突っ伏していた甲斐が、ふと顔を上げた。

腰のベルトにぶら下げている巾着型のマジックバッグを奏多に手渡している。

「カナさん、これ。弟たちが世話になるし、大したもんじゃねーけど。地元で人気の店のパンを買ってきたんだ。皆で食べてよ」

「あら、いいの？　焼き立ての食パンが三本もあるわ！　クロワッサンも美味しそう」

「なになに？　わぁ、メロンパンもあるね。いい匂い。カイ、朝から並んだの？」

「おう。早朝から営業しているんだ、そこの店。母さんを駅に送ってから、寄り道して買ってきた。一緒に買ったメロンパンのラスクも美味いぞ」

マジックバッグには、大量のパンが詰め込まれていた。大きな紙袋三つ分ある。

宿泊費用や食費を断ったので、気を遣って用意してくれたのだろう。せっかくの焼き立てパンなので、ありがたく預かり、美沙の【アイテムボックス】に中身を移動させておいた。

「ありがと。明日の朝食に皆で食べようね」

「おう。アイツらうるさいし、迷惑かけるかもしれないけど」

「賑やかで楽しいじゃない。ここは田舎だし、誰も気にしないって」

珍しく弱気な甲斐に、美沙はくすりと笑った。奏多も微笑みながら頷いてくれる。

「そうよ。ご近所のおじいちゃんおばあちゃんたちも子供が少ないって、寂しがっていたもの。後で散歩ついでに挨拶してきなさいな。きっと喜んでくれるわよ」

「おー。ついでに野菜を持っていくよ」

手を洗って戻ってきた子供たちと居間の大きなテーブルを囲んで、麦茶とバウムクーヘンを堪能する。朝食の時間が早かったので、子供たちはお腹が空いていたらしく、すごい勢いでバウムクーヘンが食べ尽くされたのには驚いた。さすが食べ盛りの男の子たちだ。

ちなみにノアは子供が苦手らしく、甲斐兄弟の気配を察知するや否や、どこかに隠れてしまった。

こうなると、お腹が空くまで出てこなくなるのだと、奏多が苦笑していた。

「昼食まで、まだ少し時間があるから、近くを散歩してきたら？」

ご近所への顔見せが、田舎で暮らすには大事なので、食べ終わった四兄弟を外に送り出す。

甲斐の手にはビニール袋いっぱいに詰めた野菜を持たせた。念のために、四人には帽子をかぶらせ、それぞれ冷たい麦茶入りの水筒と塩飴（しおあめ）を握らせておく。

「油断すると熱中症になるからね。気を付けて」

「はーい」

「じゃあ、行って来るね。ミサ姉ちゃん」

「行ってらっしゃい」

散歩コースには、甲斐のジョギング仲間であるシベリアンハスキーのミックス犬がいるお宅もあるので、子供たちも楽しめるだろう。甲斐にはなるべくのんびり遊んできて、と伝えてある。

見送りを終えた美沙は、背後を振り返った。竹の束を抱えた北条兄妹が頼もしい笑顔で待ち構えてくれていた。ここからは、時間が勝負だ。

「じゃあ、昼食の用意をしましょう。夏の風物詩、流し素麺を！」

「いったぞー」

「次、オレ！　オレが取る！」

「あっずるいぞ、ウミ！　次はオレだ」

「こら、喧嘩しない。交代で取りな」

塚森家の庭に賑やかな子供たちの声が響いている。

小学生男子が二人増えただけで、こんなにも騒がしくなるのには驚いた。

幸い、我が家は隣家とも数百メートルは離れた場所にあるので、深夜のバーベキューを開催しない限りは許容範囲内。こういう時ばかりは、田舎で良かったと思う。

流し素麺は子供たちに大好評だ。三人がかりで流し素麺台を作った苦労も報われるというもの。

青竹は裏山に大量に生えているので、材料には困らなかったが、地味に面倒な作業だった。

鉈と金槌で竹を割り、節を取る作業は奏多が受け持ってくれた。

意外と簡単に二つに割れる様は眺めている分には、とても楽しい。節も金槌で軽く叩けば、呆気なく割れて取り除ける。面倒なのは、節や竹の断面に丁寧に紙やすりを掛ける作業だ。

ささくれで子供たちが手を怪我しないように、慎重に紙やすりで滑らかにしていった。

せっかくの流し素麺なので、張り切って十メートル近い長さで台を作ってある。

おかげで素麺を流す際に、結構な高さからスタートすることになってしまったが、子供たちは大喜びしていたので問題はない。

お中元の貰い物や、ギフトの解体セールで買い溜めした素麺をここぞとばかりに解放した。

大鍋で大量に茹で、流水で冷やして一口サイズにした物を美沙は【アイテムボックス】に収納し

ておいた。

育ち盛りの子供たち三人に、燃費の悪い大食いの大人が四人。ものすごい量の素麺を延々と茹でた。

余っても、【アイテムボックス】内での保管が可能なので、家にある素麺を全て放出してある。

食べ盛りの子供と我々がそれだけで我慢ができるはずはないので、大量の天ぷらも用意した。

どうせなら揚げ立てをその場で食べさせてやろう、と庭に調理用のテーブルを設置して、ＩＨコンロでせっせと天ぷらを作った。

メインは自慢のお野菜。ナスの天ぷらは一番人気で、次はこだわりのかき揚げだ。

シンプルに玉ねぎとニンジン、ごぼうを使ったものの他にも、玉ねぎと枝豆とジャコを揚げたものも人気だ。サツマイモのかき揚げやコーンのかき揚げは子供たちに好評だった。春菊のかき揚げは微妙に不人気。大人も子供も大好きなのは、ボア肉と玉ねぎの洋風アレンジかき揚げか。

「小海老(こえび)入りのシンプルなかき揚げも美味しいけど、このサキイカを刻んで入れたかき揚げが最高に美味しい。ビールが欲しくなるぅ……」

サキイカの旨味がかき揚げを一段上に押し上げているようだ。これはお酒と絶対に合うやつ。

さすがに昼間から子供たちの前で飲むのはどうか、とどうにか理性を総動員させて我慢しました。

冷たい麦茶も美味しいです。

「大葉の天ぷらもさくさくで美味しいですよ」

「アキラさん、渋いっスね。俺は海老(えび)天かなー。レンコンの天ぷらも好きだけど」

素麺は子供たちに譲って、大人組はのんびりと天ぷらを味わっている。

ちなみに甲斐は海老やイカの天ぷらを齧りながら、弟たちのために素麺を上流から流すお仕事中。大皿いっぱいに天ぷらをしっかり確保しているあたり、さすがだと思う。

「鶏天ならぬ、ウサギ肉の天ぷらは塩で食べるとイケるわ。カボチャもほくほくで美味しい」

「カナさんが作ってくれた半熟卵の天ぷらも美味しいですよ。絶妙にトロットロで、延々と食べられそう」

「ふふっ、ありがと。リクくんも遠慮しないで食べなさい。素麺はあの子たちが落ち着いてから食べればいいわ。まだまだ、たくさん茹でてあるから」

「あ、はい。カナ、さん。いただきます」

遠慮がちなリク少年の皿に、美沙は次々と天ぷらを載せてやった。海老にイカ、ウサギ肉の天ぷらはもちろん、オススメの半熟卵の天ぷらもそっと皿に放り込む。

あとは子供も大好きなナスやちくわ、カニカマの天ぷらも投入した。磯辺(いそべ)揚げ美味しいよね！

「ミサ姉ちゃん、もういいよ。ありがとう」

「そう？　いっぱい食べなきゃ大きくなれないよー？」

「……ミサ姉ちゃん、それは禁句だよ」

「ん？　ああ、カイか。リクくんの方が大きかったね、そういえば」

リク少年は十五歳だが、既に身長百七十センチを超えている。ひょろりと上に伸びた感じで、まだまだ成長途中。甲斐はシェアハウス開始時には身長百六十五センチだったが。

「でも、ユキ兄さん。この数ヶ月で一気に成長している気がする」

リクは兄のことを「ユキ兄さん」と呼ぶらしい。新鮮な響きだ。

「そうね。きっと田舎の空気が身体に合ったのよ。五センチは伸びているもの」

「ええ。ビックリよね。野菜やお肉をたくさん食べて、目一杯運動しているからでしょうけれど。あれはまだまだ伸びる男よ」

「カナさんが言うと説得力がある……」

魔力をたっぷり含んだ食物を摂取しているからか、甲斐は成長期さながらに育っている。

食べ物と運動はもちろんだが、もしかしてポーションも良い方に作用したのかもしれない。

「私も田舎生活で良く動くようになってから、かなり身体が引き締まったし、健康的な暮らしってすごいよね！」

「そうね。私もお肌の調子が良くて嬉しいわぁ」

少しわざとらしかったか。ちらりとリク少年を横目で確認したが、特に気にしてはいないようで、美味しそうに天ぷらを頬張っている。さくり、と噛み締めて瞳を細める様は微笑ましい。

「美味しいです。さくさくに揚がっているの、すごいな。僕が揚げ物を作ると、べしゃべしゃになるんですよね……」

はぁ、とため息を吐く甲斐家の料理担当、リク少年の皿に、奏多が揚げ立てのかき揚げを載せてやる。

「ここにいる間、私が料理を教えてあげるわよ？」

「え、いいんですか？」

「もちろん。人数も増えたことだし、お手伝い要員が増えるのは嬉しいわ」

「がんばります！」

奏多の誘いに、リクは大喜びで挙手している。

レパートリーが少ないから、と恥ずかしそうに申告する様が健気で、奏多は大いに兄心を刺激されたようだ。

「僕はまだ簡単な料理しかできなくて。家庭科の授業で習ったメニューと本を見て、少しずつ覚えようとしているんですけど……」

「まずは実地で基本を押さえれば良いわ。大人でも自炊しない人は多いもの。偉いわね」

「弟たちにコンビニのお弁当やパンばかり食べさせたくなかったから。最初はご飯を炊くことしかできなかったんだけど」

そこから、卵焼きや味噌汁、野菜炒めと少しずつ作れるメニューを増やしていったらしい。

「天ぷらは一度挑戦してみたんだけど、さくさくにならなくて。あと、油の後始末がすごく大変だったから、家で作るのは諦めていましたが……」

視線の先には双子がいる。ようやく素麺に飽きたようで、今は嬉しそうに天ぷらを頰張っていた。

「あんな表情をされちゃ、お兄ちゃんも頑張りたくなるわよね。分かったわ、コツを教えてあげるから、こっちにいらっしゃい」

「はい！」

助手を手に入れた奏多はウキウキとリクを引き連れて調理実習を開始している。

美沙はひとしきり天ぷらを堪能すると、流し素麺コーナーへ移動した。素麺を流す係は晶に交代したようで、ものすごい勢いで甲斐が素麺を啜っている。

「わんこ素麺？」

「流し素麺です！　これ楽しいですね」

無邪気に笑う晶が微笑ましかったので、そうだね流し素麺だねと美沙は素直に頷いておいた。

自分も食べたかったので、さりげなく甲斐の前に割り込んで、素麺を掬い上げる。

晶の素麺を流すスピードがえげつないので、ちゃんと二人とも食べることができました。

「あ、そうだ。ナスの煮付けも作っていたんだった」

素麺を茹でる側で作った、甘辛く煮込んだナスを素麺の器に投入する。

ネットで見かけた郷土料理の食べ方らしいが、美味しそうだったので真似をしてみたのだ。

「ん、美味しい。天ぷらのナスとはまた違った味わいで面白いかも」

砂糖と醬油とみりん、出汁で煮込んだナスはしっとりと柔らかい。麺つゆに漬けて素麺と交互に食べると、不思議と飽きがこない。

「夏にピッタリだね」

「おう。素麺うめぇな。天ぷらも最高！」

美味しい上に楽しいのが、流し素麺の醍醐味だ。

双子たちは宿題の絵日記に書く内容ができたと大喜びしている。揚げたての天ぷらもお腹いっぱい堪能したようで、満足そうに笑っていた。

大好評の流し素麺ランチを無事に終えて、子供たちは再びバスハウスを探検している。

中古の大型バスをリフォームした、豪華な秘密基地だ。長兄に案内されて、三人の弟たちは楽しそうにはしゃいでいる。

「すごい歓声ですね。気持ちは分かるけど」

「ふふ。子供の頃にあんな素敵なお家(うち)を見せられたら、私も騒いだと思うわ」

「カナさんが騒ぐ姿が想像つかない……」

「あら、そぅお？　普通に騒がしい悪ガキだったわよ？」

くすくすと軽やかに笑いながら、奏多が教えてくれたが、全く想像がつかない。

「あの、僕も片付けを手伝います」

ひと通り中を確認したリクが戻ってきて、昼食の片付けを手伝ってくれた。

お客さんがいなければ、汚れ物は晶の浄化魔法で綺麗にして【アイテムボックス】に収納して終わりだが、子供たちの目の前ではスキルや魔法を使うわけにはいかない。

それを見越して、今回の昼食時には紙皿を使ったので、リクにはビニール袋を手渡して紙皿や紙コップ、割り箸を集めてもらった。

一番片付けが面倒な、即席で作った流し素麺台は甲斐兄弟がバスハウスに夢中な間に、素早く美沙が【アイテムボックス】に収納してある。

「皆が綺麗に完食してくれたから、片付けも楽だったよ。リクくん、美味しかった？」

「うん、美味しかった。うちで素麺を出した時は、いつも不満そうなのに。今日は大喜びだったよ、双子たち」

「流し素麺は大人でも楽しくなっちゃうからねー」

麦茶のボトルは納屋の冷蔵庫に戻し、紙皿や割り箸を回収したゴミ袋を纏める。

天ぷら用の大鍋とガスコンロは奏多がキッチンまで運んでくれた。

キッチンでは晶が洗い物を担当してくれており、隙を見てこっそりと浄化（クリーン）を掛けてくれている。

油汚れが綺麗に落ちるので、とてもありがたい。

ちなみに天ぷら油の始末は、新聞紙で吸わせてから、収納内のゴミ箱機能を活用して捨てている。

こちらもお役立ちスキルだ。油の始末は地味に大変なのです。

リクと二人で、テーブルを丁寧に拭いていく。モノ作り担当の二人が屋外用に作ってくれたテーブルは、ダンジョン内で手に入れた木材を使ってある。

ベンチタイプの長イスは四脚。頑丈で座り心地も良く、渾身（こんしん）の出来栄えとのこと。

この夏だけで使い捨てるのはもったいないので、バーベキューはもちろん、ダンジョンキャンプでも愛用することになるだろう。

「リクくん、お手伝いありがとう。おかげで助かったよ」

「僕も楽しかったから。こっちこそ、ありがとう」

穏やかに笑う少年と笑みを交わし合う。まだ中学生なのに、この落ち着きぶりは素晴らしい。長男があういう性格なので、次男は補佐が得意な性格に育ったのかもしれない。

お互いに足りないところを補い合える関係なのが、少し羨ましい。

自分は一人っ子なので、仲の良い北条兄妹や甲斐兄弟を見ていると、いいなぁと思う。

「でも、どうしたら今日みたいにいっぱい食べてくれるんだろう。家で流し素麺をするわけにもいかないし……」

頭を抱えるリクの背をよしよしと撫でてあげながら、ふと思い付いた。

「子供たちが喜びそうなアレンジ料理を、カナさんに教えてもらったらいいんじゃない？」

「アレンジ料理？　素麺の？」

「うん。ずっと普通の素麺だと、大人だって飽きちゃうでしょう？　子供たちが好きそうな味にアレンジした料理にすれば、飽きもこないし、家計にも優しいよ。ちなみに、私のお気に入りはシンプルな釜玉素麺かな。茹でた素麺に卵黄とネギ、鰹節を散らしただけのメニューなんだけど」

「いいね、それ。簡単だけど、双子も喜びそう」

ぱっと顔を輝かせるリク。母親代わりに料理を担当している彼にとって、夏休みはとんでもなく大変な時期なのだ。給食のない一ヶ月間、双子に毎日三食をきちんと用意するとなると、レパートリーにも困るはず。どうしているのか、聞いてみると、遠い目をしながら答えてくれた。

「朝食はどうにかトーストで我慢させているよ。自分で食パンを焼いて、バターかジャムを塗って食べてって、頑張って教え込んだ」

「朝食だけでもセルフだと助かるね」

「うん。すごく助かっている。昼食は麺料理が多いかな。素麺やうどん、焼きそば、ラーメンとか。あ、スパゲッティも作るよ。茹でて市販のソースをかけるだけだけど……」

「充分だよ。簡単で美味しいもんね、麺料理」

「でも、素麺は人気がなくて」

肩を落とす姿に同情する。

そういえば、自分だって子供の頃、昼食が素麺だと盛大に不満を漏らしていたクチだ。

大人になって、猛暑の中、素麺を茹でるという調理の過酷さを知ってからは、大いに感謝したものだが、小学生男子二人にはあまり理解できないことだと思う。

素麺自体の美味しさが分かるようになったのも、大人になってからだし。

「麺つゆの味に飽きちゃうのかな？　うちは最近、カナさんが研究がてら色々と作ってくれているから、美味しいアレンジ素麺にすっかりハマっているんだけど……」

ボア肉のしゃぶしゃぶと共に食べる、にゅうめんは白だし風味でボリュームもあり美味しかった。

ゴーヤチャンプルー素麺は腹持ちも良く、皆に大人気なレシピだ。

錦糸卵とアルミラージ肉のハムとキュウリ、トマトで飾り立てた冷麺風の素麺も美味しい。

「トマトとツナ缶と大葉で冷製カッペリーニ風にした素麺もお洒落（しゃれ）で美味しかったなー。うん、素麺の作り方はこう！　って堅苦しく考えずに、カルボナーラ風とか、汁なしの焼きそばや中華麺風にアレンジをしてみたら、きっと楽しいと思うよ？」

指折り数えながら、奏多がこれまでに作ってくれた素麺料理を教えてやると、リクは瞳をキラキラと輝かさせて喜んだ。

「すごい、全部美味しそう……。あ、忘れないうちにメモするから、ミサ姉ちゃん、ちょっと待っていて！」

慌てて母屋に駆け出すリクの背を見送った。どうやら彼はまだスマホを持っていないようだ。

「スマホが無いと、簡単なレシピも調べにくいよね。カイに相談しておこうかな」

双子の弟くんたちにはまだ早いが、リクはもうすぐ高校生。格安スマホもあることだし、すぐに連絡が取れる方が甲斐も安心できるはず。

「我が家に滞在中の間に、簡単で美味しいレシピを教えてあげよう。あと、双子ちゃんたちにもお手伝いを教えて、リクくんの負担を減らしてあげないとね」

楽しい夏休みは、お勉強ができる夏休みでもあるのだ。

コツコツと計画的な性格の次兄はともかく、双子たちは宿題もほとんど手付かずらしい。

「午前中は牧場の見学とお手伝いよね。なら、いちばん暑い午後の時間帯に、涼しい居間で宿題を見てあげれば良いかな。あとは自由時間にすれば、やる気も出るはず」

頼れる大人が四人もいるのだ。それぞれが得意分野で指導してあげれば、宿題もすぐに終わるだろう。あとは全力で夏休みを遊び尽くせば良い。

我ながら良い考えだと悦に入っていると、双子の片割れが駆け寄ってきた。

「あ、ミサだ！　バスの家、見た？　すごいよなー！」

「んー？　君はウミくんだね。バスのお家、気に入ってくれたんだ？」

「気に入ったよ！　すげぇよな、あれ。にーちゃんが作ってくれたんだって！」

ウミが笑顔で頷いていると、末っ子のソラも寄ってきた。二人とも、美沙よりも少しだけ背が低いので、視線の位置は変わらない。はしゃぐ姿が年相応で微笑ましかった。

「じゃあ、母屋で泊まるのと、バスで泊まるのと。どっちが良い？」

答えは初めから分かっているが、念のために聞いてみる。

「そんなの、バスの家に決まっているよ！　俺、二段ベッドの上で寝るんだー」

「俺も上のベッドで寝る。ウミは寝ぼけて落ちそうだから、下が良いと思う」

「落ちないって！　ソラの方がよく転ぶじゃん！」

きゃんきゃんと言い合っているところは、子犬が二匹じゃれているようにしか見えない。

後を追ってきたらしき長兄が、ため息まじりに二人の間に割って入った。

「あー…騒ぐなよ、お前ら。あんまりうるさいと、納屋で寝かせるぞ」

「やだ！」

「絶対、やだ！」

「やだじゃないっての！　うりゃ」

騒がしい双子の頭を甲斐がくちゃくちゃに撫で回している。「やめろよー」「やだー」と逃げている子供たちだが、言葉とは裏腹に嬉しそうに笑っていた。男の子だな、とこっそり感心する。

「そんなにバスが良いのか？」

「うん、バスがいい！」

「めちゃくちゃカッコいい！」

「そうかそうか」

頑張ってリフォームしたバスハウスを弟たちが気に入ってくれたので、甲斐も上機嫌だ。

「じゃあ、荷物はバスに運んでおくか。風呂は母屋で借りるから、寝巻きと下着だけ居間に置かせてもらおう」

「うん、そうしよう。ランドリーボックスを渡すから、そこに着替えを入れておいてくれる？　洗濯物はお風呂に入る時に洗濯機に入れておいてくれれば、一緒に洗っておくよ」

「悪いな。助かる。お前ら、自宅みたいに脱ぎ散らかすんじゃねーぞ？」

「はーい！」

「荷物取ってくる！」

わっと子供たちが元気よく母屋に向かって駆けていく。

よほどバスハウスが気に入ったのか。嬉しそうに、秘密基地に荷物を運び込んでいる。

きっと中では、またどちらのベッドを使うかで言い争うのだろう。二人ともベッドは二階が良いと譲らないので、兄二人が下のベッドを使うことになったと、後で聞いて笑ってしまった。

「子供って、高い場所が好きだよね」

「調子に乗って、そこから飛び降りようとするから厄介なんだ」

甲斐がため息を吐いている。頑張れ、お兄ちゃん。

ひとしきりはしゃいで、荷物をバスハウスのクローゼットに片付け終わったところで、甲斐は弟たちを引き連れて鶏小屋に向かった。

小屋の掃除と卵の回収を手伝わせるようだ。

「ニワトリだ！」

「え？　俺たちが掃除するの？」

「おう。働かざる者、食うべからず、だ」

「ご飯を食べたかったら、掃除しろってこと？」

「そうそう。あ、先に卵を取ってきてくれよ。ちゃんとニワトリたちに、卵をくださいってお願いしてからな？　じゃないと、容赦なく突かれるぞ……」

「にいちゃん、突かれたんだ……」

「……おう。結構痛い」

奥の巣にある卵は有精卵なので、手前の藁の上に転がる卵だけを回収する必要がある。

嫌がるかな、と心配していたけれど、子供たちは「くさーい」とはしゃぎながら、笑顔で卵を拾い集めてくれた。ニワトリたちに「くださいな」と丁寧にお辞儀をして、礼儀良く過ごしているためか、普段はそれなりに狂暴な雄鶏さえも大人しかった。

「もしかして、温厚になった？　……って、ノアさんが見守ってくれていたからか」

「にゃーん」

そうよ、と愛らしい声音で鳴く三毛猫が、鶏小屋の塀の上で丸まっている。子供たちが苦手で隠れていたはずなのに、その子供たちを心配して出てきてくれたようだ。

「ノアさんは優しいね」

そっと撫でてあげると、「ごあん」と鳴かれた。はい、ご飯ですね。小屋の陰でそっと用意をして、小皿を差し出した。コッコ鳥の胸肉をミンチにして茹でた、特製キャットフードだ。

「んみゃっ、みゃっ」

上機嫌で食べてくれたので、きっと満足してくれたに違いない。

彼女のおかげでニワトリたちのお行儀も良かったので、これは正当な対価である。

「ノアさんがいるなら大丈夫かな。じゃあ、カイ！　ついでに夕食用の野菜の収穫もお願いね」

「おう！　夏野菜を中心に持って帰るよ」

後は甲斐に任せて、美沙は母屋に戻ることにした。

玄関でサンダルを脱いで、裸足のまま家へ上がる。畳の感触が心地良い。このまま寝転がって、お昼寝を堪能したい欲望と葛藤していると、奏多に声を掛けられた。

「ミサちゃん、夕食は何がいい？」

「迷いますね……」

食べ盛りの子供たちの好むメニューといえば、やはり肉料理だろうか。昼食は素麺と天ぷらだったので、夕食はご飯物が良いかもしれない。

「お肉たっぷりの丼料理、かな？」

「ああ、いいわね。ガッツリ食べられそう。昼はアルミラージ肉の天ぷらだけだったし……。ボア肉を甘辛く煮付けて、牛丼風にしてみようかしら」

「ボア丼、良いと思います。あとは、子供たちが回収してくれた卵と野菜で何か作りたいです」

「食育も兼ねていて、良い考えだと思うわ。じゃあ、子供たちにはお手伝いとして、野菜サラダを作ってもらいましょう。牛丼は簡単だし、リクくんも覚えやすいわよね」


そんなわけで、夕食作りは子供たちに手伝ってもらった。

子供たちが収穫してくれた野菜はキュウリとトマトとレタス。双子たちには野菜を丁寧に洗ってもらった。まずは、レタスを一口サイズにちぎってもらう。それから、キュウリとトマトを薄切りにしてもらおうとしたら、包丁を触るのは初めてだと言われて、驚いた。

「調理実習は五年生からだから」

「僕たち、まだ四年生だもん」

「そっかー。じゃあ、まだ早いかな？」

「いや、包丁の使い方だけでも覚えておけば良いと思うぞ」

「えー？　面倒だよ」

「慣れておかないと、お前らも俺みたいになるぞ？」

「にいちゃんみたいに……」

「ご飯が作れない、にいちゃんみたいになる……」

顔を合わせた双子たちは、揃って頷いた。

「僕、やる」

「やっぱ、これからの時代、オトコも料理できないとね」

「カイ、偉い。我が身を犠牲に反面教師になってあげたんだね」

「おい……」

自分で口にして、自分でショックを受けている甲斐。

「今からでも遅くないし、カイも一緒に練習したら良いよ」

「そうよ。ほら、野菜を切るくらいならできるでしょう？　カイくんは弟くんたちに正しい包丁の使い方を教えてあげなさいな」

「はーい……」

奏多から宥められて、どうにか顔を上げている。

次男のリクは包丁を器用に扱えるので、奏多の助手としてコンロ側に移動した。

双子を引き連れて、甲斐はテーブルに移動する。シンク横の調理台よりも、ここの方が広いので作業がしやすい。一応、教師っぽく「まずは、にゃんこの手」などと教えてあげている。

「にゃんこの手！」

「ノアさんの手？　猫ぱんち？」

甲斐四兄弟は揃いのエプロンを身に着けて、神妙な面持ちで夕食作りを手伝ってくれた。ちなみにエプロンは晶のお手製で、ポケットのところに、さりげなく三毛猫の刺繍（ししゅう）が施されている。

「リクくん、上手ね。基礎はできているし、後は慣れだけだと思うわ」

「ありがとうございます。カナさんの教え方が上手だからですよ」

ボア丼班は和やかに調理が進んでいるようだ。

美沙は炊飯器をセットして、汁物を手早く作った。ボア繋がりになってしまうが、豚汁ならぬボア汁だ。根菜をたっぷりと投入したので、栄養たっぷりです。


一時間ほど掛けて、皆で作った夕食を居間の大テーブルで食べることにした。

「メインはイノシシ肉を使った丼よ。お味噌汁もイノシシ肉入り。そして、サラダ！」

わっと歓声が上がる。自分たちで初めて作った料理に、子供たちは大喜びだ。

ボア丼はワイルドボアの薄切り肉とスライスした玉ねぎを甘辛く煮込んだもの。奏多は調味料をひとつずつ吟味して味付けをしていたが、リクには「面倒だったら、すきやきのタレを使えば良いのよ」と教えてあげていた。

(すきやきのタレ味のお肉丼、間違いない味だもんね。分かる)

ぴりりとした刺激が欲しければ、焼き肉のタレを使っても美味しく仕上がるのが、肉系丼の良いところだと思います。

ちゃんと作らないと、とプレッシャーを感じていたリクにとっては、とてもありがたい助言だったようだ。食品会社が研究開発したタレなのだ。美味しいに決まっている。

手を抜いて、更に美味しくなるなんて、最高ではないか。

「味付けに慣れたら、自分で調整すれば良いのよ。普段は既製品で充分よ。リクくんは受験生なんだから、抜ける手は適度に抜きなさいな」

「……はい。そうします」

今回は小学生の子供たちがいるので、甘めに仕上げたが、とろとろの玉ねぎの優しい甘さと肉の柔らかさに、皆大喜びで食べてくれていた。

「サラダは僕たちが作ったんだぞ」

「ウミはレタスをちぎっただけだろ」

「ソラだって、キュウリが繋がっていたし」

仲が良いのか、悪いのか。双子は分かりやすく、張り合っている。どっちの言い分も可愛らしくて、晶など微笑ましそうに見守っていた。

レタスを一口サイズにちぎって、キュウリとトマトをスライスしただけのシンプルなサラダだが、初めての調理実習だと思えば、上出来だ。厚さの違うキュウリも微笑ましい。

サラダには、鶏小屋から採卵してきたものを茹でて添えてある。

ゆで卵の作り方を長兄から教えてもらい、上手に作れたと喜んでいた。

「サラダとゆで卵を作れるなんで、すごいね。リクくんのお手伝いができるよ」

美沙が褒めてあげると、二人とも誇らしそうに胸を張った。

「うん、リクにいちゃんを手伝ってあげるんだ」

「サラダとゆで卵は任せて」

「心強いな、それは」

リクが嬉しそうに、はにかんでいる。

「丼の温玉もこいつらが作ったんだ」

沸騰したお湯に入れて放置しておくだけだが、食パンにジャムやバターを塗ることだけしかできなかった二人にとっては、ものすごいレベルアップである。

「温玉、上手に作れているね。潰して食べると、とっても美味しい」

滅多にいない性別を超越した美人、晶にそう褒められて、双子たちは揃って顔を赤くしていた。

やはり男子だ。甲斐が複雑そうな表情をしている。

ジビエ肉は子供たちの口に合ったようで、新鮮な卵と野菜の美味しさにも驚いていた。

「お肉美味しいね。豚肉、あんまり好きじゃなかったけど、これは美味しいと思う」

「ウミ、これは豚じゃなくてイノシシなんだって。美味しいよね」

産み立ての卵の美味しさにも感動し、野菜が苦くないと喜んでいる。

(食育は順調そう。あとは食わず嫌いが克服できると良いんだけど……)

リクから相談を受けていたので、野菜嫌いな子供たちがサラダを完食してくれたのは、素直に嬉しかった。ゴボウやコンニャクは匂いや食感が嫌だと、これまで口にしたことはなかったようなのだが、ボア汁は美味しそうに飲み干してくれた。

ご飯をお代わりして、お腹いっぱいになった子供たちは、今日の分の日記を書き上げると、甲斐に連れられて風呂場に向かった。

早朝からずっと、はしゃいでいた子供たちは汗を洗い流すと、早々にバスハウスに引きこもり、二段ベッドに潜り込むや否や、寝落ちたらしい。

初めてのお泊まり会の夜は静かに更けた。

午前六時、甲斐はバスハウスの二段ベッドで熟睡していた弟たちを起こした。

日課のジョギングとご近所犬の散歩は既に終わらせてある。昨夜は早めに就寝したので、八時間以上眠った弟たちはいつもより寝起きが良い。

「ほら、もう朝だぞ。トイレに行って、顔を洗ってこい。ニワトリたちが餌を待っているぞ」

「眠いけど、にわとり……エサ……行く」

「んー……まだ六時じゃん……」

「ソラ、足元に気を付けな。寝ぼけていたら、ハシゴから落ちちゃうよ？」

「はーい、リクにぃ」

早起きに慣れているリクは手早く身支度を整えると、さっさと母屋に向かう。朝食作りを手伝うつもりらしい。手の離れた、しっかり者の弟の頼もしい姿に、甲斐は苦笑するしかない。

双子たちは鶏の世話が楽しかったらしく、多少の文句はこぼしながらもTシャツとハーフパンツに着替えた。交代でトイレを使い、キッチン用のシンクで顔を洗っている。

「ほら、麦茶。水分補給は忘れるなよ」

「ん、飲む」

「冷たくて美味しいね」

バスハウスには冷蔵庫も完備しており、中には麦茶のボトルが収まっている。

遊びに夢中になりがちな双子の弟たちは、水分補給を怠ることが多い。そのため、甲斐はこまめに二人に麦茶を飲ませていた。

「バスの中は寝苦しくなかったか？」

「全然。疲れていたから、すぐに寝ちゃったよー」

「僕もよく眠れたよ。一度も起きなかったから、暑くはなかったと思う」

日中は日陰になるようにバスにはタープやすだれを立て掛けてある。風が通り抜けるように窓やドアも開け放してあるので、中の気温はそこまで上がらなかったようだ。

納屋から電源を引いてスポットクーラーを使っただけでも、充分快適に過ごせたように思う。

初期費用は痛いが、導入して良かった。

「じゃあ、鶏小屋に行くぞー。突かれないように気を付けろよ？」

「逃げるから平気だよ。昨日の温玉、美味しかったよな、ソラ」

「うん。産み立ての卵って、家で食べるのと全然味が違うよな。野菜も美味しかった！」

はしゃぐ二人を引き連れて、鶏小屋に向かう。双子を警戒しながらも、猫のノアがそろりと後を追ってくるのが分かって、甲斐は密やかに笑った。

子供が苦手な彼女なりに距離を取りつつ、きちんとニワトリを制御してくれているのだ。

「ノアさん、ありがとな」

小声で甲斐がお礼を言うと、ふさふさの尻尾が返事をするように左右に揺れた。

朝食は卵かけご飯だ。炊き立ての白飯に新鮮な生卵を割り入れて、好みの味付けで楽しむのが我がシェアハウスのお約束。

キッチンには美沙が既に立っており、リクと二人で朝食を用意してくれていた。

「野菜たっぷりのお味噌汁とお漬物はセルフで取り分けてね。サラダもビュッフェ形式にしたから、栄養と彩りを考えて盛り付けること！」

「ん、分かった、ミサ！」

元気よく返事をする三男の額を、ため息まじりに軽くデコピンしておく。

「ミサ姉ちゃんだろ、ウミ」

「僕、朝はオレンジジュースが飲みたいな。ミサ姉ちゃん」

しれっと挨拶を交わすのは、四男のソラだ。こいつはウミよりも要領が良く、ちゃっかりとした性格をしている。都合の良い時だけ「お姉ちゃん」呼びされている美沙は複雑そうな表情だ。

「朝から元気だね、君たち。はい、オレンジジュース。ウミくんもいる？」

「オレもオレンジジュース欲しい！」

「はいはい、どうぞ」

キッチンテーブルを丸ごと使って、ビュッフェ形式の朝食コーナーが用意されていた。

炊飯器の白飯は自分でよそい、お味噌汁はコンロに置いてある大鍋からセルフで。

サラダコーナーにはキャベツの千切り、ちぎったレタス、スライスしたキュウリやくし切りにしたトマトなどが、それぞれ大皿に盛り付けてあった。

ドレッシングやマヨネーズも好みで使えるように置いてある。至れり尽くせりだ。

「サラダには、このハムを添えると美味しいよ。ゆで卵もあるから、好きにアレンジしてね」

「やった！　美味そう！」

「オレ、ウインナーも食べたい」

テーブルには食べ盛りの子供たち用か、ウインナーや卵焼きも用意されている。

ちなみにドリンクは牛乳、オレンジジュース、麦茶と選べるようにしていた。自分で冷蔵庫から取り出して飲むセルフドリンクバー形式。最初の一杯だけ、美沙がサービスしてくれたようだ。

トレイに好きなだけ盛り付けると、双子は居間の掘り炬燵に向かう。

昨夜あれだけ丼飯をおかわりして食べたのに、朝からもりもりと食べている。

さすが育ち盛り。仕事が忙しくて、年に数回しか会わないでいる間に、弟たちは甲斐が驚くほどに成長していた。

「よく食うな、お前ら」

「だって、卵かけご飯美味しいもん」

「サラダも美味しい。自分たちでとった卵と野菜だからかな？」

料理なんてしたこともなかったチビ二人が嬉々として卵を割る姿には驚かされた。

家ではシンクに皿を運ぶのさえ面倒がっていた双子が、今朝は食べ終わった皿を美沙の指示通りに洗っているのだ。

「二人とも洗い物上手じゃない！　この調子でリクくんを手伝ってあげたら、お兄ちゃんもお母さんもすごく助かると思うなー」

美沙が笑顔で双子を褒めている。単純なウミは胸を張って「簡単だったから、また手伝ってやってもいいぞ」などとリクに宣言していた。

いつもは何かと屁理屈（へりくつ）で抵抗するソラも大人しく皿を拭いている。

（ミサのやつ、意外と子供の扱いが上手だな）

何にせよ、双子が手伝ってくれると、リクや母の負担も減るのでありがたい。

食後の歯磨きを終えたところで、甲斐は双子を連れて牧場見学に向かうことにした。

一応、リクも誘ってみたが、こちらは丁重に断られてしまう。

「僕はカナさんとミサ姉ちゃんに料理を教わるから、留守番をしているよ。空いた時間に受験勉強もしたいし。チビたちの面倒は悪いけど、兄さんに任せる」

「おう。分かった。せっかくの夏休みだし、リクもほどほどにして遊べよ？」

「ん、大丈夫。充分楽しいから」

これはお弁当、と風呂敷（ふろしき）に包まれた重箱を手渡された。ずしりと重い。

つまり、昼過ぎまで帰ってくるな、ということか。

奏多に借りた軽ワゴンに双子を乗せて、通い慣れた牧場に向かう。

弟たちに牧場での職業体験をさせてやりたい、とオーナーに相談したところ、快諾されたのはありがたかったが、代わりにレポート提出を頼まれている。

今後、有料の体験ツアーを考えているようで、渡りに船の申し出だったようだ。

牧場が儲かると、その分ボーナスも増えるかもしれない。面倒だが、協力しておこう。

「牧場って牛や馬がいるの？　豚もいるのかな」

「これから行く牧場は牛がメインだ。肉じゃなくてミルクの方な。豚も少しだけ飼っているけど、馬はいない」

牧場は敷地が広いので、駐車場には困らない。

ここは乳牛飼育と乳製品の製造をメインとした牧場で、観光客用の売店もある。最近は奏多が考案したレシピのスイーツも販売しており、じわじわと人気が出ていると聞く。

牧場自慢のミルクをたっぷり使ったソフトクリームは、一番人気のメニューだ。

今は外に無造作に置かれたベンチしかないが、そのうちカフェコーナーを作る予定だと聞いた。

「お、カイくん。おはよう。その子が弟さんたち？」

「おはようございます、オーナー。ほら、お前らも挨拶！」

「「おはようございます」」

「今日はよろしくお願いします。なるべく静かにさせておくんで」

「ははっ、元気な双子くんたちだねぇ。じゃあ、足元や手を消毒して、牛小屋の見学をしておいで。ミルク搾りに挑戦するのも良いだろう」

「そっすね。ついでに掃除も仕込みます」

「そりゃ助かる」

快活に笑うオーナーに手を振り、勝手知ったる牧場を弟たちに案内する。

鶏小屋に続いて牛小屋の掃除も手伝わされて、弟たちは文句を言っていたが、乳搾りは楽しかったようだ。

搾りたてのミルクは濃厚で、市販の味と全く違う。「美味しい！」と口の周りに白いヒゲを生やして興奮する双子の姿に笑ってしまった。

干し草を運び、牛の飲み水を換え、丁寧にブラッシングをしてやる。たまに休憩を挟みながら、餌用の畑の世話と工場の見学もさせてやった。

自由研究と日記に書くため、双子は真剣な表情でメモを取っている。

「ソフトクリームも美味しいな」

「うん。スーパーのと全然違うね。本格的な味だ」

チーズにヨーグルト、ソフトクリームも試食だよと、こっそり分けてもらえた二人はご機嫌だ。

ランチタイムには芝生の上にビニールシートを広げて、三段重ねの重箱の弁当を分け合って食べた。色とりどりのおにぎりと、唐揚げ、卵焼きと肉じゃが入りの弁当だ。

シンプルだけど、どれも子供が好きなメニューだ。

タッパーにはいちごが綺麗に詰められており、これにも双子は大喜びした。

最近は知恵がついてきて、さらに反抗期も重なっていた弟たちの素直な笑顔を目にして、甲斐も自然と口許を綻ばせていた。

甲斐が双子の弟たちと牧場に向かった午前中、美沙は畑にポーション水を与えることにした。幸い、リクは奏多が引き受けてくれている。キッチンにこもり、マンツーマンで料理を教えてくれているため、今が畑仕事を片付ける絶好の機会。

「スライムくんたち、野菜の収穫をお願い」

野菜の在庫は多めに確保してあるが、水やりは毎日必要なのだ。せっかくなので、シアンの分裂体のスライムたちにお手伝いをお願いする。

甲斐の弟たちに見つかることを恐れて、昨日からシアンにはダンジョン内に隠れてもらっていた。ようやく活躍ができると、張り切って畑に跳んでいくスライムたちの姿が微笑ましい。念のため、周囲に誰もいないことを再確認して、美沙はポーション水を畑に撒いていった。

生き生きと緑を濃くする野菜はスライムたちが収穫してくれる。

いつものように彼らと庭で詰め込み作業をするのは諦めて、納屋で作業することにした。ここなら、すぐには見つからない。

ちょうど発送用荷物の準備を終えたところで、集荷のトラックがやって来た。

「スライムくんたち、お手伝いをありがとう。ダンジョン産のラズベリー、食べる？」

ダンジョンで採取した果実やモンスター肉、ポーション水で育てた野菜が好物のスライムたちは大喜びでラズベリーを受け取ってくれた。

スライムは水まんじゅうスタイルなため、表情は分からない。

「でも、最近は何となく君たちの気持ちが分かるようになってきたよ」

スライムの体内、中央に浮かぶ核の色の変化が、どうやら連動しているようだと気付いたのだ。

普段は青色をしているが、嬉しいと核の色は薄くなり、哀しい時には濃紺色に変化する。

ラズベリーを貰ってご機嫌の今は、水色に点滅していて、とても愛らしい。

「今日はもうお仕事はないから、シアンのところに戻ってくれる？　母屋にリクくんがいるから、バレないように気を付けてね」

ぽよん、と上下に揺れる。良い返事だ。

美沙も本日分の仕事は終わったので、二人がいるキッチンに向かうことにする。

少し早いが昼食の準備を手伝おう。

「カナさん、お手伝いは要りそうです？」

「あら、ミサちゃん。助手の手は足りているから、のんびりしていて良いわよ」

キッチンではリクが真剣な表情で根菜の皮を剥いている。

「じゃがいもにニンジン？　お昼ご飯はカレーかな」

「カレーは夕食の方が双子ちゃんたちも喜びそうじゃない？　だから、作り置きに便利な基本の料理を教えているのよ」

くし形に切ってある玉ねぎに気付き、美沙はなるほどと頷いた。山盛り状態のカット野菜を指折り数えて、メニューを推測する。

「ポトフにカレー、肉じゃがとシチューあたりです？」

「んふふ。当たりよ、ミサちゃん。下拵えをしておけば、これだけの種類が簡単に作れるから」

受験生なリクの時短になるようにと、作り置き料理を中心に教えているようだ。どれも栄養たっぷりで、子供たちが大好きなメニューなあたり、さすがである。

「お肉は冷蔵庫にある物でいいけど、今回はこのイノシシ肉を使うわよ。豚肉と似ているから煮物との相性は抜群ね」

油を引いたフライパンで肉を炒め、カットした根菜類も追加して火を通していく。

「時短するなら、じゃがいもとニンジンは先にレンジで加熱しておいても良いわ。ある程度火が通ったら、水を追加して煮ていくわよ」

寸胴鍋二つ分を、コンロで加熱していく。七人分の食事とはいえ、かなりの量だ。

リクはひたすらアクを取っている。

「ここで私は先にコンソメで味付けしちゃう。入れ過ぎたらダメよ？　あとは大鍋に選り分けてね。これはポトフ、こっちはカレー。あの鍋はシチュー、こっちの小鍋は肉じゃが用にしましょう」

リクは奏多に指示されたことをメモしながら、てきぱきと働いている。これはたしかに、助手向きだ。手際よく動く様に、美沙は惚れ惚れする。器用な上に、手間を嫌がらないのは才能だ。

「あとは少しの手間だけで、一気に四種類もメイン料理が作れちゃうのよ」

ポトフにはベーコンやソーセージ、ちぎったキャベツを追加する。塩胡椒とお好みで麺つゆや醤油を足しても良い。美沙ならば、ここにスライスしたガーリックを放り込む。

カレーやシチューはルーさえあれば美味しく作れるので、こちらも簡単。

肉じゃがの場合はシラタキを足して、砂糖と醤油、みりんとお酒で味を整えるだけ。

「大きめのタッパーか、ファスナー付きのビニールバッグに詰めて冷凍しておけば、いつでも食べられるから。忙しい時や、疲れて料理をしたくない日には便利よ」

「どれも双子たちが好きなメニューだから、助かります。肉じゃがだけは、物足りないって文句を言いそうだけど」

「肉じゃがは余ったらコロッケに転生させても良いんじゃないかな。うちはわざと残して、おばあちゃんに肉じゃがコロッケをたくさん作ってもらった覚えがあるわ」

祖母が作ってくれた、少し甘めの肉じゃがは、潰してコロッケにすると最高に美味しかった。

あのコロッケが食べたくて、わざと残して叱られていたことを思い出す。

「肉じゃがのコロッケは美味しいわよね。普通のコロッケよりも味が多彩で、ご飯のお供にもなるし。ソースなしで食べられるのが良いのよ」

「そうなんですよ！　ご飯と絶妙に合うコロッケなんです。あと、鍋にちょっとだけ残ったカレーに茹でたじゃがいもを放り込んでマッシュして作るカレーコロッケも好きです！」

「洗い物も楽になるから、素敵なアイデアよね。ミサちゃんはシチューの転生はどうするの？」

「シチューはご飯にかけてチーズを散らして、オーブンでドリアを作るしか思い付きません」

リクは感心しきりにメモを取っている。適当に呟いただけなので、かえって申し訳ない。

「えっと……ごめんね、リクくん。あんまり役に立っていないよね？」

「ううん、すごく助かる。その、転生？　最高のアイデアだと思う。カレーやシチューはいつも大量に作って何日もそればかり食べているから、最終日は皆あんまり食べてくれなくなっていて……。転生させたら、喜んで食べてくれそう」

いくらカレーが子供たちに人気なメニューだといっても、何日も続くと厳しい。

カレーはコロッケだけでなく、煮詰めてカレーパンの具材にしたり、それこそシチューと同じようにカレードリアに転生させても良いだろう。

「双子ちゃんたちにもこの夏、野菜の皮むきを仕込もうか。お兄ちゃんのお手伝いができるって教えてあげたら、喜んで覚えてくれそう」

「そうかな……。まぁ、手伝ってくれるなら、僕も助かりますけど」

不安そうな少年の頭を美沙はよしよしと撫でてやる。

恥ずかしかったのか、ほんのり顔が赤らんでいた。

「……なに、ミサ姉ちゃん？」

「んー、リクくんは良い子だなって思って。でも、全部一人で抱え込まなくてもいいんだからね？

ウミくんもソラくんもちゃんと分かってくれていると思うよ」

「そうよ。男の子は年上の相手に対等に扱ってもらえると嬉しい生き物なんだから、遠慮なく頼ってあげなさい。それに、今からちゃんと教え込まないと、カイくんみたいに壊滅的な料理音痴に育つわよ？」

「…………頑張って教えていきます」

長兄の料理の腕前を思い出したのか、リクの顔色が悪い。

まあ、さすがにあそこまでの料理音痴はそういないとは思うが、美沙は健気な少年に「頑張れ」とエールを送った。


昼食は北条兄妹とリク、美沙の四人で冷やし中華を食べた。

我が家の冷やし中華は具沢山だ。キュウリにトマトに錦糸卵。とっておきの焼き豚はもちろん、ボア肉を使った自家製です。

新鮮な野菜は味も濃く、シャキシャキの食感が素晴らしい。食が細いと甲斐に心配されていたはずのリクが「美味しい美味しい」と夢中で平らげて、お代わりをしたのには驚かされた。

昼食の合間に、お裾分けをねだってきたノアには茹でた無味のボア肉を少しだけ食べさせてあげた。ポーションのおかげですっかり元気になった彼女は、旺盛な食欲を見せており、飼い主の奏多に嬉しい悲鳴を上げさせている。

ダンジョンでの狩りが、適度な運動とストレス発散にはちょうど良いのかもしれない。

午後はリクの自習時間だ。夏休みの宿題を片付け、受験勉強に励んでいる。

奏多は動画の編集作業をするために自室に引きこもり、晶は屋根裏部屋で販売物の製作中。

美沙は掘り炬燵でリクと向かい合う位置に座り、リクの勉強に付き合うことにした。

高校受験用の参考書を懐かしく読み耽ってしまう。かろうじて質問全てに答えることができて、ホッとしたのは内緒である。

本日分のノルマを終えたところで、賑やかな声音が玄関先から響いてきた。

「ただいまー！」

「チーズとヨーグルト、いっぱい貰ってきたよー！」

甲斐三兄弟の帰還だ。

「お前ら、ちゃんと手を洗えよー」

「おかえり、カイ。楽しかったみたいだね」

玄関で出迎えてあげると、牧場土産の乳製品を手渡された。見学ついでに掃除や畑の手入れなどを手伝ったところ、バイト代として貰ったらしい。

日焼けした顔で誇らしげに笑う子供たちの姿にほっこりする。

「お弁当美味しかった！」

「ほんと？　ちゃんと全部食べた？」

「全部食べたよー」

「よし、良い子っ！」

きゃあきゃあと逃げる双子を捕まえて、順番に頭を撫でてやる。ふわふわの髪の毛の感触が、まるで子犬みたいだ。

後から来た甲斐が双子の背を軽く押して、注意する。

「ほら、手洗いうがい！」

「「はーい！」」

何が可笑しいのか、くすくすと笑い転げながら手洗い場に駆けていった。後に残ったのは、疲労困憊といった様子の甲斐で、居間にごろんと寝転がった。

「アイツら元気すぎるだろ……」

「良いことじゃない。この後は宿題の時間？」

「その予定だが、どうも二人ともほとんど手付かずみたいでな……」

「あー……私も手伝うわ」

「弟たちがごめんね、ミサ姉ちゃん。算数のドリルだけは終わらせたって胸を張っていたけど」

「算数はソラが解いたドリルをウミが丸写ししたんだろうなぁ」

はぁ、とため息を吐く甲斐家の長男次男。一人っ子の自分には分からないが、苦労していそうだ。

疲れているようだし、おやつを用意してあげよう。

せっかくなので、貰ってきたヨーグルトにブルーベリージャムを添えて、おやつ休憩だ。

「ヨーグルト、美味しい！」

「ジャムと一緒に食べるのがいいね」

ダンジョン産のブルーベリーを使ったジャムは子供たちに大好評だ。

おやつで釣ったおかげか、宿題はいつもより捗ったらしい。

「夕食はカレーだよ」

この一言で、お手伝いも張り切ってこなしてくれたのだから、カレーはすごい。

ワイルドボア肉をたっぷりと使ったカレーはいつもよりも甘口にしている。じゃがいもやニンジン、玉ねぎなどの根菜類は大きめに切ってあるので、見た目にも楽しい。

さっぱりと食べたかったので、美沙は大根サラダを作った。千切り用のスライサーの使い方をリクに教えながら七人分の大根を処理するのは大変だったけれど、美味しかったので満足している。

我が家の大根は辛みが少なく、水分もたっぷりで美味しいのだ。

「カレーも美味しいよ、リク兄ちゃん」

「そう？　なら、大根サラダも食べるんだよ。こっちも美味しいから」

「えー。生の大根は辛いから嫌だな」

「これは辛くないから平気よ？　胡麻風味のドレッシングで和えているから食べやすいし」

怯むウミとソラを宥めつつ、どうにか大根サラダを食べさせることに成功した。

「……辛くない」

「美味しい……？　生の大根なのに？」

手放しでの誉め言葉は貰えなかったが、首を捻りつつも完食してくれたので良しとする。

「すごいな。うちでは絶対に食べなかったのに。一度、すりおろした大根で痛い目を見てからは、苦手にしていたはずなんだけど……」

「ミサが作った野菜は美味いからな。この際だから、チビたちの食わず嫌いをどうにかしてやろう」

「にいちゃん横暴！」

「意地悪だー」

途端にブーイングされたが、甲斐は笑って受け流している。

「悪くないと思うわよ。自宅では無理でも、よそのお家では食べられることもあるし」

「カナさんに一票！　たくさん遊んで、お腹を空かせて帰ってくる頃が狙い目だね。きっと今まで苦手だった食材も美味しく食べられると思うよ？」

「ふふ。そうですね。空腹は最大の調味料ですし。我が家のご飯は美味しいから、きっと気に入りますよ？」

兄以外の三人の大人から優しく諭されて、子供たちは頬を膨らませながらも押し黙った。ご飯が美味しい、のは否定しなかったので、我が家に滞在中はたくさん食べさせよう。

甘口のカレーは意外と食が進み、全員がお代わりをした。文句を言っていたサラダも残さず食べてくれたので、御褒美に真桑瓜(まくわうり)をデザートに出してやる。

「何これ、メロン？」

初めて目にした真桑瓜に戸惑っていたが、一口味見をしてからは、無言で貪り食べていた。

ポーション水で育てたので、我が家の真桑瓜はメロン並みに甘くて美味しいのだ。

冷蔵庫で冷やすよりも、井戸水でほど良く冷やしておいた方が不思議と甘く感じる。

「お腹が落ち着いたら、お風呂をどうぞ」

タオルを渡すと、陸海空の三兄弟はさっそくバスルームへ向かった。下の二人がまだ小さいので、我が家のお風呂もどうにか一緒に入れるようだ。さすがに長兄の甲斐は遠慮していたが。

賑やかなバスタイムが終了し、子供たちは早々にバスハウスに引っ込んだ。牧場仕事と宿題で疲れたのか、双子たちは九時前には眠りについていたようだ。

途中で様子を見に行った甲斐が苦笑まじりに教えてくれた。

「明日は早起きして虫捕りに行くかって誘いにいったんだが、もう熟睡していたぞ、アイツら」

夏休みを満喫しているようで、大家としては嬉しいかぎりだ。

「もう九時か。子供たちはとっくに出掛けた時間ね」

充電していたスマホで時間を確認して、奏多は小さくため息を吐く。

新しいレシピの考案と動画の編集に気分が乗り、つい夜更かしをしてしまった。

急いで着替えて、顔を洗う。寝癖の付きやすい柔らかな猫毛を苦労して整えてからキッチンに向かうと、ワンプレートにまとめられた朝食が用意されていた。

人数が増えたため、最近の朝食はビュッフェ形式だ。自由にさせていると、子供たちが好物を食べ尽くしてしまうので、奏多の分は美沙が取り分けてくれている。

「さすがミサちゃんよね。ありがたいわ」

プレートにはおにぎりとハムエッグ、茹で野菜が添えられている。それとは別にガラスの器にヨーグルトとブルーベリージャム、ラズベリー添えのデザートも冷やされていた。

ワンプレートはレンジで温め、インスタントのコーヒーを入れる。作り置きのアイスコーヒーは冷蔵庫で冷やしているが、目覚めの一杯はやはりホットが良い。

温めた朝食を食べ、デザートのヨーグルトを堪能していると、可愛らしいポニーテールが視界の端で揺れた。キッチン横の裏口から美沙が顔を出したのだ。

「あ、カナさんだ。起きたんですね。おはようございます」

「おはよう。朝食ありがとう。美味しかったわ」

「リクくんが手伝ってくれたんです。この三日間で手際も良くなって、もう即戦力ですよ」

裏庭で育てているハーブを採ってきたらしい。ざっと水洗いして、レモンやベリーに添えてガラスのボトルに仕込んでいる。

他に誰もいないか周囲を確認してから、美沙はボトルに手をかざした。

「デトックスウォーターね」

水魔法で作る、特製のデトックスウォーターは美味しい上に体に良い。

ポーションを追加して作っても良いのだが、それだと効果がありすぎるのだ。甲斐兄弟が滞在している間だけは、魔法の水と果実、ハーブ類だけで作るようにしている。

それだけでも充分に美味しく、また美肌効果もあるため、女子組と奏多とでよく飲んでいた。

「そういえば、四兄弟は？」

「カイを隊長にして、裏で山登りをしています。珍しく、リクくんも込みで」

「リクくんが？　本当に珍しいわね。虫は得意じゃないって言っていなかった？」

温和でインドア派な彼は双子たちとの虫捕りは断っていたはずだが。

不思議に思って聞いてみると、美沙がくすりと笑った。

「カイと双子たちを自由にさせたら、カブトムシやセミだけでなく、ヘビも捕まえてきそうだから、見張りに行くって言っていました。悲壮な面持ちをしていましたね」

「あぁ……その懸念は納得ね。庭の畑でカエルやトカゲを嬉々として捕まえてきて、叱られていたものね。あの子たち」

アパートはペット禁止だから！　と、どうにか全てを裏山に放してやっていたが、双子たちは爬虫類の捕獲を諦めていない表情だった。本来なら諌めるべき立場の長兄は、面白がり、率先して捕まえるタイプなので、後でしっかり者の弟のリクに叱られるのだろうな、と奏多は考える。

「カブトムシは飼うことにしたのよね？」

「学校に連れて行って、クラスで飼うみたいですね。セミは寿命が短くて可哀想だからと説得して逃しました。もう少し早い時期だと、蛍狩りもできたんですけど。来年は呼んであげようかな」

水の綺麗な、山の奥の方では蛍が見られるらしい。

シーズンである六月頃は地味に忙しくて、美沙もすっかり失念していたようだ。

唇を尖らせて、自慢の光景を披露し損ねたことを悔しがっている。

「午後からは川遊びに行くのよね？　お昼はバーベキューで」

「そうでした！　虫捕り部隊ももうすぐ帰ってくるから、お昼の準備をしないと」

「手伝うわ」

「助かります！」

車で片道十分ほどの川原に遊びに行く予定なのだ。人数が多いので、車は二往復する。

川で水遊びをしつつ、バーベキュー。きっと子供たちは大喜びではしゃぐだろう。

朝食の後片付けを終えると、二人でキッチンに立った。

「アルミラージ肉は串焼きが良いわね。塩胡椒ハーブで味付けたのと、タレ味。どっちが良い？」

「両方食べたいですっ」

「んふふっ。了解。鹿肉は焼きすぎると固くなっちゃうから、ソーセージにしましょう。イノシシ肉をメインに焼けば、皆満足するわよね？」

「絶対に喜ぶと思います。串焼きの方が食べやすいかな。肉ばかり食べそうだから、野菜も肉の間に挟んじゃおう」

その場で焼いてすぐに食べられるように、入念にバーベキューの準備をしていく。タッパーとファスナー付きのビニールバッグがお役立ちだ。仕込んだ食材はすぐに【アイテムボックス】に収納する。これなら、食中毒の危険も避けられるだろう。

「焼きそばと焼きおにぎりも持って行こう。ダンジョンでゲットしたお魚はどうしようかな」

「明日も川に行くんでしょう？　なら、焼き魚は明日のお楽しみで良いんじゃないかしら」

「そうですね。明日のお楽しみ作戦、いいと思いますっ。ふふ、スイカ割りも喜んでくれるかな」

「なら、今日のデザートはシャーベットにする？」

「バーベキューの後なら、さっぱりして良いかもしれませんね。たしか、ラズベリーといちごのシャーベットを大量に仕込んでいたはず……」

ウキウキとバーベキューの準備に余念がない彼女を微笑ましく見守ってしまう。

彼女は感情が豊かで、見ていて楽しい。嫌味のないポジティブさで、甲斐と同じくムードメーカーだと思う。自分と妹がこんなにも気を許せて、楽しく暮らせているのは、間違いなく彼女のおかげだ。身動く度に軽快に揺れるポニーテールがまるで子犬の尻尾のようで微笑ましい。

「さすがに今日は、アルコールはなしですよね。麦茶とミネラルウォーター、炭酸系のジュースを冷やしておけば良いかな。カナさんは何が飲みたいです？」

「そうね。冷えたジンジャーエールも良いけど、せっかくだから、梅のジュースはどう？」

「あ、いいですね。ちょうど飲み頃だと思うので、炭酸と一緒に持って行きますね」

梅雨の明けた、初夏の頃。皆で採取した青梅を漬けたのだ。梅酒と梅シロップ。余った梅はジャムや梅干しに加工した。梅酒は漬かるまで時間が必要だが、シロップはすぐに飲めるのが嬉しい。

水割り、お湯割り、炭酸割りで楽しめるので、子供たちも喜んでくれるだろう。

「あと必要なのは、休憩所かな？」

熱中症が怖いので、日除けにテントやタープを持って行くことにした。晶が【錬金】スキルを駆使して作ってくれたタープはこの夏、とても役に立っている。テントは甲斐の私物で、二人用の小型テントだ。小さな秘密基地も、きっと子供たちのハートを撃ち抜くことだろう。

キャンプ道具は美沙の【アイテムボックス】に収納してもらっているが、車に積んでいないと怪しまれる可能性があるので、幾つかはダミーとして運び込んでおく。

途中でハンドメイド作業を終えた晶が合流し、川遊びの準備が整った頃、皆が戻ってきた。

「おかえり。カブトムシはいた？」

「昨日、樹液の仕掛けを作った所にいたよ！」

美沙がポニーテールを揺らしながら、虫かごを覗き込んでいる。

「わぁ、クワガタもいる。たくさん捕まえたのね」

笑顔で虫かごを披露する双子たちの後ろで、リクが肩を落としていた。暴走する弟たちを制御するのは、さぞかし大変だったのだろう。本来なら制御する側なはずの兄が頼りないなら、余計に。

「次は川遊びだぞ。準備はできているのか？」

甲斐が声を掛けると、自信満々にソラが頷いている。

「大丈夫だよ。ちゃんとタオルは持ったし」

「偉いぞ、ソラ。ウミは？」

「水着を取ってくる」

リュックサックの中を覗き込んでいたウミが慌てて、バスハウスへ駆けていく。

「ウミ、待って。ビーチボールと浮き輪も忘れないでよね」

「分かっているってば！」

昨日から川遊びを楽しみにしていたソラは準備万端のようだ。

「僕も着替えを取りにいってくるね」

リクが弟の後を追う。心配性の優しい兄だ。もう一人の兄である甲斐は冷蔵庫から麦茶のボトルを取り出してグラスに注いでいる。氷入りの麦茶を皆に配って、自分でも一息で飲み干した。

「おつかれさま、カイくん。虫たちのお世話はどうするの？」

「スイカの皮とかメロンの皮をやっておけば良いんだよな、たしか」

「土と止まり木が必要じゃなかった？　土が乾かないように霧吹きで湿らせていたような……」

あまり自信はない。眉を寄せて考え込んでいると、甲斐がスマホで調べ始めた。

「エサは昆虫ゼリーが良いみたいだ。スイカやメロンは水分が多すぎるから、あまり適してはいないって——マジか？　俺、小学生の時、果物の皮を与えていたけど」

頭を抱える甲斐の横で美沙も悄然としている。

「私もキュウリやメロン、スイカの皮ばかり食べさせていたかも」

「多分、私たち世代だと皆が通ってきた道だと思うわ。これからきちんと調べましょう？」

落ち込む二人を慰めて、奏多もスマホで調べてみることにした。

「果物だと、バナナやリンゴがおすすめみたいね。あとは砂糖水」

スマホで調べた内容を元に、カブトムシとクワガタが居心地の良い空間を皆で作っていく。蔵に放置されていた荷物の中にプラスチック製の水槽があったので、それを虫たちの家にした。

「バナナとリンゴ、カットしてきたよ。このくらいの大きさでいいよね？」

「いいと思いますよ。さっそく与えてあげましょう！」

美沙が切ってきた果物を慎重に水槽の中にセットする晶。我が妹はどうやら虫を嫌いではなかったようだ。そういえば、彼女が子供の頃、よく実家の窓に張り付いていたヤモリに話しかけていたことを思い出す。田舎暮らしに虫や爬虫類は付き物なので、苦手でなくて良かったと思う。

奏多も調べた内容を実践するべく、脱脂綿に砂糖水を吸わせたところで、ふと我にかえった。

「もしかして、こういうことは子供たちの手でやらせた方が良かったのでは……？」

はっと皆が顔を上げたが、既に水槽の中身は完成している。

子供たちの宿題の工作に親が熱中する理由が、何となく分かった瞬間だった。

カブトムシとクワガタを水槽に放してやると、お楽しみの川遊びの時間だ。

奏多がハンドルを握り、軽ワゴンで人と荷物を目的地へと運んでいく。一番手は甲斐兄弟だ。

助手席には長兄が座って、後部座席に陸海空の三人。兄弟全員が揃ったところで、軽快に車を走らせた。場所は事前に美沙と下見をしているため、ナビも不要。片道十分のドライブで到着した。

四兄弟を川原で下ろし、積んでいた荷物を甲斐に預けると、家へと折り返す。

鼻歌まじりに運転して帰ると、玄関口で美沙と妹の晶が出迎えてくれた。

「カナさん、運転ありがとう！」

「どういたしまして。後の荷物はどうする？」

「んー。嵩張るアウトドア用品と冷凍食品、生肉類は収納しておきますね。後はどうしよう」

腕組みした美沙が考え込んでいると、晶が提案してくれた。

「野菜やデザート入りのクーラーボックスは後部座席に置いておけば良いと思いますよ。双子くんたちは川遊びに夢中になると思うし、リクくんも気付かないかと」

腕白な弟たちが危ない遊びをしないかと、きっとリクは目を光らせているだろう。

美沙もなるほど、と頷いている。

「アキラさんの予想通りになりそうだね。リクくん、こっちに気を遣ってお手伝いを申し出てくれそうだけど……」

「そこはカイくんが引き留めて、双子ちゃんたちの見張り役をお願いするって言っていたわよ」

「なら、荷物の大部分は【アイテムボックス】で運び込んでも大丈夫かな」

快適に過ごすには、それなりの荷物と準備が必要だが、持ち運ぶのにも限度がある。

収納スキルはその悩みを解決してくれる素晴らしい能力だ。ただし、他人に見つからないように使わないといけないのが、少し面倒。

幸い、ここは都会から離れた場所なので、防犯カメラの死角を探す必要はない。

川原は開けた場所にあるので、誰かが近付くと、すぐに分かる。

「念のため、車から出す振りをすれば大丈夫じゃないでしょうか」

「うん、そうだね。力仕事担当のカイにも伝えておくわ」

話がついたところで、カモフラージュ用の荷物をトランクに運び込む。

「じゃあ、行くわよ」

皆で車に乗り込もうとした、その瞬間。足元から可愛らしい鳴き声がした。

「……あら？　ノアも行きたいの？　珍しいわね」

なぁん、と甘えた声音ですり寄る愛猫が身軽く車に乗り込んでくる。後を追ってきたスライムのシアンは寸前で晶が抱き止めることに成功した。

「シアンはダメ。他の人に見つかったら危ないでしょう？　お留守番をお願い」

真剣な表情で言い聞かせると、シアンは大人しく地面に降りてくれた。が、いつもはもちもちのボディがくったりと地面に横たわってしまっている。まるで、水たまりだ。

心配になって鑑定してみるが、単に落ち込んでいるだけのようで。

「もう、そんなに落ち込まないの。一緒に過ごせなくて寂しい？　……仕方ないわね。そのうち、夜に子供たちが寝付いたら、少しだけダンジョンで遊んであげるから。それで許してくれる？」

途端に、シアンは元気に飛び起きた。自慢のもちもちボディも完全復活だ。

ノアが呆れた表情で、ちゃっかりとしたスライムを見下ろしている。

「立ち直りが早いね、シアン。まあ、でも寂しい気持ちは分かるわ」

くすくすと笑いながら、美沙がシアンを撫でてあげている。

青色の核が忙(せわ)しなく色を変えていく。綺麗なブルーのグラデーション。嬉しそうだ。

「私たちはこれから車で外出しないといけないの。だから、シアンは良い子で待っていてね？」

「お土産を持って帰ってあげますよ。綺麗な石を見つけてきます」

美沙と晶の二人がかりで説得すると、ようやく納得したようで、おとなしく蔵に向かった。

ほっと胸を撫で下ろし、あらためて車に乗り込んだ。

助手席にはノアを抱っこした晶が座り、美沙は後部座席に落ち着く。

「さぁ、出発するわよ」

シアンを宥めるために口にしたダンジョン遊びだが、実は奏多も楽しみにしている。

ここ数日の運動不足解消も兼ねて、久々のダンジョンで暴れてみたかった。ダンジョン内で存分に風魔法を使うと、身も心もスッキリとするのだ。

それに、ダンジョン果樹園の様子も確認しておきたい。メロンやスイカの育ち具合が気になる。

どちらも庭の畑で育てているが、ダンジョン産の物との違いを、きちんと確かめておきたい。

(野菜と同じようにダンジョン産のフルーツの方が甘くて美味しいのかしら?)

とても気になるが、まずは川遊びとバーベキューだ。

(ずっと都会暮らしだったのは、私たちも同じだもの)

泳げる川で遊ぶのも初めてなので、実は密かに楽しみにしていたのだ。

奏多は鼻歌まじりにアクセルを踏み込んだ。


美沙が教えてくれた川遊び用の川原はかなり広く、そのまま砂利石を踏み締めながら川辺まで進んでいく。先に運び込んでいた折り畳み式のイスとテーブルは甲斐が設置してくれていた。

双子は次男のリクに見張られながら、水着姿で川を楽しんでいる。

荷物のそばに停車すると、美沙が真っ先に車を降りた。

「カイ、荷物運びをお願い」

「おう！　すぐ行く」

車は荷物を取り出した後、川から離れた位置まで移動する予定だ。

ノアを抱っこした晶が助手席から降りたところで、奏多も外に出た。

と、川の一角に見慣れた緑色の物体が沈んでいることに気付く。麻縄で編まれた袋に包まれ、流されないよう重しを乗せられている夏の風物詩。

「あら。スイカを冷やしているのね」

「ん、川に沈めてきた。ついでにスポーツ飲料のペットボトルも何本か冷やしてある」

「優秀！　優秀ついでにテントとタープ設置もお願いしまーす」

「分かったから、わざとらしく褒めなくても良いって。荷物、車の中で【アイテムボックス】から出すんだろ？　そこで受け取るから」

美沙が甲斐を手招きして、収納スキルから取り出したアウトドア用品を次々と渡していく。

クーラーボックスや調理器具、食材運びを奏多も手伝う。コンテナケースにカトラリーや雑貨類を纏めて入れておいたので、意外と運びやすかった。

晶はノアを抱っこして周辺の確認に赴き、美沙はバーベキュー用のコンロを運んでいる。

アウトドア慣れした甲斐はテントとタープをあっという間に設置してくれた。

テーブルは折り畳み式の物を二つくっつけて、八人用に広げた。

子供たちも毎朝のビュッフェ形式に慣れたようなので、バーベキューもセルフで食べてもらうことにした。

「十一時半か。昼飯にはちょっと早いけど、もう焼くか？」

「朝が早かったから、ちょうど良いんじゃない？」

「よし！　じゃあ皆おいでー。バーベキュー大会をするよ！」

美沙が声を張り上げると、わぁっと子供たちから歓声が上がった。川で泳いでいた双子が大急ぎで駆け寄ってくる。その後ろを、しっかりと見張りながらリクが追い掛けてきた。

水着姿でのバーベキューは火傷(やけど)や日焼けが心配だ。甲斐がバスタオルを弟たちの頭にかぶせて、Tシャツの着用を命じている。胃袋を掴まれている双子は大慌てで体を拭いて、Tシャツに頭をねじ込んだ。「お肉は逃げないわよー」と微笑ましく見守ってしまった。

(妹は文句なしに可愛いけれど、小さくて素直な弟っていうのも面白そうね)

炭火で焼くバーベキューは初めてだったようで、甲斐兄弟のテンションがすごい。

コンロは二つ用意しており、一通りお肉を堪能した後で、片方を鉄板焼きに使う予定だ。ウサギ肉メインの串焼きと鹿肉のソーセージを並べて、炭火で焼いていく。

そわそわと落ち着きない様子の子供たちが抱えた紙皿に、焼けた肉やソーセージを次々と放り込んでやると、ぱあっと顔を輝かせた。さっそく頰張る様が微笑ましい。

「んまっ！　なに、この肉！　すっごく柔らかい」

「ソーセージがパリッパリで美味しい！　すごいぞ、ウミ」

「この串の肉もすげー美味いよ、ソラ！」

紙皿を使う余裕もないようで、双子たちは夢中で肉に齧り付いている。

いつもは同じようにバーベキューコンロから離れない甲斐だが、さすがに今日は兄の顔で弟たちの面倒を見ていた。

「ウミ、ソラ。ちゃんと野菜も食えよ。こら、ピーマンを残すな。リクも遠慮しないで、肉を食え。お前はちっと痩せすぎだぞ」

「食べているってば！　……ん、この豚肉？　脂身のとこ、甘くて美味しいね」

「それ、イノシシ肉な。美味いだろ？　このトウモロコシも食え。俺が今朝収穫したやつだ」

トングでせっせと給仕する甲斐に後は任せて、奏多ものんびりとバーベキューを楽しむことにした。ウサギ肉の串焼きは塩、タレと、どちらも美味しい。玉ねぎやニンニクを挟んでパリっと焼いてみたのだが、肉の脂が野菜を引き立てており、食欲を掻き立てる。

冷えたビールが飲みたくなるが、どうにか我慢して梅ジュースの炭酸割りを口にした。甘酸っぱくて、夏にピッタリのドリンクだ。肉の脂も洗い流せて、ちょうど良い。

美沙と晶もおしゃべりを楽しみながら、鹿肉ソーセージを味わっている。粒入りマスタードをソーセージに載せ、大きく口を開けて、がぶり。瞳を細めてうっとりとしている。

肉の量が減ってきたところで、奏多は焼き網を鉄板と取り換えて、焼きそばを作っていく。美沙は肉を焼く傍らで、おにぎりを焼き始めた。

甘辛いタレをハケで塗ると、香ばしい匂いが立ち昇り、双子たちは大興奮だ。

「おにぎりにはコッコ……じゃなくて。鶏肉のそぼろ煮入りだから、味わって食べてね」

紙皿にそれぞれ山盛りで手渡すと、ウミとソラはその場に座り込んで、無心で貪り食べている。

「美味い。焼きそばも好きだけど、焼いたおにぎりがこんなに美味しいって知らなかった」

「だね。リクにいちゃん、これ作ってくれないかなぁ……？」

上目遣いで見詰められたリクは小さく咳払いして「頑張る」と小声で囁いた。

レシピは簡単だが、地味に面倒な作業なので、休日に作り置きして冷凍しておくと良いだろう。

お米を握る工程を双子たちに任せるのも良いかもしれない。調理の大変さを認識すれば、子供たちの好き嫌いや我儘も多少は減るのではないだろうか。

「いっぱい食べた……」

「もう、入らないよ」

食べ盛りの子供たちがギブアップ宣言をしたので、バーベキューはそこで終了。

バーベキューは好評で、準備を頑張った皆は胸を撫でおろした。

後片付けは甲斐と晶、リクの三人が立候補。美沙はスイカを切ってくれるそうだ。その気遣いに甘えることにして、のんびりと川に足を浸していると、ふいに双子の片割れが訊ねてきた。

「なぁ、カナさんは何でそんな話し方なの？」

「ちょっと、ウミくん!?」

ぎょっとした様子の美沙が慌てて止めようとするのを、奏多は笑顔で制した。

まっすぐにこちらを見詰めてくる少年。片割れの隣で、こちらも興味津々な表情を隠さないソラ。どちらの視線からも顔を逸らさずに、奏多は口角を上げて、にこりと笑ってみせる。

「実は私、母親が日本人じゃないのよ。よーく見ると、瞳の色が違うでしょう？　この明るい髪色も実は染めていないのよ」

「それ、カラコンじゃなかったの？」

「そうよ。良い色でしょう？」

「うん、キレイ。金色だね」

「金色というより、琥珀色ね。お母さんとそっくりの目の色なのよ、これ」

双子は素直に頷いているだけだが、美沙は初耳だったのだろう。目を見開いて驚いている。無防備な表情が可愛くて、こっそり笑ってしまう。

「父親は日本人だったけど、一緒に住んだことはないのよね。日本語が片言の母親と面倒見の良いお姉さんたちに育ててもらったの」

「それで女の人みたいな喋り方なんだ」

「そうなのよ。もう、この話し方が染みついちゃって。変かしら？」

「んー、別に？　カナさんには似合っていると思うし、いいんじゃない？」

「そうそう。タヨウセイっていうんだろ、そういうの」

「難しい言葉を知っているのねぇ、アナタたち」

本当にただそれだけが気になっていたらしい双子は、長兄が「アイス食うか？」と口にした途端に「食う！」と笑顔で、その場から駆け出した。

後に残ったのは、奏多と美沙の二人きり。気まずそうに瞳を揺らしていた美沙が、上目遣いでそっと尋ねてきた。

「あの、カナさん。さっきの話、私も聞いて大丈夫でした……？」

「大丈夫よ。というか、全く気にしていないわ。隠していた話でもないし。むしろ、今まで聞いてこなかったから、私に興味がないのかと思っていたくらい」

「まさか！　興味津々ですよ、レアなカナさん情報！」

「あら、嬉しい」

にっこりと満面の笑みを浮かべてやると、途端に真っ赤になる姿が、微笑ましかった。

「アキラちゃんとは腹違いの兄妹って言ったことがあるでしょう？　父親がね、それなりの家柄のオトコだったんだけど、若気の至りでうちの母親に手を出しちゃったのよ」

手の中のグラスが水滴を滲ませる。カラコロと鳴る氷の音が涼しげだ。

炭酸割りの梅ジュースを舐めながら、美沙は黙って奏多の話に耳を傾けた。

「異国で未婚のまま子供を抱えることになって、途方に暮れていた母親を拾ってくれたのが、夜のお仕事をしていた『おかあさん』だったの」

姐御肌の「おかあさん」と、その店で働いていた「おねえさん」たちが奏多とその母親を随分と助けてくれた。母子は彼女たちとの生活の中で日本語を覚えたので、こんな話し方になったのだ。

「ちょうど小学校に入学前の頃に、母親が病気で亡くなったの。それで『おかあさん』たちが頑張って父親に話をつけてくれて、ようやく北条の子として認知されたわ。初めてアキラちゃんと会ったのも、その頃よ。生まれたばかりの赤ちゃんで、小さくてとても可愛かった」

北条家に引き取られてからは、広い敷地内の別邸で育てられた。小さな平屋だったが、一人で暮らすには充分な広さで設備も整っていたように思う。

「辛くはなかったんですか？」

「基本的に放置されていたから、むしろ気楽だったわ」

肩を竦めて言い放つと、美沙がほっとしているのが伝わってくる。

「なるべく早く家を出たかったから、中学から寮に入った。愛情はなくても、きちんとお金は出してくれたから感謝しているのよ、これでも」

予想外だったのは、腹違いの妹である晶が自分を慕ってくれたことか。

彼女の母親は奏多のことを嫌っていたが、娘は兄に懐いた。

「遅れてきた反抗期なのか、アキラちゃんがほぼ家出状態で上京して来たのには驚いたわ。進学先の専門学校に通うことを反対されたみたいでね。北条は、それなりの家だったから」

「そうだったんですね。でも、意外。そんなお家なら、アキラさんを無理やりにでも連れて帰りそうなのに……」

首を傾げながら美沙が疑問を口にすると、奏多はにんまりと笑みを浮かべた。

「実は、アキラちゃんのママが待望の長男を産んだのよ。かなり歳(とし)の離れた弟ね。念願の跡継ぎを手に入れることができたから、言うことを聞かない出来損ないの私たちはもう要らないんですって」

「は!? なんですか、それ! ひどい!」

「おかげで自由になれたし、もうあの家とは関わりたくなかったから。私たち的には、むしろ大団円、ハッピーエンドよ」

小さな弟を犠牲にした居心地の悪さは残るが、いずれ彼が助けを求めてきたら、その時は手を差し伸べるつもりでいる。

「おかげで兄妹二人とも自由に楽しく過ごせて幸せよ? シェアハウス生活もとっても楽しいし」

「私も皆と一緒に暮らせて楽しいです」

「あら、両想い。嬉しいわ。それにしても子供ってすごいわね。ストレートに切り込んでくるんだもの。ビックリしちゃった」

「あはは。そうですよね。私も焦りました。ずっと気になっていたカナさんの秘密が知れて、私は嬉しいんですけど」

「オネェ言葉の秘密? まぁ、半分は本当だけどね?」

「え?」

「さすがに小学校に通い出してからは、『普通』に喋っていたわよ?」

「……えっ?」

「この喋り方を復活させたのは、高校を卒業してから。夜のお店勤めだと、逆ナンが多くて大変だったのよ。女の子避けと男からの嫉妬避けも兼ねて、こんな風にイメチェンしてみたの」

「ええっ!? そうだったんですか?」

驚く美沙の鼻先に、人差し指で優しく触れる。琥珀色の瞳を細めて、奏多は蠱惑的に笑った。

「内緒よ？　でも性に合っているのも、本当。『宵月』でもウケていたでしょう？　女の人は安心してお酒とお喋りを楽しめるし、男の人もライバル意識なく接してくれるし、良いことだらけよ」

「……男の人の中には、ちょっとバカにしたような客もいませんでした？」

「まぁ、多少はね。でも、そんな低俗な連中の言葉に私が傷付いてあげる義理はないもの。気にならなかったわ。楽しかったし」

「カナさん、本当に生き生きとしていましたもんね……」

「うふふ。自分を綺麗に魅せることは、もともと好きだったから」

夜の店で映えるメイクをし、手指や爪先まで磨き上げていた彼の努力を間近で見てきた美沙には、納得の答えだったようだ。今日一番の笑顔を浮かべて、美沙はぽつりと呟いた。

「カナさんらしいです」

飲み干したグラスをテーブルに置いた美沙に、ふいに手首を摑まれた。

「水遊びをしましょう、カナさん」

タープの下でまったりと涼んでいたが、今日の目的はそもそもが川遊びなのだ。

トレードマークのポニーテールを彩るシュシュと同じ柄の、水色のワンピースの裾を閃かせながら、笑顔を浮かべた美沙が奏多の手を引いて歩いていく。途中、サンダルを蹴とばすようにして裸足になると、ようやく後ろを振り向いてくれた。

「ちゃんと下に水着を着ていますよね？」

「え？　まぁ、サーフパンツは一応」

下に着ているというか、水着用のサーフパンツと上に半袖のシャツを引っ掛けただけなのだが。

「じゃあ、泳ぎましょう！」

膝丈の涼しげなワンピースをぱっと脱ぎ捨てる、美沙。ちょうど近くにいた幼馴染みにワンピースを放り投げると、ぐいぐいと強い力で奏多を引きずって川に入っていく。

「ちょっ……ミサちゃん、本気!?」

「本気でーす！　ほら、カナさんも脱いで！」

珍しく慌てる奏多の姿がよほど面白いのか。してやったり、といった表情で笑っている。

ギンガムチェック柄の水色のワンピースの下には、ちゃんとビキニとショートパンツの水着を着こんでいた美沙は、涼しげな表情で川の冷たさを楽しんでいる。

が、よく観察すると、ほんのり耳朶（じだ）が赤く染まっていた。

（恥ずかしがっている？　いつもより随分と積極的だと思ったら……）

こちらは特に気にはしていないのだが、どうやら彼女なりに気を遣ってくれたようだ。

ならば、自分も男らしく受けて立とうではないか。

「分かったから、そんなに急（せ）かさないの」

細い手首を引き寄せて、その耳元で囁いてやる。

「ひゃっ？」

面白いくらいに反応を返してくる姿に笑みを浮かべながら、シャツを脱いで水着姿になる。

「ミサさん！　カナ兄も」

　こちらに気付いた晶が笑顔で手を振ってくる。いつの間にか、甲斐も晶も水着姿で泳いでいたようだ。シンプルだけどスタイリッシュなセパレートタイプの水着なのが、彼女らしい。カラーリングはシックな黒にシルバーのライン入り。スタイルの良さが際立っている。

「ほら、カナさん。アキラさんも呼んでくれていますよ？」

「仕方ないわね、もう」

　マリンシューズのまま、川に足を踏み入れる。海と違い、透明度が高い。川底が砂ではなく、大きめの砂利なので、濁りが少ないのだろうか。冷たくて気持ち良い。

「お前らも泳ごうぜ！　どっちが長く潜れるのか、勝負だ！」

　派手めなアロハシャツ姿のまま、甲斐が川に飛び込んだ。

　双子たちは大喜びだ。保護者はいるが、念のために彼らにはライフジャケットを水着の上から着用させている。浮き輪代わりになって面白いと、意外と好評だ。

　長兄の甲斐が率先して、川に潜っている。魚やエビを手掴(てづか)みで獲っては、双子たちからの歓声と尊敬の眼差しを勝ち取っていた。

　ゴーグルを装着して、真剣な表情で川の中を覗いているのは晶だ。泳ぐよりも、川の生き物が気になるのだろう。リクはビーチボールを抱えて、ぷかぷかと浮いている。双子を見張りつつも、自分なりに川遊びを楽しんでいるようだ。奏多は瞳を細めて、彼らを眩(まぶ)しそうに見詰めた。

「川の水、冷たくて気持ちが良いわね」

川の深さは大人の腰の上くらい。ゆったりとした川だが、流れが早い場所もあるので、のんびりと浮かんで川遊びを楽しんだ。海と違い、べとつく肌を洗い流さなくて済むのは、ありがたい。

川原に置いた折り畳み式のチェアには気持ち良さそうに微睡む愛猫、ノアの姿がある。

チェア付属のミニパラソルで作られた日陰で丸まり、川面からの心地よい風を堪能していた。

いつでも飲めるようにポーション入りの水の器も傍らに置かれており、のんびりと寛いでいる。

ゆらり、ゆらりと揺れている尻尾の様子から、彼女の機嫌の良さが伝わってきた。そういえば、バーベキューの最中もチェアに寝転んだまま、焼いた肉を晶に食べさせてもらっていたような。

（もしかしなくても、ここで一番、優雅にバカンスを満喫しているのは、ノアなのでは？）

休憩のために川から上がると、奏多はさっそく愛猫の様子を見にいく。

「ノア、暑くない？　気分が悪くなったら、すぐに私たちに教えるのよ？」

「にゃあ」

大丈夫よ、と鳴く彼女の足元にはクーラーボックスが置かれていた。

美沙と二人で中を覗き込んでみると、サワガニや小海老がひしめいている。

「さすが、カイ。サバイバルが趣味なだけはあったね。まさか、こんなにたくさん捕まえるとは思わなかったけれど……」

「本当ね。海老はともかく、サワガニはどこで獲ってきたのかしら」

「そこの山道を少し登った先に沢があるんですよ。多分、その場所ですね」

一晩は砂抜きのため寝かせる必要があるので、今夜は味わえないのが残念だ。

「小麦粉をつけて、からっと揚げて。塩とレモンで食べると美味しそう」

「ビールに合いそうです、それ」

「そういえば、サワガニはガン漬けが美味しいって聞いた覚えがあるわ」

「ガン漬け？」

「湯掻(ゆが)いて砕いてペースト状にした物を、醬油、塩に唐辛子なんかを混ぜて発酵させる料理ね。お酒飲みには堪(たま)らない味みたいよ？」

「それ、食べてみたいです！　レバーペーストが大好物な私が絶対に好きなやつだ……」

「作っても良いけれど、二、三ヶ月ほど発酵させる必要があるのよね」

「そんなに……？　でも、気になります。食べてみたいです。カニ味噌風味なのかな」

「日本酒をちびちびやりながら食べたくなる味だと思うわ」

「わぁ……。飲みながら食べたい……」

美沙が切なくため息を吐く姿が可笑しくて、奏多はくつりと笑った。

「そんな表情をしないの。今日の分はあの子たちのために唐揚げにするから、また今度サワガニを捕まえに来たらいいわ。美味しく漬け込んであげる」

「……！　私、たくさん捕まえます、サワガニ！」

二十代女子とは思えぬ宣言だが、美沙は気にした様子はない。美味しい酒と肴(さかな)の前では、猫をかぶる余裕などないのだ。片目を開けたノアがふすんと鼻を鳴らした気がしたが、きっと気のせい。

キラキラと輝く川面にはしゃぎながら、夕方まで皆で遊び尽くした。

第六章◆バレました

兄が幼馴染みの女性とシェアハウス生活を送ると聞いた時には、かなり驚かされた。

不況で仕事が無くなったから生活費の安い田舎暮らしをする、とだけ事後連絡があったのだ。

弟たちはうちに帰ってくれれば良いのにと頬を膨らませていたけれど、我が家は築四十年のアパートで、2DK。リビングなんて洒落たものはないし、ただでさえ子供部屋を三人で使っているのだ。

残念ながら、我が家に彼の居場所はない。長兄の判断は正しかった。

母はもっと気楽に構えており「ミサちゃんのところなら安心だわー」と、のほほんと笑っていた。

「リクも小さい頃、ミサちゃんに遊んでもらったのよ？」

「……なんとなく覚えている、かも」

兄とよく遊んでくれた、女の子。子犬みたいにじゃれ合いながら、屈託なく笑っていた。

幼馴染みとはいえ、異性と暮らすということは同棲なのだろうか。つい邪推しそうになったけれど、詳しく聞き出したところ、友人四人での同居生活らしい。うん、同棲ではないな。

もてないわけでもないだろうに、女っ気ひとつない兄から浮ついた話は聞いたことがなかった。

ともあれ、田舎での古民家暮らしは兄の性に合っていたようだ。

すぐに仕事も決まり、仕送り額は以前よりも増えた。無理をしていないか、心配だったが、むしろ前よりも元気そう。自給自足に近い生活を送っているようで、たまに野菜や肉が送られてくる。家計も助かるし、何より好き嫌いの多かった弟たちが野菜を完食したのには驚かされた。新鮮な無農薬野菜ってすごいな、と感心したものだ。

夏休みに遊びに来ないかと誘われて、陸人も最初は遠慮していたが、弟たちが「初めての旅行！」と喜ぶ姿を目にして世話になることを決めた。弟たちと遊んでやりたかった、という気持ちも大きいが、一番の理由は母を休ませてあげたかったからだ。

父親が病死してから、ずっと働き詰めだった母親に少しの間だけでも、羽を伸ばして欲しい。

そう、兄から相談されて、陸人はすぐに賛成した。

母には二泊三日の温泉旅行でのんびり「おひとりさま」を満喫してもらおう。

旅行資金は兄が用意してくれた。臨時ボーナスがあったのだと胸を張って、母はもちろん、自分を含めた三人の弟たちの費用も受け持ってくれたのだ。

バカンスの準備金として振り込まれたお金で、着替えや旅行用のバッグを揃えることができた。

この秋、双子たちには修学旅行の予定があったので、正直、とてもありがたかった。

お下がりではなく、自分用の新品をプレゼントされて、双子は大喜びで旅行用バッグを抱えていた。きっと大切に扱ってくれることだろう。

長兄はたまに日帰りのキャンプに連れて行ってくれたが、泊まりがけの旅行は初めてだ。

受験生の陸人は本来なら遠慮して自習するべきなのだろうが、やんちゃ盛りの弟たちと破天荒な兄を野放しにするのが怖くて、同行した。

夏休みの図書館は混雑しているが、静かな田舎なら受験勉強も捗るだろう。

そんな風に考えていたから、長兄に案内された古民家での日々が、こんなにも賑やかなものだとは思いもしなかった。

人も建物も極端に少なく、緑あふれる光景には驚かされたが、築百年を越えた古民家にも圧倒された。木造の黒壁。茅葺き(かやぶ)ではなく、瓦葺き(かわらぶ)だったが、年代物らしき立派な鬼瓦まであり、珍しさから見惚れてしまった。古民家という説明が、とてもしっくりくる建物だ。

庭はほぼ畑と化しており、母屋以外にも建物がいくつかあった。古い建物だと聞いて、少しだけ不安だったが、家の中は丁寧に磨かれているようで、清潔で居心地が良い。

一番驚かされたのは、庭の片隅に駐車していたカラフルなバスが改造されていたことだが。

「すげぇ！　隠れ家だ！」

「バカだな、これは秘密基地だって」

双子は大喜びで、さっそくバスの中を探検している。

「これ、どうしたの？」

「廃棄予定の中古バスを譲ってもらえたから、改築した。ＤＩＹってやつ。結構いいだろ？」

「普通にお金取れるレベルじゃない？　これ」

「そうか？　まぁ、チビたちじゃないけど、秘密基地だからな。寝泊りができる遊び場だよ。二段ベッドも俺が作ったんだぞ？　アキラさんに手伝ってもらったけどな」

「僕的には気を遣わずに休めるから、すごくありがたいけど……」

「この夏の甲斐(カイ)家の別荘だ。ちゃんとエアコンも付けてあるから快適だぞ」

「間違いなく、築四十年の我が家よりも快適だね」

ターコイズブルーのペンキで塗られた、バスの家。ステップを上がると、仄(ほの)かに木の香りがする。床も壁も木材で丁寧に修繕されており、落ち着ける空間になっていた。土足厳禁なのも良い。

バスの中は意外と広く、キッチンやトイレまであるのには驚いた。二段ベッドが二組あり、収納スペースも完備。ちゃんとした家だ。我が家にはない、リビングスペースまである。

「風呂は母屋で借りることになるけど、冷蔵庫もレンジもある。ポットもあるぞ」

「キャンピングカーみたいだね」

「残念ながら、箱だけで運転はできないけどな」

「充分だと思う」

キャンピングカーというより、トレーラーハウスだろうか。庭の畑の前じゃなくて、もっと良いロケーションに設置すれば、宿泊施設として充分営業ができそうだと思う。

流行(はや)りのタイニーハウスとして売り出せば、きっと人気になること、間違いない。

「今のところは、お前たち専用のゲストハウスだ。乱暴に扱うなよ、ウミソラ！」

「しないよー」

「大事に使う！　秘密基地だもん」

バスハウスはもちろん、畑や鶏小屋も弟たちは気に入ったようだ。

朝早く起き出して、兄の勤務先の牧場や近くの山に遊びに行っている。

陸人は早朝からの引率を敬遠して、家事を手伝うことにした。

「リクくん、ゆっくりしていても良いのに。受験生なんだから」

食事作りを手伝うと申し出ると、大家である美沙（ミサ）は遠慮したが、調理を覚えたいのだと説得し、キッチンに立つ許可をもらった。

彼女は兄の幼馴染みだ。身長は陸人よりも低く、全体的に小柄で童顔の可愛らしいお姉さんだ。癖のないさらさらの黒髪をポニーテールにしており、いつも元気で明るい性格をしている。

その傍らに立つのが、奏多（カナタ）。カナさんと呼ばれる彼はシェアハウス最年長のイケメンで、なぜか女性のような言葉遣いをしていた。仕草は特に女っぽくはなく、黙っていれば絶世の美男子だ。

キッチンの主はどうやら彼（彼女？）らしく、便利な時短料理を色々と教えてもらった。

兄のモノ作り仲間の晶（アキラ）は、奏多の妹。こちらも最初は驚いた。

兄妹で並ぶと、どう見てもイケメン兄弟だ。綺麗な顔立ちをしており、化粧をしてドレスを着たら派手な美女になりそうなのに、いつもスッピンでスカート姿を見たことがない。性格は天然系と見たが、所作がやたらとスマートなため、少女漫画で描かれている王子様そのもの。

女性同士、美沙とはかなり仲良しらしい。

兄のシェア仲間である彼らは料理だけでなく、勉強も教えてくれた。それぞれの得意科目を分かりやすく説明してくれたおかげで、受験勉強も捗っている。

予定よりも順調に課題を終えることができたので、弟たちに混じって虫捕りや川遊びを楽しんだ。

河原で食べたバーベキューはとても美味しかった。

翌日は鮎を焼いて食べたのだが、これも絶品だった。自分たちで捕まえたサワガニと川海老の唐揚げも平らげて、ご機嫌で帰宅した。双子はすっかり早寝の習慣がついた。

体力お化けの兄は、さすがに小学生の就寝時間には付き合わず、母屋で酒盛りを楽しんでから、真夜中にバスの家に戻っているようだ。

陸人も二時間ほど参考書と睨(にら)めっこをしてから、ベッドに潜り込んでいる。

が、その夜はやけに喉が渇いて、夜中にふと目が覚めてしまった。月明かりとコンセント用の足元灯を頼りにキッチンへ行き、冷蔵庫から麦茶のボトルを取り出してグラスに注ぐ。

冷たい麦茶を一息で飲み干すと、ほっと息を吐いた。人心地ついたところで、陸人は兄のベッドが空なことに気付く。

「まだ、皆と飲んでいるのかな？」

備え付けの時計は二十三時を過ぎている。明日の朝も早いのに、大丈夫だろうか。

バスの窓から外を眺めて、陸人はおやと眉を寄せる。白壁の蔵に灯(あか)りがついていた。

『蔵にはガラクタが詰め込まれていて、とても危ないの。だから、出入り禁止ね』

美沙はそう言っていたが、こんな時間に誰かが探し物でもしているのだろうか？

「ん？　あれは、ノアさん？」

長毛種の三毛猫が、蔵に入っていくのが見えた。騒がしい子供が苦手なようで、構おうとする弟たちからは身を隠しているが、陸人にはたまにその毛皮を撫でさせてくれる、可愛い猫さんだ。

危険な蔵に入ったら、怪我をするかもしれない。陸人は慌ててバスから降りて、後を追った。

蔵には灯り取り用なのか、小さな窓が中二階にある。どうやら、彼女はそこから侵入したらしい。

そっと蔵の扉を開けて、陸人は驚いた。物で溢れているはずの蔵の中は閑散としていた。資材らしき物が片隅に並べられていたが、ガラクタらしき物は見当たらない。

戸惑いはしたが、まずは侵入した猫を確保しなければ。

「あ、いた。ノアさん……？」

三毛猫はちらりと陸人を振り返ったが、立ち止まることなく、そのまま歩いていく。

仕方なく後を追う。長毛三毛柄の彼女は、とても立派な体格をしている。抱き上げようとすると、かなり重い。大型の洋猫の血が混じっているのかもしれない、と飼い主の奏多は苦笑していた。

（でも、大きな猫ってすごく可愛いな。ノアさんはとても綺麗だし、賢そう）

今も彼女は、前を歩きながら立ち止まっては、陸人がついてきているのを確認しているようだ。

「何か、見せたい物でもあるのかな？　ネズミの死骸とかじゃないといいんだけど……」

少し不安になって呟くと、「失礼ね」といった風にニャーンと窘（たしな）められた、ような気がする。

やがて、彼女は唐突に立ち止まった。お座りした鼻先には、なぜか洋風のドアが飾られていた。

「ドア……？　もしかして、これが見せたかった物？」

「ニャア」

彼女は器用に立ち上がると、前脚をノブに引っ掛けて、ひょいとその扉を開け放った。

そうして、ドアの向こう側に身軽く飛び込んだのである。

「ええっ？　ちょっ、待って！　ノアさん！」

慌てて後を追おうとして、陸人はドアの前で足踏みする。

「これ、何？　どういうこと……？」

ドアの向こうには、白壁があるはずなのに。なぜか、そこにはゴツゴツとした質感の岩肌が見えた。しかも、まるで洞窟のように細い小道が奥に続いている。

戸惑う陸人に、振り向いたノアがナーゥと鳴いた。

ついてこないの？　そう聞かれている気がして、呆然としたまま、陸人は身を乗り出していた。

扉の向こうには、そこだけ空間を切り取ったかのように、違う世界が広がっていた。

ドアを越えないように気を付けて、岩肌に触れてみたけれど、作り物ではない確かな質感がある。

少し湿っているところが、やけにリアルだ。灯りひとつない暗闇のはずなのに、洞窟の中を見渡すのに支障はない。何となく、岩がぼんやりと光を放っているように見える。

「ノアさん、こっちにおいで。危ないよ？」

猪突猛進（ちょとつもうしん）気味な長兄を見て育った陸人は、慎重な性格をしている。

ドアの傍まで近寄って、中をそっと覗き込むが、足を踏み入れるつもりはなかった。

ただ、訳の分からない場所に猫のノアが迷い込むのが心配で、おいでおいでと手を伸ばす。

「にゃーん」

こちらの焦りを知ってか、知らずか。

ノアは長く優美な尻尾をゆるりと振りながら、ご機嫌な様子で洞窟を歩いていく。

ノアさん、と声を掛けると耳をぴくりと揺らし、横目で一瞥された。ふすん、と可愛らしく鼻を鳴らす。まるで「はやくおいで」と唆(そそのか)されているかのようで、陸人は大いに戸惑った。

「めちゃくちゃ怪しいよね、ここ」

蔵の中で自立していた木製のアンティークなドア。その扉の向こう側に見える洞窟からは、ひんやりとした空気が流れてくる。少し湿っぽい土の匂いは、不思議と嫌な気はしなかった。

「そういえば、クローゼットの中から異世界に行く物語があったな。……まさか、ね」

幼い頃に夢中になって読んだ児童書だ。まさか異世界なわけはないが、断言できない現実が今、目の前に広がっている。

名前を呼んでも、三毛猫は戻ってこない。やけに慣れた足取りで洞窟の奥を目指していく。

追うべきかどうか、陸人は迷った。ここに入ると、ドアが閉じてしまい、二度と帰れなくなってしまうかもしれない——

（でも、ノアさんが入っても、空間は開いたままだよね……？　どうしよ、…う？）

陸人は三毛猫を見詰めたまま、固まった。のんびりと歩くノアの手前に何か蠢(うごめ)くモノが近寄ってきたのだ。土色の——いや、あれは岩肌の色が透けているのか。何か、粘膜のような奇妙な物体がぐねりと蠢いて、ノアに触手のようなものを伸ばそうとしていた。

「ノアさん、危ない！」

思わず、駆け出していた。ドア枠を飛び越え、三毛猫を腕の中に抱き上げようとして。

「ニャッ」

その前に、ふかふかの愛らしい前脚が素早く『それ』を弾いた。ベチッ！ 何かが破裂したような音が洞窟内に響いて、陸人はその軌跡をゆっくりと視線で追い掛ける。ぺちゃんこに潰れた、どろりとした液状のものが岩壁から地面に滴り落ちて。

「えぇ……っ？ 光って、消えた……？」

淡く光ると、猫パンチで潰されたモノは水色の石に変化した。意味が分からない。

何が起こったのか、と考え込もうとした陸人の頭の中に、唐突に無機質な声が響いた。


『ツカモリダンジョン、挑戦者を確認。ダンジョン初回特典スキルを付与』


ダンジョンに、スキル？ 何のことだ、と慌てて周囲を見渡そうとして、ふいに体が痺れるような妙な感覚に襲われた。冷たい熱のような、得体の知れない何かが肉体を通り過ぎていったような、そんな違和感。鳥肌の立った二の腕を抱き締めるようにして、その感覚に耐え抜くと、陸人は自然と理解ができるようになっていた。

「ここはダンジョンで、僕は魔法が使えるようになった？」

戸惑いながらも、脳に刻まれた知識に従い、ステータスを表示する。

透明なモニタが目の前に現れた。

「本当に出た……」

自身のステータスとやらが、現実を突き付けてくる。

〈リクト・カイ〉
レベル　1
体力　E
魔力　F
攻撃力　E
防御力　E
俊敏性　D
初回特典スキル　【氷属性魔法】【生活魔法】
取得スキル　なし

「氷と生活の魔法……？　なんか、微妙そうかも」

ファンタジー知識が児童書とたまに弟たちが観(み)ているアニメ止まりな陸人には、このステータスが良いのか悪いのか、全く分からなかった。

「氷の魔法。カキ氷を作れるとか？　それはともかく、生活魔法が気になる」

生活魔法とは何だろう。じっとステータス画面を睨み付けていると、何となく魔法の使い方が分かってきた。なるほど、氷属性魔法はともかく、生活魔法は便利そうだ。

「フゥッ！」

ふいにノアが激しく威嚇する気配に、陸人はびくりと肩を揺らした。

いつの間にか、足元に先ほどのモンスターが近寄ってきていた。移動する際に形が変化するが、丸い水まんじゅうのようなシルエットから、それがスライムなのだと理解する。

ノアがニャッと威勢よく鳴く。やっちまいなさい。軽く顎を上げてこちらを睥睨（へいげい）するノアが、陸人にそう言っている気がした。

「……っ、凍れ（フリーズ）！」

片手をスライムに向けて叫ぶ。魔法の名前なんて分からないけれど、ただ目の前のモンスターの動きを止めたいと願いながら。

キン！　と鉄琴を鳴らしたような音が耳の奥で響いた気がする。指先がひんやりと熱い。冷たいのか。いや、じわりとした熱を感じる。何かが体の中から抜けたような感覚。これが、魔法？

初めての【氷属性魔法】を使い、陸人は凍りついたスライムの氷像を呆然と見下ろした。

「倒した、のかな……？」

凍り付いたスライムは、先ほどのように光って石に変化することはなかった。

「もしかして、仮死状態？」

油断して攻撃を受けたくはない。先ほどのノアの猫パンチの真似をして、凍ったスライムを蹴飛ばしてみると、岩壁にぶつかって粉々に砕け散った。

「表面だけじゃなくて、中まで凍りついていたんだ……。すごいな、氷魔法」

スライムの破片が消え、先程と同じ、綺麗な水色の石が転がり落ちた。ダンジョンから与えられた知識から、それがドロップアイテムであることが分かる。石を拾い上げて、じっと眺めてみた。

雫型の綺麗な水色の石だ。これが、魔石。残念ながら、宝石ではない。

色々な出来事が続いて、脳が飽和状態のようだ。呆然としていると、ふわりとした感触。

「にゃーう」

ゴロゴロと喉を鳴らしながら、ノアが足元に身をすり寄せてきたのだ。じっと陸人を見つめる瞳はまるで「良くできました」と褒めてくれているようで、思わず苦笑した。

「教えてくれてありがとう、ノアさん」

そっと頭を撫でてお礼を言う。背後を振り返ると、ちゃんとドアは残っていた。洞窟内にぽつりと直立するその扉の向こうは、陸人が忍び込んだ蔵の中に繋がっている。閉じ込められたわけではないらしい。ほっと胸を撫で下ろした。衝動のままに行動を起こしてしまうとは、長兄を笑えない。

(だけど、ノアさんを追い掛けたことは後悔していない)

もう一度、前を向く。二メートルほどの幅がある洞窟道はまっすぐ奥へ続く一本道になっているようだ。少し離れた場所に、スライムがリポップする。何もないところから、突然現れた。

「……どうしようかな?」

迷っているうちに、ノアが軽やかにスライムに駆け寄り、ぺちんと猫パンチを喰らわせた。

あんなに軽々と振るわれたのに、瞬殺する威力があるのだ。転がり落ちる魔石を拾い上げる。

「ノアさん、強いね」

「ニャーン」

「ふ、ふふっ」

当然よ、と豊かな胸元の毛を見せつけるように、誇らしげに顎を上げる様が愛らしい。

とても楽しそうにスライム駆除を続ける彼女を見ていると、陸人も何だか楽しくなってきた。

受験勉強のストレスを発散するかのように、スライムを氷魔法と蹴りで倒していく。

念のために、あまり奥までは向かわずに、いつでも帰りのドアが目に入る位置をキープして。

「凍れ（フリーズ）」

凍りついたスライムは少しの刺激で崩壊することが分かったので、踏み付けて壊した。

綺麗な石のドロップアイテムは拾ってポケットに入れておく。何度か繰り返すうちに、スライムが石以外のアイテムを落とした。

「何だろう、これ。綺麗なガラスの瓶だな」

親指サイズの繊細なデザインの瓶だ。中に何か液体のような物が入っているように見える。

レアドロップかな、とウキウキしながら、これもポケットに放り込む。

そうして、十体近くスライムを倒したところで、ふいに背後から名前を呼ばれた。

「リクくん!?」

「あ……ミサ姉ちゃん……」

奥から現れたのは、真っ黒の服を着たポニーテールの女性、家主である美沙だ。一人じゃない。

北条兄妹が後に続き、驚いたようにこちらを見詰めてくる。

そうして、最後に顔を覗かせたのは。

「リク、お前……！」

「兄さん……」

肩に日本刀を背負った兄が、眉を顰めてこちらをまっすぐ睨み付けていた。

久しぶりのダンジョン探索活動は楽しかった。

甲斐の弟たちが我が家に遊びに来てからは、しばらく蔵には近寄らなかったのだ。

この古民家に引っ越してから、ほぼ毎日ダンジョンには通っていたので、この数日は落ち着かなかった。それは美沙だけではなくて、他の三人も同じ気持ちだったようだ。

水魔法はこっそり畑仕事に使っていたが、ダンジョンモンスターは倒していないので、体力も魔力も有り余っている。他の三人も似たような状態だ。そして、ノアの従魔、シアンも同じく。

スライムのシアンは普段、主であるノアの傍にずっと張り付いている。『お仕事』を頼まれることも好きで、分裂体は畑仕事にダンジョンでの素材集めなど、張り切ってこなしてくれていた。

彼（彼女？）なりに、この生活を満喫していたのだ。それが、この数日は甲斐兄弟の目から逃れるためにノアから離され、畑仕事もおあずけ。ダンジョンでお留守番を言い渡されたのだ。

どうにか数日ほどは我慢していたが、その日とうとう奏多に訴えてきたのである。

早朝から四兄弟は川に遊びに出掛けていた。彼らが不在なことを察知して、ダンジョンから抜け出してきたのだ。言葉は分からないが、身振り手振りで訴えている内容は何となく伝わってくる。

「ひとりぼっちで寂しかったんだね、シアン」

「皆でダンジョンに行きたいのでしょうか」

しがみついてくるスライムを抱き上げて撫でてやっていると、シアンを覗き込んだ晶がぽつりと呟く。途端、ぷるるっと嬉しそうに身を震わせたので、そういうことなのだろう。

「あら……本当に寂しかったみたいね」

奏多も困ったように、眉を寄せている。どうしようかしら、と視線を揺らしているが、解決方法は既にシアンが示しているのだ。皆と一緒にダンジョンに行きたい。そして、それはこの場にいる三人も同じ気持ちだった。シアンのおねだりは、渡りに船というもので。

「カナさん、子供たちが寝静まった頃にこっそりダンジョンに行きませんか？」

美沙の提案に真っ先に挙手してくれたのは、晶だった。

「賛成です！　そろそろ素材が不足していたので、私もダンジョンに行きたいです」

「そうね。私はお魚と鶏肉を確保したいわ。ダンジョン内の畑も気になるし」

てっきり反対されるかと思ったが、奏多も笑顔で頷いてくれた。

「決行は今夜にしましょうか。シアンもそれまでは我慢してくれる？」

美沙の腕に抱かれたシアンに奏多が声を掛けると、ふるんっと上下に揺れた。

「良い子ね、シアン。では今夜十時、扉の前に集合。カイくんにも伝えておいてね？」

「後でこっそり伝えておきます！　きっと大喜びしますよ」

密談を終えたところで、庭から騒がしい気配がした。四人が川遊びから帰ってきたのだ。

「大変！　すぐにお昼ご飯にしなくちゃ」

お腹を空かせた四兄弟がキッチンを襲撃してくる前に、昼食の準備に取り掛かる。

「下準備は終わっているから、庭に出ましょうか」

本日のランチは、おにぎりと鮎の塩焼き。そして、昨日川で捕まえたサワガニと川海老がメイン食材だ。汁物は冷や汁を用意してある。豆腐とキュウリ、大葉を具材にした冷たい味噌汁で、夏にぴったりのメニュー。ミョウガとすりおろした胡麻の香りが食欲を引き立ててくれる。

納屋の前に張ったタープの下にテーブルを運んでもらい、昼食を並べた。

鮎の塩焼きは午前中のうちに七輪で焼いておいた。塩にぎりも温かいうちに【アイテムボックス】に収納しておいたので、どれも出来立てだ。

「わぁ、お魚だ……！」

串焼きを食べるのは、初めてなのだろう。子供たちは大喜びで串を手に取って眺めている。

「こうやって食べるんだ」

甲斐が手にした串を弟たちに見えるように、豪快に頬張った。皮ごとバリバリと食べていくワイルドな兄の姿に双子は手を叩いて喜ぶ。陸人がはらはらしているのが見て取れて、少し笑ってしまった。せめて骨ごと食べないように注意しておこう。

「うまいな、鮎」

「うん、美味しいね」

「海の魚はあんまり好きじゃないけど、これは好き」

子供たちにも好評なようだ。たくさん仕込んでおいたので、お腹いっぱい食べてほしい。

遠慮している陸人にも串焼きを手渡すと、美沙もさっそく口をつけた。皮目は少し焦げており、香ばしいが、中身はふっくらと焼き上がっている。良い塩梅だ。

七輪でじっくり焼いた魚は、とても美味しい。

納屋のカウンターキッチンで黙々と立ち働いてくれていた奏多が声を張り上げた。

「サワガニと川海老の唐揚げが揚がったわよー。数が少ないから、早い者勝ち！」

「早い者勝ち？　待って待って、食べたいですっ」

大急ぎで鮎を完食すると、美沙は納屋へ向かう。勢いに釣られたのか、双子たちも追い掛けてきた。甲斐などは、既に唐揚げを頬張っている。

「兄ちゃん、ずるい！　僕も食べたい」

「俺も食べるー！　それ、昨日俺たちで捕まえたやつ？」

「そうだよー。一晩、泥抜きしたやつね。塩味ですか、カナさん？」

「ぱらりと散らしただけだから、お好みで味変すると良いわよ」

できる男、奏多は味変用の調味料をきちんと並べてくれていた。塩胡椒、七味、醤油、ポン酢にマヨネーズ。レモンも用意してくれている。さすがだ。

「私はレモンを搾ったのが好きだけど、双子くんたちはマヨネーズ醤油が良いかな？」

「俺もマヨ醤油で食ってみたい。揚げ物とマヨ醤油の相性は抜群だよな」

わいわいと皆で騒ぎながら、サワガニと川海老の唐揚げを摘んだ。揚げたてのサクサクとした食感にうっとりと瞳を細める。美味しい。身の部分は少ないけれど、味は意外と濃厚だ。

「やばい。これはビールが欲しくなる……」

「ミサ、おっさんみたい」

けらけらと双子たちに笑われてしまった。ちょっと恥ずかしい。

「失礼な。あと、お姉ちゃんって言いなさい！」

サワガニは小さめなので、見た目は地味だが、天ぷらや唐揚げにすると美味しい。川海老も小振りだ。野菜と一緒にかき揚げにしても美味しいと思う。

初めて食べる味に、双子はもちろん、陸人もおそるおそる口に運んでいる。

「ん。美味しい、かも？」

「ジャリジャリするけど、面白い味だね」

「マヨ醤油つけると食べやすい」

意外と平気そうで、二口目からは積極的に手を伸ばしていた。

ご馳走というよりはお菓子感覚で口にしている。美味しさで比べるなら、鮎の塩焼きが圧勝か。

子供たちは日記に書くネタが増えた、とご機嫌で笑っている。

「オレ、今度はザリガニ食べてみたい！」

「あ、僕も食べてみたい。ミサ、ザリガニを捕まえられる場所、知っている？」

「ええー？　君ら、結構逞しいね……」

さすが、甲斐ブラザーズ。生まれながらの都会っ子のはずだが、サバイバル精神に溢れている。

ザリガニが棲息していそうな田んぼや水路なら分かるが、あれは食用なのだろうか。悩んでいる間に、双子たちは陸人に叱られていた。腕を組んだ甲斐も隣でうんうん、と頷いている。

「食用のザリガニじゃないから。お腹壊したくないだろ？」

「そうそう。食中毒は怖いぞ。二日は絶食に苦しむことになる」

「あっ、いや。その、ほんの好奇心でな？　ちょっとだけ……」

「兄さん、まさか食べたの……？」

「兄さん」

「ああああ」

別のお叱り案件が発生したところで、美沙は助け舟を出してやった。

「ザリガニは無理だけど、今夜は美味しいお刺身とフライを用意してあげるわよ」

「本当？」

「お刺身！　ご馳走じゃん！」

脂がのったサクラマスのお刺身は、きっと子供たちも喜んで食べてくれることだろう。

ムニエルよりはフライが口に合いそうなので、今夜のメニューはそれで決まりだ。あとは、魚のあら汁とポテトサラダあたりを用意すれば、子供たちでも満足してくれるはず。

お腹いっぱい美味しいご飯を食べれば、今夜も彼らは早々に寝落ちてくれるだろう。

(その間に、久々のダンジョン！)

ダメな大人四人はそわそわと落ち着きなく、その日を過ごした。

ダンジョン内で手に入れたサクラマスをメインにした夕食に舌鼓を打ち、目論見通りに子供たちが寝入ったところで、こっそりと蔵の中で落ち合った。

「シアン、張り切っているなー」

「あれ？　ノアさんは？」

いつもは真っ先に扉の前で待機しているはずの三毛猫の姿がない。

不思議に思って首を傾げていると、奏多が苦笑する。

「それが、あの子。ぐっすり眠っていて、誘ってみたけど、起きなかったのよ」

「珍しいですね。狩り好きなノアさんが」

「まぁ、猫だもの。気まぐれなところも彼女らしいわ」

そんなわけで、四人とスライム一匹でのダンジョン探索となった。

スライム魔石を大量に取り込んだシアンは一階層では敵なしだ。同族のはずのスライムを嬉々として殲滅している。四人は黙々と魔石とポーション拾いに明け暮れた。

二階層以下は、それぞれ運動不足とストレス発散を兼ねて大いに発奮した。甲斐は特に張り切っており、水を得た魚のようにダンジョン内を駆け回った。【身体強化】スキルを使ったアクロバティックな動きは、もう目で追うこともできない。

美沙も薙刀をふるい、水魔法を放ち、アイテムを大量にドロップさせる。奏多は弓と風魔法、晶は短槍でモンスターを大量に仕留めていった。

「はー！　スッキリしたー！」

「あれだけ動き回っていたのに、まだまだ元気が有り余っていたのね、カイ……」

「チビたちの引率と、これは全然違うだろ。確定報酬があるから、達成感もひとしおだよな」

「それはそうかも。今日もお肉をたくさんゲットできて嬉しいもんね」

「私も素材を補充できて嬉しいです。アルミラージの毛皮と鹿革は稼ぎ頭ですから」

「ラビットファーのクッションがまたバズったんだよね？」

品質が良いので、晶が作る作品はＳＮＳで頻繁に話題になっている。特に、ラビットファーの手触りと鹿革バッグの使い心地の良さはクチコミの勢いがすごかった。

「ふふ。コッコ鳥の卵も手に入ったから、明日の朝ごはんは巨大オムレツに挑戦してみようかしら」

「目玉焼きとオムレツ、迷いますよね。ふわふわの大きなオムレツは幸せの象徴って感じがするし、目玉焼きはもう見た目のインパクトがすごいから」

素直なリアクションを返してくれる双子たちが可愛くて仕方ない。

それぞれが狙いの肉や卵、素材の戦利品を手にして、ウキウキと一階層に戻ろうとして。

「ん……？　なんか、騒がしい気配がするぞ」

最初に異変に気付いたのは、甲斐だった。どうやら、誰かが一階層で戦っているようだ。

「もしかして、ノアさんかもしれません。目が覚めてから、私たちを追い掛けてきたのかも」

心配そうな様子の晶を宥める。

「起きてみたら、誰もいなくて寂しくなったのかもね。ふふっ、ノアさん可愛い」

蔵の入り口には、彼女用の小さなキャットドアを付けてある。甲斐が材料を取り寄せて、作ってくれたのだ。ダンジョンへのドアも、彼女なら器用に開けることができる。

ふと、美沙は首を傾げた。そういえば、今夜は久しぶりのダンジョンに浮かれて、蔵の鍵を内側から掛けるのを忘れていた気がする。

「まさか、ね……？」

何となく嫌な予感がして、早足で一階層に向かう。甲斐も気配に気付いたのか、眉を顰めている。

嫌な予感は当たり、そこにいたのは三毛猫のノアだけでなく――

「リクくん!?」

パジャマ姿の陸人が、なぜかスライムを踏み潰していた。

事情を聞いて、大人四人は頭を抱えて嘆息した。
「そっか。ノアさんに誘われちゃったのか」
「それは仕方ない、か？」
「立ち入り禁止とは告げていたけど、ノアさんがそんな危険な場所に入り込んだら、助けに行っちゃうのも仕方ないよね……」

「怪我がなくて良かったです。とりあえず、家に戻りましょう」

晶に優しく促されて、全員でこそこそと母屋に戻った。反省した美沙は、今度こそしっかりと蔵の鍵を掛けた。

「リクくん、お腹が空いているでしょう？」

「あ……はい、実はすごく」

情けなさそうな表情で腹をさする様子に、皆が笑みを浮かべる。

「魔法を使うと、お腹が空くのよ。こんな時間だけど、夜食にしましょう」

さすがに今から作るのは面倒だったので、メニューはラーメン一択だ。とはいえ、そこは凝り性の奏多のこと。野菜炒めと煮卵、ボア肉で作ったチャーシューを添えた立派なご馳走だ。

「はい、完成！　とりあえず、五人前ね」

「わーい！　ありがとうございます、カナさん」

「うまそー！」

陸人の分だけでなく、張り切ってダンジョンを探索した四人の分のラーメンもある。

テーブルの下でお座りしたノアとシアンにも鹿肉ジャーキーのお裾分けだ。

小声で「いただきます」を唱和して、さっそく麺をすする。

「はー。真夜中に食べるラーメンの背徳感」

「しみるよなー。このチャーシュー、うんまッ！」

「半熟の、とろっとした煮卵も絶妙です……はふっ……」

「お肌がテカリそうだけど、空腹のままじゃ眠れそうにないし、仕方ないわよね。ああ、ラーメン美味しいわー。リクくんも遠慮せずに食べなさいな」

「あ、は、はい！」

「おかわりもあるからねー？」

「そんなに食べられませ……っん、おいしい……」

シンプルな袋ラーメンだが、空腹は最大の調味料。遠慮していた陸人は勧められるまま、おかわりを繰り返して、ラーメン三杯。スープ一滴も残さず、綺麗に食べきった。

こんなに食べられるなんてと当人が一番驚いていたが、スキルや魔法を使うと、やたらとお腹が空くので仕方ない。ちなみに兄である甲斐はラーメンを五杯、ぺろりと平らげている。

空腹が落ち着いたところで陸人に追及され、美沙はダンジョンについて説明することになった。

あっさり信じてくれたのは、ダンジョンでの恩恵を得た後だからだろう。

「で、リクのスキルや魔法は何だった？」

「兄さん……」

身を乗り出して楽しそうに聞き出そうとする兄を弟は恨めしそうに見返した。

「【氷属性魔法】と【生活魔法】だった。氷の魔法は使ってみたけど、生活魔法はまだ試してない」

「魔法が二つなんだ。片方がスキルじゃなくて」

てっきり、それぞれひとつずつの能力が与えられるものだと思っていた。陸人は首を傾げている。

「スキル？　それは、魔法とは違うの？」

「俺は火魔法と【身体強化】ってスキルが使えるぞ。スキルは、特殊技術みたいなもんか」

「ちなみに私は水魔法と【アイテムボックス】が使えます！　すごいでしょ？」

「アイテムボックスって？」

「マジか。リク、お前、ラノベ読まないの？」

「兄さんは僕が受験生ってこと、忘れていない？　ライトノベルを読む暇があるなら、今は参考書と睨めっこしているよ」

真面目な陸人らしい発言に納得した。受験勉強はもちろん、弟たちの世話を焼き、母親の手伝いでも忙しいので、興味はあっても時間が取れないのだろう。

「私の【アイテムボックス】は、収納スキル。たとえば、ここにあるリモコンを別の空間に送ることができるのよ」

目の前で実演してみせると、大きく目を見開いて固まっている。

その表情がおかしくて、奏多と晶も次々に自分たちのスキルや魔法を陸人に披露してみせた。

「はー……。とりあえず理解はしたよ。ここにダンジョンがあって、僕にファンタジーな力が使えるようになったってことだけは」

「魔法やスキルの取得には、特に害はないわ。ただし、使いすぎると、お腹が空くから注意してね」

「慎重なリクなら大丈夫だとは思うが、誰にも知られないようにな。特に双子たち」

「あー。バレたら、自分たちもダンジョンに行くって騒ぎそうだね」

陸人が肩を落として、嘆息した。双子たちのリアクションは簡単に想像がつく。

彼らのことだ。きっと嬉々としてダンジョンに突進することだろう。

「まぁ、そう落ち込まないで。日常生活でもこっそり使えば、便利だと思うよ？　私は水魔法で畑の水やりも簡単にできるようになったし」

「日常生活での氷魔法の使い道が思いつかないんだけど……」

「そうだな。カキ氷を作るとか？」

「微妙な能力すぎる……」

氷魔法は使いどころを悩む能力かもしれない。カキ氷が簡単に作れるなら、夏は大助かりだが。

「エアコンがわりに部屋を涼しくするとか……？　電気代の節約ができるかも」

「なるほど。ありがとう、ミサ姉ちゃん。バレない程度にこっそり試してみるね」

節約ができると聞いた途端、陸人が嬉しそうにしている。家事全般を担っている彼は、もしかして家計簿も付けているのかもしれない。そういうことなら、いくつか提案ができそうだ。

「製氷が素早くできるね」

「アイスやシャーベットも簡単に作れるわよ」

もっとも、そんな程度の内容しか思い付かなかった。

（ここがファンタジー風の異世界だったら、氷魔法は人気がありそうなんだけどな。食材を冷やしておけるなんて、最高の魔法じゃない？）

それなりに役立ったのか、陸人の機嫌はかなり上昇していた。

一息ついたところで、美沙は気になっていたことを思い切って質問してみる。

「で、【生活魔法】って、どんな魔法？」

途端、皆が血相を変えて振り向いた。彼らも気になっていたらしい。

四人分の視線を浴びた陸人が困惑したように、低く唸っている。

考え込んでいる弟の代わりに、甲斐が口火を切った。

「【生活魔法】か。ラノベのファンタジー世界では、便利な魔法だよな。今はアキラさんにお願いしている浄化はお約束な便利魔法だし」

「お約束なんですか？」

きょとんと瞳を瞬かせる晶に、したり顔の甲斐が説明している。

「異世界じゃ、なかなか風呂に入れないことが多いんだ。水が貴重、湯を沸かすのが大変とかで。綺麗好きな日本人には、浄化魔法はありがたーい魔法なんだよ」

「それはありがたいですね。お風呂に入れない世界、私には無理そうです」

風呂のない異世界で暮らすのは綺麗好きな日本人にはキツそうだ。毎日は無理でも、せめて三日に一度は体の汚れを落としたい。お風呂は無理でも、せめてシャワーを浴びたいと考えそうだ。

甲斐の説明に首を捻って考え込んでいた陸人が、ふと口を開いた。

「その、クリーン？　って、魔法は使えないみたいだけど、お掃除魔法は使えそう」

「お掃除魔法？　試してもらってもいい？」

「なら、土間に移動しましょう」

奏多と美沙が陸人の両腕をそれぞれ引いて、玄関から土間に降りた。

コンクリート製の土間には土や砂埃の汚れが目立つ。汚れに気付いたら、奏多は風魔法、美沙は水魔法で掃除をするようにしていたが、やはり晶の光魔法ほどには汚れは落ちなかった。

なら、お掃除魔法の威力は？

わくわくしながら見守る四人の前で、戸惑いながらも陸人は片手を地面に向けた。

「えっと、【洗浄】」

「わぁ……！」

「土間の汚れが綺麗に落ちましたね」

「浄化と同じ効果があるのかな？」

じっと陸人を見詰めていた奏多が小さく首を振った。しっかり鑑定していたようだ。

「浄化とは少し違うようね。もともとの光魔法の浄化は闇を祓う、呪いの解呪を目的として行使するものなのよ。それを私たちは除菌や殺菌、便利なお掃除魔法として使っていただけで」

「そうだったんだ……。ごめんね、アキラさん」

「いえ、私も便利に使っていたので」

実際、とても便利な魔法だった。鶏小屋の掃除に生卵の殺菌はもちろん、汚れの酷い洗濯物のシミ抜きにもお世話になっていた。

「リクくんの【洗浄】は、お掃除に特化しているから、アキラちゃんの浄化よりは気安く使えそうね。ただ、除霊や解呪、殺菌は無理！　家族にバレないように、こっそりお家で使えば便利な魔法だと思うわ」

「便利ですね。水回りの掃除とか、地味に大変だったから、正直すごくありがたいです！」

ぱっと顔を輝かせる陸人。ここに来て、いちばんの笑顔だ。よほど、このお掃除魔法がありがたかったのだろう。瞬時に汚れを落とせるなんて、家事担当者からしたら泣くほど嬉しい魔法だ。

「水回りのお掃除って、面倒だもんね」

美沙も力強く頷く。なるべく丁寧に暮らしていたつもりの一人暮らしの女子でさえ、地味に大変だったのだ。キッチンにお風呂にトイレ、洗面所の掃除は中学生男子には相当負担になっていたことだろう。陸人はほうっと息を吐いて、幸せそうに微笑んだ。

「魔法って素晴らしいですね」

「たしかに魔法はすごいけど、喜びどころが微妙に違う気がする……。そこは【氷属性魔法】で最高にカッコイイ攻撃方法を考えようとかさ」

「兄さん？　うちにダンジョンはないし、僕は何と戦うのさ」

「我が弟ながら、なんでこう、クールなんだ」

「破天荒な兄とヤンチャな弟たちに苦労していたら、リクくんみたく、真ん中がクールキャラにならざるを得ないんだろうね」

苦労性な少年を思い、同情してしまう。とはいえ、【生活魔法】だ。『生活』とざっくり括られている分、使える魔法の種類が多そうだと思う。

「リクくん、他にどんな魔法が使えそう？」

「えっと、そうだね。生活が便利に送れるような魔法が多いかも。たとえば、【水作成(ウォーター)】でコップ一杯の水を作るとか」

「おお……！　初級の水魔法っぽい」

「あとは【着火(ファイア)】？　これは火種程度の炎を一瞬だけ作れるみたい」

「キャンプに便利そうだな」

「他には？　他には？」

「んーと、あっ【加熱(ヒート)】！　これは電子レンジ代わりに、温められそう。便利だね」

陸人はグラスに入れた水を一瞬にして湯に変えた。これは便利だ。液体だけでなく、食べ物を温めることもできるので、レンジも不要だ。しかも瞬時に温めることが可能。

奏多が心底羨ましそうな表情を浮かべている。

「上手に家事に使えば、水道代や電気代、ガス代が節約できそうだよ、兄さん！」

「お、おう。そうだな……」

ものすごく良い笑顔で陸人が喜んでいる。これが甲斐なら、あまりの地味さに崩れ落ちていそうなものだが、兄弟でもここまで性格が違うと面白い。

「あとは……あっ、僕にも収納魔法が使えそう。【収納(クローゼット)】っと」

陸人の前にふいに箪笥(たんす)が現れた。ブラウンカラーのワードローブのようで、引き戸形式だ。高さは百八十センチ、幅は八十センチほどの洋式の箪笥を陸人は嬉しそうに見上げている。

「この中に、物を入れて収納しておくことができるみたい」

「すげぇなコレ。アイテムボックスの劣化版か？」

「そうね。鑑定によると、容量は使っていくうちに大きくなるみたいだし、普段使いには充分じゃないかしら？　中に入れた物は劣化しないみたいだし」

「え、カナさん、それ本当？　だったら、お肉とか野菜をたくさん収納しておけるわ！　リクくん、お土産いっぱい持ち帰ってね」

美沙の【アイテムボックス】内にはただでさえ大量の野菜や肉が保管されているのだ。

ご近所さんにせっせと配り、自分たちでも消費しているが、収穫量がそれを上回った状態なので、嬉しい悲鳴をあげているのが現状で。

四人家族用の冷蔵庫ほどの容量がある陸人の【収納（クローゼット）】なら、それなりに詰め込めそうだった。

「お、いいな。野菜や肉、魚もあるし、新鮮な卵に牛乳もたくさんあるから、持って帰れば良い。食費が浮くぞぉ、リク！」

「それはありがたいけど、いいの？　ミサ姉ちゃん」

「うん。見ての通り、我が家では売るほどあるからね、野菜！」

「そうねぇ。ダンジョンのこともバレたし、もうぶっちゃけるけど、我が家のお肉はほぼモンスター肉を使っているのよ」

「モンスター肉!?」

ぎょっとする陸人の背を晶がぽんぽんと宥めるように軽く叩いている。

奏多は端正な顔に笑顔を浮かべたまま、指折り数えた。

「今のところ、うちにあるモンスター肉は、ウサギ、鹿、イノシシ、鶏ね。大丈夫、毒もない美味しいお肉よ？　実際とっても美味しかったでしょう？」

「あー……もしかして、バーベキューの、あれか……。そうですね、美味しかったです……」

あああ、と顔を手で覆いながら陸人が肩を落とす。もうしっかり味わっていたので、今更だ。

それに、ダンジョンで手に入れたお肉は滋味豊かでとても美味しい。

葛藤する少年を面白そうに眺めていた奏多が、ふと顔を上げた。

「とりあえず、もう休みましょうか。続きは明日にしましょう」

「もう、十二時過ぎているじゃない！　リクくんは、早く寝なきゃ」

居間の壁時計を確認して、美沙は慌てて陸人を立たせた。甲斐が後を引き継いでくれたので、そのまま任せる。バスハウスに向かう兄弟を見送ったが、どうやら蔵に忍び込んだ行為をしっかり兄に叱られているようだ。

「カイがちゃんとお兄ちゃんしている……」

「そうね。立ち入り禁止にしていたのに侵入したことは叱らないといけないもの。ただ、今回はミサちゃんも悪い子だったわね？」

「う……。鍵を掛け忘れて、ごめんなさぁい」

「ちゃんと気を付けなくちゃね。あとは、……ノア？」

「にゃあん？」

名前を呼ばれた三毛猫は可愛らしく畳の上でころりと転がり、腹を見せた。ふかふかの柔らかなお腹の誘惑に、どうにか耐え切った奏多が瞳を細める。

「あざとく誤魔化そうとしてもダメよ？　貴女、ちゃんとリクくんが付いてきていることを知っていたでしょう？　わざと連れて来たわね」

「えっノアさん、そうなの？」

晶が目をぱちぱちと瞬かせて驚いている。

視線を向けられたノアは寝転がったまま、前脚で顔を洗い始めた。

「ダンジョンに誘導して、リクくんをスライムにけしかけたでしょう？　まったく……」

「ノアさん、そんなにリクくんのこと気に入ったの？」

「弟分？　舎弟とか？　そういえば、双子たちからは逃げ回っているけど、リクくんには撫でさせてあげていたもんね、ノアさん」

「にょおおん」

鍵を忘れた美沙とわざと誘導したノア。もちろん勝手に蔵に入った陸人もだが、二人と一匹はしっかりと叱られて、その夜は遅い眠りについた。

楽しい夏休みの一週間なんて、あっという間に終わる。
牧場での職業体験に山での虫捕り、川遊びを満喫した双子たちはご機嫌で軽ワゴンに乗り込んだ。

これから片道二時間をかけて、甲斐が弟たちを実家まで送っていく。奏多から借りた軽ワゴンにはお土産がぎっしり詰め込まれていた。

後部座席に双子を座らせ、シートベルトを確認してから、荷物をトランクに詰め込んだ。

お土産として母親に渡す野菜や果物類は甲斐のベルトに装着してあるアイテムポーチに収納してある。目につきやすい大物、スイカやメロンは双子たちの荷物の上に置いた。

「お昼のお弁当だよ。皆で食べてね」

早朝から奏多と頑張って作った弁当を手渡す。

「でっかい！　すげー！」

「これ、重箱ってやつでしょ？」

お弁当入りのクーラーボックスをウミとソラは大事そうに抱え込んだ。

「悪いな。朝から大変だったろ」

「リクくんも手伝ってくれたから、すごく助かったよ」

「お前ら、お礼は？」

「ありがと、ミサ！　カナさんとアキラさんも！」

「あと、リク兄もありがとう」

兄に促されて、二人は慌ててお礼を口にした。生意気盛りな子供たちだが、こういうところは素直で可愛い。

四人分の飲み物を入れたクーラーボックスを抱えた陸人が助手席に座り、あらためて甲斐兄弟が頭を下げてきた。

「お世話になりました！」

「どういたしまして。皆、楽しかった？」

「楽しかった！　また山に行きたいな」

「俺も楽しかった！　川遊び最高！　カニやエビもだけど、今度は魚釣りもしてみたいな」

「じゃあ、来年も遊びにおいで」

観光ができるような場所もない田舎だが、子供たちは楽しんでくれたようだ。

陸人も笑顔で手を振っている。彼とはこまめに連絡を取る必要ができたので、実家に子供たちを送り届けてから、甲斐がスマホを買い与えることになった。彼が得た魔法について、定期的に報告をするようにと約束してある。ずっと欲しかったスマホが手に入るので、素直に喜んでいた。

定期連絡以外にも、レシピを検索するのにも大いに役立ちそうだ。

「寂しくなっちゃうわね。どうせなら冬休みも遊びに来たら良いのに」

「カナさん？　リクくんは受験生ですよ？」

「そうだったわね。さすがに邪魔できないか」

はぁ、と奏多が悩ましげなため息を吐く。愛猫のノアがリクのことを気に入っていると、少し拗ねた様子だったが、奏多だって料理の弟子の少年のことを可愛がっていたのだ。

その妹の晶も暇な時間に作り置いていた鹿革のキーホルダーを甲斐兄弟にお土産だと渡している。綺麗な飴色の、お揃いのキーホルダーに四人は大喜びだ。

「名残(なご)り惜(お)しいけど、もう出発しなきゃ。母さんが心配しているよ？」

「そうだな。じゃ、送ってくる」

冷静な次男に指摘され、甲斐は片手を上げた。三人と一匹で発車する軽ワゴンを見送る。

賑やかな子供たちの姿が消えると、一気に辺りが静かになった。

「なんだか寂しいかも」

「そうですね。でも……」

肩を落とした美沙を慰めようとしたのか。ふ、とこちらに視線をやった晶の瞳が柔らかく細められた。ぽよん、と冷たくて弾力のある何かが、美沙の背に飛びつく。ひゃあ！　と肩を揺らして驚いた美沙が振り向くと、綺麗な水色のスライムが肩に張り付いていた。

「シアン？　……もしかして、慰めてくれていたりする？」

スリ、と頬に擦り寄ってくるスライムが健気で可愛くて、美沙はぎゅっと抱き締めた。

双子たちやリクに気付かれないように、ずっとダンジョン内に隠れていたシアンも寂しかったのだ。もっとも、彼をテイムしたノアはあっさりとお気に入りの陸人に秘密をバラしていたが。

「寂しいけれど、これでまたいつもの生活に戻れるわね」

「ふふっ、そうですね！　スライムたちに畑仕事を手伝ってもらって、皆でダンジョンに潜る、楽しいスローライフ！」

「私も気兼ねなく【錬金】スキルを使ってモノ作りができます」

子供たちに混じっての夏休みは楽しかったが、休暇を楽しんだ後には、溜(た)まったお仕事が待っている。それはそれで、楽しみだった。

「リクくんにたっぷりお土産を渡したから、自分たち用の食材を獲りに行きたいわ」

「あ、私も鹿革の在庫が心配なので、ワイルドディアを狩りたいです」

生真面目なのだか、飄々としているのか。マイペースな北条兄妹に呆れつつ、美沙も頷いた。

「そうですね。ダンジョン畑と果樹園の収穫もしておきたいし……」

彼らの愛猫もやる気に満ちた眼差しをこちらに向けてきている。昨夜の暴れっぷりでは足りなかったようだ。スライムのシアンも言わずもがな。ぽよぽよと勢い良く跳ねている。

期待に満ちた眼差しに、美沙はこう答えるしかない。

「お魚をリクくんに渡しちゃったので、今夜のご飯のためにも、ダンジョンに行きましょう！」

仲間外れになった甲斐には申し訳ないけれど、食材や素材が必要なので仕方ない。

三人と二匹は笑顔で視線を交わし合い、戦闘服に着替えるために颯爽と自室に向かった。


久しぶりに長時間ダンジョンに潜り、大量の戦利品を【アイテムボックス】に収納して母屋へ凱旋したところ、ちょうど甲斐も帰宅した。

スマホの契約にかなりの時間を取られたようだ。お盆シーズンと重なって、ショップがかなり混雑していたらしい。無事に購入できたので、さっそく皆のグループラインに招待する。

「リクがお礼を言っていたよ。俺が双子たちを連れ出している間、ダンジョンでレベル上げに付き合ってくれたんだって？」

「ああ。カナさんの鑑定で、【生活魔法】もレベル上げでスキルが強くなるって分かったから、誘ってみたのよ。すごく乗り気でこっちが驚いちゃった」

「リクくん、【洗浄(ウォッシュ)】と【収納(クローゼット)】のスキルレベルを上げたいって、張り切っていたから」

くすり、と晶が笑う。

どちらも私欲ではなく、家族のためにという気持ちが強かったので、皆で協力してあげた。

一階層のスライムフロアで戦闘に慣れてもらい、二階層のアルミラージ狩りでのレベル上げ。危険がないように、三人と二匹で見守っての狩りだった。

おかげで彼の【洗浄(ウォッシュ)】はかなり強力になったし、【収納(クローゼット)】の容量も増やすことができた。

「収納容量が倍以上になったからね。頑張っていたよ、リクくん」

「そうね。それに、実体化させずに収納物の出し入れができるようになったのは収穫よ」

レベル1の時にはそのまま『クローゼット』を具現化していたが、レベル3になった今では、美沙の【アイテムボックス】のように何もない空間から自在に物を出し入れ可能になったのだ。

収納量が二倍に増えたので、お土産の食材も大量に渡すことができた。

まずは塚森(ツカモリ)農園自慢の野菜をたっぷりと。こっそりダンジョン産のラズベリー、ブルーベリーにビワも手渡してある。子供たちが大好きなスイカやメロンも大玉を用意した。

ウサギ肉は食べやすいようにハムに加工した物を、鹿肉はソーセージやジャーキーを中心に。

イノシシ肉は豚肉に近い食感なので一番使いやすいだろうと、たっぷりと進呈した。

鶏肉は部位ごとに切り分けて、これも大量に包んでやった。ダンジョン産のコッコ鳥の卵は大きすぎるので、残念だが、卵は我が家のニワトリが産んだものを持って帰ってもらっている。

ちなみにコッコ鳥の卵は無事にオムレツとして朝食に出された。我が家で一番大きな皿に盛り付けたコッコ鳥のオムレツは見た目も味も最高で、子供たちの笑顔を引き出すことに成功した。

ダンジョン産の鮎やサクラマスもたっぷりと陸人の【収納（クローゼット）】に放り込んである。

「双子たちのお手伝いのお礼に、牧場オーナーから牛乳や乳製品も貰ったんだよね？」

「おう。クーラーボックスに詰めたのを、そのままアイテムポーチで運んでおいた。アイツら、ドヤ顔で母親に見せていたぜ」

くくっ、と喉の奥で甲斐が笑う。想像すると、とんでもなく可愛い。初めてのバイト代の現物支給にドヤ顔の双子。成長した我が子の姿に、おばさんもきっと喜んだに違いない。

「リクの【収納（クローゼット）】とアイテムポーチでかなりの食材を運べたから、一ヶ月は余裕で食えると思う」

「喜んでいたよねぇ、リクくん」

旅行前に空っぽにしておいた冷蔵庫に、ぎっしりと食材を詰め込んで、幸せそうに微笑んでいたらしい。

生活魔法の収納スキルも時間経過がないので、傷みやすい食材は【収納（クローゼット）】内で管理し、上手に使いこなしてくれることだろう。

「母さんも久しぶりにのんびりできたって喜んでいたよ。アキラさんからのお土産もな。ものすごくテンションが上がっていたぞ」

皆のオヤツにと、晶はブルーベリータルトを焼いていたのだ。それと、甲斐兄弟に渡したのと同じデザインの鹿革キーケースを。

働くシングルマザーのおばさんに似合いの、シンプルだけど使い勝手の良いデザインのキーケースには、それぞれ名前も彫ってあるらしい。オンリーワンの宝物だ。

「気に入ってもらえたなら、嬉しいかな」

「さっそく使っていたぞ。ありがとう、アキラさん」

「いえ、良かった、です」

ほんのりと頬を赤らめて喜ぶ姿に、美沙も口許を綻ばせた。

いつもは妹の周辺に目を光らせている奏多も仕方なさそうにそっぽを向いている。

夏だけど、そこだけは初春のよう。

美沙はわざとらしく二人から背を向けて、奏多のシャツの裾を引っ張った。

「ほっとしたらお腹がすいちゃったな。カナさん、今夜のメニューは？」

「久しぶりに浴びるほどお酒を飲みたいから、庭でバーベキューはどうかしら」

「賛成！」

「しこたま肉を食うぞー！」

美味しいご飯とお酒が待っている。そう思えば、疲れた体に鞭(むち)を打ってでも頑張れるというもの。

もっとも、自分たちにはポーションという素晴らしいアイテムがあるので、鞭は必要ない。

ほんのりラムネの味がするポーションを飲み干して、元気いっぱいに働いた。

バーベキュー用のコンロを設置し、炭火でじっくりと肉を炙(あぶ)り焼(や)きにしていく。

「今回はお肉を漬け込む時間がなかったから、好きな味で楽しんでね」

奏多がテーブルに並べたのは、市販のバーベキューソースに焼肉のタレ。塩胡椒にスパイス類も揃っている。コッコ鳥の肉をカレーパウダーで食べるのも美味しそう。

「在庫を放出するわよ。これが最後の鹿肉ソーセージ！　心して食べなさい」

「マジかよ、カナさん！　仕込むのを手伝うから、いっぱい作ってくれ！」

「ふふっ。そうねえ。ついでにボア肉のベーコン作りも手伝ってくれるなら、頑張るわ」

「燻製作りなら、私も手伝います！　燻製卵、美味しいんだよねー」

「あれはいいものです。私はチーズを燻製にしたいですね」

「それも美味しそう！」

お手伝い要員が増えて、奏多は笑みを深くしている。

テーブルには作り置きの料理を並べた。メインは肉なので、箸休めにはちょうど良い。肉の他にも夏野菜をたっぷりと焼いていく。シャキシャキの食感に頬が緩んだ。

炙られた鹿肉から脂が滴り落ちる。堪らない匂いに胃がキュウ、と切なく鳴いた。

鹿肉の塊を炭火から救出し、慎重にナイフを入れていく。美しい赤身のローストを前にして、自然と歓声を上げていた。噛み締めた肉から溢れる肉汁がたまらなく美味しい。

今宵は子供たちの目もないので、ダメな大人の姿を晒して、心ゆくまで飲むことができる。

過ぎゆく夏を惜しみながら、冷えた缶ビールで乾杯した。

第七章◆新しい出会い

お盆が終わると、いつもの日常が始まる。

農園の仕事は三日ほど休みをもらっていたが、本日から再開だ。

休暇期間中も注文は受け付けていたので、いつもよりも出荷数は多かった。野菜の在庫は新鮮なまま【アイテムボックス】に保管してあるので、商品劣化の心配をしなくて済むのは嬉しい。

四日分の発送業務は地味に大変だった。スライムたちには総出で水やりと収穫作業を、奏多と晶には荷造りの手伝いをお願いして、どうにか乗り切ることができた。

北条兄妹には臨時のバイト代を弾み、スライムたちにもお礼の鹿肉ジャーキーを進呈する。

「二時間しか手伝っていないのに、こんなに貰ってもいいの？」

奏多には遠慮されたが、全力で封筒を押し付けた。一万円札入りの封筒だ。

「濃厚な二時間だったので、対価としては妥当だと思います。本当に、助かりました……！」

一人の作業だと、業者の荷受けに間に合わなかった可能性が高いのだ。

「そういうことなら、いただくわね。狙っていたハンドブレンダーをこれで買おうかしら」

さっそくスマホで調理器具を検索する奏多。

「私も臨時収入、嬉しいです！　アクセサリー制作用のパーツを揃えようかな」

妹の晶も物欲を発揮しているようで、良いことだ。経済を回しましょう。

鹿肉ジャーキーでせっせと働いてくれるスライムたちに少し申し訳ない気がして、一匹ずつ撫でて労わっておく。夏のスライムの触り心地は最高だ。ひんやりとしており、手放しがたい。

手放すのは名残惜しかったが、お礼を言って解放してあげた。

さて、畑仕事と出荷作業を終えたので、次は帳簿付けだ。事務所として使っている居間の掘り炬燵に腰を落ち着けると、ノートパソコンを広げた。淡々と売れ行きをチェックしていく。

「野菜の販売は好調。リピーターも着々と増えているね。果物の売上げも右肩上がりで嬉しい」

夏野菜は消費が早い。一週間分の野菜をセット販売しているが、コンスタントに売れていた。

レストランや食堂、カフェなどの飲食店からの注文も二日に一度の割合で入ってきている。こちらは個人客と違い、大口注文が多い。取引先として、とてもありがたいお客さまだ。

「果物部門はダンジョン産のビワとブルーベリーが人気、と。イチゴも相変わらず売れ筋ね」

イチゴは我が家のビニールハウスで育てている。ポーション水の威力は絶大で、色艶に形も美しく、糖度も高いイチゴを収穫できていた。採取した直後に魔法の水とブレンドしたポーションの雨を降らせてやれば、傷ひとつない果実がすぐにまた実を結んでくれるのだ。

「シーズン外だとすごい高値が付きそうだよね……」

イチゴが美味しいのは旬の時期だが、いちばん需要がある時期は冬。そう、クリスマスシーズンだ。微妙な味のイチゴでも驚くほどの高値が付けられている。

我が農園のイチゴがいくらで売れるか、今から楽しみな美沙だった。

「初夏から売り出し始めたスイカとメロンの評判も上々！　メロンは通年で作るのも良いかもしれないわね。贈答用じゃなくて、気軽に食べられるデザートフルーツとして……」

ポーションのおかげか、魔力を含んだ水のおかげか。うちで作る果物は総じて糖度が高い。特に贈答用を意識して売り出してはいないのだが、お中元として注文が殺到した。

「クチコミ、リピーターの皆さまには感謝です」

そっと拝んでいると、カラコロと涼しげな氷の音がした。振り返ると、ちょうど奏多がアイスコーヒーを運んできてくれたところだった。

「お疲れさま。休憩にしない？」

差し出されたグラスを受け取り、笑顔でお礼を言う。

「カナさん、ありがとう！」

「どういたしまして」

向かいの席に、奏多が腰掛けた。

二人分のグラスが並ぶ。ブラックが奏多、シロップとミルクが添えられた方が美沙のアイスコーヒーだ。疲れた身に、シロップの甘さが染みるようで、とても美味しい。

「農園は順調？」

「おかげさまで！　帳簿付けが大変だけど、たくさん売れているのを眺めるのが楽しくって！」

「ふふ。それは良かったわね。アキラちゃんの方も注文が殺到して、嬉しい悲鳴を上げていたわ」

「それは大変。新作にも挑戦したいって言っていたことだし、お手伝いに行こうかな」

あいにく美沙にハンドメイドの才能はないため、事務作業のみの手伝いになるが。

「きっと喜ぶわ。さすがに、アキラちゃんの作品の梱包作業はシアンたちに任せられないものね」

丁寧に梱包する必要があるため、そこは人の手が必要だ。

「その代わり、二階層でのアルミラージ狩りを頑張ってくれていますよ。スライムくんたち」

素材が必要な品のために、せっせと働いてくれているのだ。

「いい子よね」

「いい子ですよね。健気で可愛いマスコットです。ノアさんと同じく」

「……ノアはマスコットというより、王女さまというか」

あまりにも的確な表現に、美沙は噴き出してしまった。

「っ、たしかに……！　ノアさんは女王より、王女さまですね。なんとなく」

高貴で愛らしい彼女には似合いの称号だ。

ひとしきり二人で笑った後で、奏多がそういえば、と首を傾げた。

「ダンジョン果樹園の様子はどうなのかしら？　そろそろ収穫ができそう？」

「果物のタネから育てているせいなのか、まだ若木なんです。それでも、普通よりはかなり育っていると思いますよ」

三階層、森林フロアのセーフティエリアで試しているダンジョン果樹園。

庭に植わっている梅のタネを筆頭に、さくらんぼ、みかんにレモンなどのタネを植えてある。

ポーション水で世話をしたおかげで、その成長は異常に速い。

「さすがに木になる果物は時間が掛かりますね。イチゴやメロン、スイカは成功しましたよ」

ダンジョン農園に植えてみた野菜の苗は三日ほどで成長し、収穫することができた。メロンやスイカは一週間。その実は、外の畑で作っている物よりずっしりと重く、糖度も高かった。

今のところ自分たちだけで消費しているが、いずれは数を増やして販売に回したい。

「あの、びっくりするくらい甘いメロンはもしかして……」

「ダンジョン産のメロンですね！　ジュースみたいで美味しかったでしょう？」

糖度も高く、水分もたっぷりと含んでいる果汁は下手なジュースより、よほど甘露だと思う。

「ぶどうは棚や支柱が必要で、お手入れも難しそうだから諦めたけど、柑橘類は順調です」

「みかんとレモン、オレンジも植えたのよね、たしか」

「はい！　苗木だと三年くらいで結実するらしいんですけど、ダンジョン果樹園の果樹は、早ければ秋頃には収穫できそうです」

「楽しみね。三年が三ヶ月に短縮できるなんて、ダンジョンって本当に不思議な場所だわ」

「ここまで順調だと、他の果樹も植えたくなりません？」

「なるわね。リンゴに梨、柿も食べたいわ」

「果物以外の木を植えるのも楽しそう。銀杏や栗の木もダンジョンで育つかな……？」

どちらも美沙の好物だ。茶碗蒸しはしょっぱいデザートだと思っている。

「三階層の土地にはもう余裕がないから、他の階層に果樹園を作ることになりますね」

畑や果樹園は、ダンジョン内のセーフティエリアを間借りしている。

一階層のスライム洞窟には畑を作れないため、二階層の草原フィールド、三階層の森林フィールドのセーフティエリアを活用していた。

とはいえ、そこはダンジョン内。何が起こるかは分からない、未知の世界なのだ。セーフティエリアとして、通路とある程度の休憩スペースは確保しておきたかった。

「四階層と五階層にも果樹園を作る？　でも、カイが拠点を作りたいって言っていたような……」

夏が始まる前、これから何をしたいかと話し合っていた時に、そんなことを口にしていた。

奏多にも覚えがあったようで、そういえばと頷いている。

「言っていたわね。セーフティエリアに小屋を建てたいって。でも、休憩スペースなら、中古バスを改造したバスハウスで充分よね？」

「トイレも完備されているし、立派なベッドもあるから、下手な小屋より快適です」

セルフビルドで小さなコテージを、と張り切って宣言していたが。その後、廃棄前の大型バスを手に入れて、存分にDIYを楽しんだので、さすがに諦めたと思いたい。

（コテージを作るなら、お風呂とトイレがあると嬉しいって、アキラさんと二人で盛り上がったけど、バスハウスにトイレは完備されているし……。お風呂も浄化(クリーン)があれば我慢はできるよね）

可愛い猫脚付きのバスタブには心惹(ひ)かれるけれど。

「お風呂はミサちゃんの【アイテムボックス】でバスタブを持ち運んでもらえば良いし、トイレはバスハウスにある。今のところ、無理して小屋を作る必要はないんじゃないかしら」

奏多の発言に大きく頷いておいた。

「そうですよね。ちょっとした休憩所がフロアごとにあれば便利ですけど」

「東屋(あずまや)とか？　それは素敵だけど、今は必要ないんじゃないかしら。ミサちゃんに持ち運んでもらっているアウトドア用のチェアで充分よ」

美沙の【アイテムボックス】にはアウトドア用品が大量に収納されてある。ほとんどが甲斐(カイ)の私物であるテントやコット、チェア類だ。

あとは、ダンジョン素材で作られたテーブルセット。テーブルとベンチはダンジョンの木材を加工した物だ。ベンチには座席部分にクッションが張られており、ワイルドウルフの毛皮が使われている。モノ作り担当二人の力作で、丈夫で使い心地が良い、お気に入りのアイテムだ。

実際にキャンプ場で使うには折り畳み式の方が持ち運びには便利だが、収納スキルのおかげで、どれだけ大きく嵩張る荷物でも困ることはない。

「たしかに、一緒に行動している分には特に必要はなさそうですね」

休憩をしたかったら、その場でテーブルやチェアを【アイテムボックス】から取り出すだけで済む。週末のダンジョンキャンプではセーフティエリアにバスを設置して拠点にするため、疲れたらそこで休めば良い。

「なら、余った土地はありがたく果樹園や畑に使わせてもらいますね」

「何を植えたいか、皆と相談して決めましょう」

果樹を育てるなら、やはり森林フィールドだろう。

二階層には畑、三階層には畑と果樹園が既にあるので、四階層にはあらたな果樹を植えていきたい。今のところ拠点にしているのは、六階層の湖のあるエリアなので、余裕はある。

「でも、最近は素材集めの効率化を重視して、ソロで行動することが多くなりましたよね」

レベルが上がり、魔法を巧みに操れるようになった四人はソロで活動できるほどに強くなった。晶には体内に荷物を飲み込むことが可能なスライムたちが付き添い、大物をたくさん狩る甲斐にはドロップしたマジックバッグがあるため、ソロも可能。

収納スキルやアイテムがない奏多は、必然的に美沙と組むことが多い。

「アキラさんはラビットフット狙いで二階層。カイはお肉狙いで、三階層と四階層の周回」

「ええ、そうね。ノアはその日の気分で、色んなフロアに顔を出すみたいだけど」

「そういえば、ノアさんもソロ派だった」

もっとも彼女には騎士(ナイト)のごとく、スライムのシアンが付き添っているが。

「いつか、ちゃんとした拠点は欲しいですね」

今はまだ、そんな予算もないので我慢しているが、広くて快適な空間でゆっくり休める方が、ダンジョン探索も捗るというもの。

「ロケーションの良い六階層がベストですよね。湖の見えるコテージ、素敵だと思います」

「リゾート気分が味わえそうね。湖側に大きな窓付きのバスルームがあると嬉しいわ」

「良いですね。グランピング、最高！」

想像するだけなら無料(ただ)なので、ひとしきり妄想の世界に浸ってみた。楽しすぎる。

「宝くじが当たったら、セルフビルドのコテージセットを一括で購入するんだけどなー……」

テーブルに懐いて、美沙は切なく嘆息する。両手を伸ばして、ぺたんとテーブルに顔を乗せた形だ。一本杉のテーブルはひんやりとしており、触れている頬が気持ち良い。

「もう、駄々を捏ねないの」

そうやっていると、呆れたような声音で奏多が慰めてくれることを知っているので、美沙は目を閉じてそれを待つ。艶やかな低音を紡ぐ、彼の声は耳に心地良い。いつまでも聞いていたくなる。

「ラビットフットの合成強化には時間が掛かるようだし。それに実際、宝くじが当たるとも限らないでしょう？」

「でも、スクラッチくじや書店くじは当たりましたよ？」

「さすがに宝くじは難しいと思うわ。それに、あまり大きな『当たり』があると、後の反動が少し怖いのよね」

「……運を使い果たしてしまうかもしれない、とか？」

「そんな感じね。宝くじに当たって、身を持ち崩さないとも限らないし。まぁ、そうは言っても、自分だけのお店の開店資金は欲しいんだけどね、私も」

軽い口調で笑い飛ばす奏多を、そっと上目遣いで見上げる。明るい琥珀色の瞳が優しく細められていた。爪先まで美しく整えられた、長い指先が労わるように美沙の髪を梳いてくれる。

「しばらくは真面目に働いて稼ぎましょうよ。猫脚付きのバスタブが欲しいのよね？」

「……可愛いバスタブ、欲しいです」

身動くと、結い上げている黒髪がさらりと肩に流れ落ちてくる。下心を感じさせない、慰撫するような彼の指先に、美沙はうっとりと口角を上げた。自然と目蓋が閉じている。

「……眠ったの？　お姫さま」

「起きていまーす……ふふっ……」

気持ち良すぎて、うとうとしていたのは内緒だ。このまま身を任せて眠りを貪りたい気持ちをどうにか押し殺して、えいやっと身を起こす。

「……カナさん？」

テーブルに肘をついて、仕方ないわねと微笑む麗人の姿に目を奪われた。

淡い栗色の髪と琥珀色の瞳。綺麗だなぁ、とぼんやり見惚れていると、ちりんと縁側に吊るしていた風鈴が揺れる。その涼やかな音に、ようやく意識がはっきりしてきた。

「なぁに？　やっぱり寝ぼけているんでしょう」

「起きていますってば。……カナさんは、もうお仕事終わったんですか？」

「おかげさまで今日の分は終わらせることができたわ」

ダンジョン内で撮り溜めておいた動画を何回かに分けて編集し、お盆の間に投稿したらしい。

これが、界隈でかなりの話題になったようで、視聴回数を更新し続けているそうだ。

六階層の湖を背景にしたキャンプ飯動画はロケーションも良く、そして何といっても、ご飯が美味しそうなのだ。納得の結果だと思う。

他にもいくつかダンジョン内で撮影したものがあったので、午前中はずっとショート動画の編集に掛かりきりだったようだ。それも目途がついたので、こうして休憩を楽しんでいる、と。

「また撮り溜めしておかないといけないわね」

「ふふっ。じゃあ、次回のダンジョンキャンプで撮りましょう」

奏多はダンジョン内でも撮影時にはいつものバーテンダースタイルを固持している。

滅多にいない美貌の青年がバーテンダー衣装に身を包み、風光明媚な場所でキャンプ飯を作っているのだ。面白い画になるのは決まっている。しかも、話し言葉はスナックのママ風。最近、動画のコメント欄で人生相談を持ち掛けてくる視聴者もいるようだが、気持ちは分かる。

(相談したくなっちゃうんだよね。カナさん、頼りがいがあるから)

当人は困惑しているようだが、いいと思います。カナさんの人生相談コーナー。

のんびりとアイスコーヒーを飲みながら軽口を叩いていると、スマホのアラームが鳴った。

「もう、お昼の時間ですね」

「アキラちゃんを呼んで、ご飯にしましょうか。午後からはダンジョンに潜るのよね？」

「はい。お肉とお魚と果物を狩りに！」

「付き合ってあげるから、お手伝いはお願いするわね」

「はーい！」

甲斐は弁当持参で牧場に出勤したので、昼食は三人と一匹で済ませた。

朝は和食だったので、昼はカルボナーラにした。新鮮な卵と牧場で仕入れたチーズを使っているため、我が家のカルボナーラは絶品だ。温野菜サラダにウサギ肉のハムを添えて、スープはビシソワーズ。バターで玉ねぎとじゃがいもを炒めてスープの素と共に煮込み、こちらも牧場産の新鮮な牛乳を入れて作ったスープだ。不味いわけがない。

「ミキサーは便利だけど、ブレンダーがあるともっと便利なのよね」

煮込んだスープを丁寧にミキサーに掛けながら、奏多がぼやいている。

「やっぱり買うわ。労力や時間をお金で買うのって大事」

今朝のバイト代はブレンダーに姿を変えたようだ。素早くスマホを操作して、お気に入り登録をしていた調理器具をカートに突っ込んでいる。

「スープはもちろん、レバーペーストもぱぱっと作れちゃうし、良い買い物ができたわ」

「レバーペースト！　美味しいですよね。バゲットが秒で消えちゃいます」

食事としてはもちろん、あれは酒の肴にも最適なのだ。

「つみれ汁も作って欲しいな、カナ兄」

晶はつみれが好きらしい。

「いいわね。贅沢に、鮎でつみれを作ってみようかしら」

「コッコ鳥の肉団子も美味しそう」

うっとりと、新たなメニューに思いを馳せながら、ランチに舌鼓を打った。

食事を済ませると、探索用の衣装に着替える。長い髪をポニーテールに結び直して、蔵へ向かった。

狩りの気配を察知したのか、縁側でのんびり横たわっていたノアが後を追ってきた。

「ノアさんも手伝ってくれるの？」

ニャッ、と愛らしいお返事。颯爽と歩く三毛猫の尻尾はぴんと立ち上がっている。

「やる気満々ね。頼もしい」

本日の目当ては食材。四階層のワイルドボア肉と六階層のコッコ鳥の肉と卵、ついでに鮎とサクラマスをお土産にするつもりだ。

ベリー類の採取はスライムたちにお願いして、三人がかりでワイルドボアを狩る。

ダンジョンへの扉をくぐり、洞窟道を進む。ここでも先頭を歩くのは、ノアだ。優美な尻尾をくねらせて、上機嫌で下層を目指している。現れたスライムは彼女の猫パンチで瞬殺だ。

彼女にかかれば、ダンジョンアタックも楽しい散歩の内なのだろう。

シアンが分裂体を引き連れながら、ノアの背後を追い掛ける。ぽよぽよと飛び跳ねるようにして進む姿が可愛らしい。

最近、シアンは【分裂】以外のスキルを得たようで、酸のような液体を噴射してモンスターを仕留めるようになった。着々と攻撃力が増しており、頼もしい。

三階層まで一気に進み、四階層に到着する。

ワイルドボア肉を確保するために、しばらくここで過ごすことにした。ビワの木の下で実を採取していると、向こうから寄ってくるので、待ち構えて倒していく。

ドロップした魔石と毛皮、そして待望の肉の塊を【アイテムボックス】に収納した。

「ビワの実もたくさん収穫できたし、そろそろ下へ降りようか」

短時間でかなりの成果を得ることができて、上機嫌で五階層へ向かう。

四階層と同じく、森林フィールドだが、ここはワイルドウルフのテリトリーだ。

ボアは巨体で突進してくる厄介なモンスターだが、ウルフはもっと面倒な相手だった。

個体としての強さはボアとは比べようもない。引き締まった肉体は脅威だが、ボアほどのスピードやパワーはなかった。だが、その弱点を補うかのように彼らは集団で襲ってくるのだ。

五匹から六匹の群れで狙った獲物を囲い、弱らせて仕留めるのがウルフの狩りの方法で、一人でいる時に襲われると、厄介だ。なので、連携を取られる前に倒すのが最善。

「カイくんがいないから、慎重に進みましょう」

奏多の提案に、美沙と晶はこくこくと頷いた。薙刀や短槍を握り締める手に汗が滲む。

猫の聴覚は犬より鋭いと聞いたことがある。甲斐が持っているような、【気配察知】スキルはないはずだが、ノアはその鋭敏な聴覚でウルフの居場所を敏感に察知したようだ。

背中の毛を逆立てて、フーッと威嚇する声に、皆は飛び上がって驚いた。尻尾を膨らませて、警戒した彼女が睨み付ける方向に意識を集中させる。

心の準備ができていれば、獣たちの襲撃の気配は明白だった。

「来た！　ウルフが五匹」

「なるべく遠距離で仕留めるわよ」

奏多の指示で、まずは晶が目潰しの閃光(せんこう)をぶつけた。

甲高い悲鳴を上げるオオカミ型のモンスターに弓矢と水魔法をお見舞いする。

甲斐兄弟たちとの川遊びのおかげで、水魔法の制御能力が上がった美沙は水の刃――ウォーターカッターを維持したまま、三匹の首を次々と刎ねることに成功する。

「やった！」

一匹は奏多の矢に喉元を射抜かれて、もう一匹はノアの放ったストーンバレットに貫かれて息絶えたようだ。完勝である。

「ドロップアイテムは毛皮と魔石、牙ですね。残念ながら、金貨はなし」

スライムが拾ってきてくれた素材を晶が確認する。相変わらず微妙なドロップ内容だ。使えそうもないので、【素材売買】に回す。ポイントを貯めて、有用な素材と交換した方がマシだろう。

レアドロップの金貨はなかなか落とさない。五階層は本当に微妙な階層だ。

「木材は使えるけれど、そんなに必要でもないし」

「せめてレアドロップがあれば、まだやる気は出るんですけど」

温厚な晶も、この階層にはげんなりしているようだ。気持ちはよく分かる。

そんな下心を抱えていたせいか。六階層への入り口周辺のセーフティエリアの手前の場所で、見たことがない大きさのワイルドウルフと遭遇してしまった。

(ブッチャーナイフは一本で充分だけど、マジックバッグは人数分欲しいなー)

「これ、ワイルドウルフ……？　他のオオカミの倍はあるわよ!?」

「しかも、体毛の色も違います。この子は銀毛です」

白銀の美しい毛並みを誇る、巨大なワイルドウルフ。特殊個体だろうが、それにしても大きすぎる。我が家の軽トラよりも大きいのではないか、と美沙は身震いする。

真紅の瞳を獰猛に光らせながら、配下を十四ほど従えたウルフは空に向かい高らかに吼えた。

ウオォォン！　空気がびりびりと震えるのが伝わってくる。

「ワイルドウルフの特殊個体が、更に進化したようね。シルバーウルフ。注意して」

鑑定結果を奏多が教えてくれた。

シンプルな注意喚起だからこそ、余計に皆の気が引き締まった気がする。

いつでもセーフティエリアに飛び込めるような位置取りをして、オオカミたちを睨み付けた。

漆黒の毛皮を纏うワイルドウルフが身を低くして、唸り声を上げる。シルバーウルフを守るように、美沙たちの前に立ち塞がっていた。ぴりっとした緊張感に肌が粟立つ。

自分の心臓の音がやたらとうるさい気がした。

（こんな時にカイがいないなんて！）

肉のドロップもない、素材もあまり使えないからと、普段からウルフを避けて行動していた。

五階層はなるべく接敵しないように通り抜け続けていたので、特殊個体のワイルドウルフが進化してしまったのかもしれない。

（次からはこまめに倒さないとね）

幸い、皆の戦意は喪失していない。今は目の前のモンスターをどうにかするしかないのだ。

スライムのシアンは分裂体を呼び寄せて合体し、ノアを庇う位置にいる。

いつもより大きく膨張して、ワイルドウルフを威嚇しているようだ。

ふう、と奏多がため息を吐いた。

「真っ先にあのデカいのをどうにかしたいところなのだけど」

「無理そうですよ、カナさん。周りの十四以上いる黒オオカミが邪魔してくると思います」

「なら、下っ端たちから倒しましょう。五秒後に閃光を放ちます」

凜(りん)とした声音で晶が宣言する。美沙は慌てて目を瞑った。きっかり五カウントを数えたのと同時に、ワイルドウルフたちの甲高い悲鳴が上がる。目潰し作戦は成功のようだ。

奏多が放った矢が、白銀色のオオカミを狙うが、庇うようにワイルドウルフが遮ってきた。ギャンと悲鳴を上げて倒れたのは、黒い毛皮の主だ。

「外したわ」

ちっ、と舌打ちしながら奏多が弓を連射する。射抜くことができたのはワイルドウルフ二匹。

美沙も魔力を込めてウォーターカッターを群れの中央に目掛けて放った。

「曲がれ……！」

極限まで薄く、鋭く磨き上げた【水魔法】。放つのは三日月の形をした刃だが、そこに強くイメージを投影する。魔法はイメージが大事だと、ファンタジー脳の甲斐が語っていたから大丈夫！

(フリスビーのように回転して、オオカミたちを切り裂いて！)

ギュン、と音を立てて水の刃(ウォーターカッター)が旋回する。狙うは頭部、胴体でも良い。とにかく、できるだけダメージを与えるように派手に動き回ってくれれば重畳！

そんな大雑把な願いだったが、水魔法はきちんと応えてくれた。

逃げ惑うオオカミたちを追跡するように回転し、血飛沫を上げさせる。ギャン！　と甲高い悲鳴を上げて四匹ほどが地面に倒れた。残り二匹の傷は、残念ながら浅そうだ。

「思ったよりも、逃げ足が早い……っ！」

軌道を逸れた水の刃に更に魔力を込めて傷付いた二匹を狙う。逃げるウルフの背にぶつける。五匹目もどうにか倒せたが、水の刃は弾けて消えてしまった。

片目を切られた一匹が怒りも露わにこちらに向かってくるが、晶の短槍に切り伏せられる。

「あと三匹よ！」

奏多が叫びながら、弓で援護してくれる。

残り二匹のワイルドウルフはシアンの酸攻撃で腹に穴を開けて絶命した。

「レア個体だけが残ったわね」

これで、特殊個体のシルバーウルフだけになった。あらためて観察するが、やはり大きい。

ワイルドウルフもグレートデーン並みの体高を誇っていたが、シルバーウルフは犬よりも馬に近い巨体だ。体高だけなら、奏多の身長とそう変わらないように見える。

（二本足で立ったら、シロクマくらいの大きさはありそう……）

世界一大きなクマを想像して、美沙はぞっとした。

シルバーウルフは仲間が倒されたのに、激昂する様子はなかった。怒りを孕ませた深紅の瞳で鋭くこちらを睨み付けてくる。その冷静な様子から、相当に賢い個体だと思われた。

【光魔法】での目潰しはもう効かないだろう。晶をかなり警戒しているようだ。遠距離から攻撃できる美沙と奏多にも睨みを利かせている。

「あの分厚そうな毛皮に矢が通るのか、不安だわ」

奏多の心配も分かる。顔面を狙っても、あの太い前脚で弾かれそうだ。

（ここは、カナさんのウインドアローと私のウォーターカッターを同時にぶつけるしかないんじゃないかな……？　それで倒せなかったとしても、セーフティエリアまで辿り着ければ……）

ちらりと横目で確認すると、奏多が真剣な表情で小さく顎を引いた。同じ結論に達したようだ。

（よし。いっせーのー、で……んっ？）

練り上げた魔力を発動させようとした、その瞬間。

「ミャア！」

それまでシアンの背後で大人しく座っていたノアが鋭く鳴いた。

ストーンバレットがシルバーウルフに向かって放たれる。鋭く尖った鏃（やじり）をシルバーウルフは煩しそうに避けた。いくつかの石礫がその身を抉（えぐ）ったが、貫くほどの威力はなかったようだ。

「ノアさん、もう良いから……！」

悲痛な表情を浮かべた晶が、巨大なシルバーウルフに勇敢に立ち向かう愛猫を止めようとする。

シアンが酸弾を放つが、毛皮と皮膚を少し溶かすだけで、シルバーウルフの歩みを止めることができない。こちらの攻撃手段を見切ったのか、白銀のオオカミはフスンと鼻を鳴らした。

（ヤバいヤバいヤバい……！）

慌てて意識を集中し、再び魔力を練り上げようとした、その時。

油断しきっていたシルバーウルフの足元から、ゴッ！　と激しい地鳴りと共に鋭い石の槍(ストーンランス)が生えた。大人の腕ほどの太さの石槍(いしやり)は、その鋒(きっさき)でシルバーウルフの腹を見事に貫いている。

「ギャン！」

口からも血を吐きながら、宙に浮いた状態のシルバーウルフがもがき苦しんでいる。暴れる巨体を支えきれずに岩製の柄(つか)が折れて、貫かれていた肢体が地面に投げ出された。

もはや、シルバーウルフに抵抗する術(すべ)はなさそうだ。ぐったりと倒れて動けないでいる。

美沙は呆然と呟いた。

「………これ、ノアさんが？」

「そうみたいね……。もしかして、わざと弱めのストーンバレットで油断を誘ったの……？」

「にゃおん」

額を押さえて訊ねた奏多に向かって、ノアが愛らしい声で返事をした。

(うん、ノアさん強い)

最高に可愛くて、最強にカッコいい。この中で一番の狩り上手は、間違いなく彼女だ。

ヒューヒューと虫の息のシルバーウルフに、ノアは身軽く歩み寄る。本来ならば、近寄ろうとする彼女を止めるべきだったのだが、自信満々な様子に、つい見送ってしまった。

それは飼い主である奏多と晶も同じで、ぼんやりと見守ってしまったのだ。

「ぐるるるぅ」

威嚇の唸り声を無視して、睨み付けてくるシルバーウルフの顔面に向かって、彼女は華麗な猫パンチをお見舞いした。バチン！　柔らかな猫の肉球から発せられた音とは思えない激しさだった。舞う血飛沫に、飼い主である北条兄妹は絶句した。美沙も呆然と血の雨を見上げる。

「なぁぁおぅ？」

やがて、少し間伸びした声音でノアが鳴くと、「くるるぅ」と弱々しく鳴いたシルバーウルフが顎を地に伏せた。三角耳がぺたんと後ろに寝ている。イカ耳というやつだ。

「オオカミもするんだ、イカ耳……」

もしかして、あれは小さな三毛猫に服従している姿勢なのだろうか。美沙が目を疑った、その瞬間。ひょい、とノアがジャンプして、シルバーウルフの頭部に着地した。

「踏み付けた!?」

シルバーウルフの顔をしっかりと踏み付けて、彼女はちょこんと腰を下ろした。

そうして、まるでオオカミが遠吠えをするかのように、胸を張って愛らしくミャアと鳴いた。ふかふかの胸元の毛を誇らしげに皆に見せつけて。

ヒゲ袋をぷっくり膨らませた姿はとんでもなく可愛らしかったが。

（勝ち誇っている？　……まさか、勝利の雄叫び？）

「ノアさんんッ!?」

さすがにそれは、と止めようとしたのだが、二匹の足元から淡い光が浮かび上がる。

「え、あれは、魔法陣……？」

「そうみたいね。『服従の魔法陣』って、まさか。ノア、あなた……！」

奏多が止めようとしたが、既に遅く。

淡い水色の光が収まった後には、三毛猫のノアに完全服従したシルバーウルフがそこにいた。

「そんで、『そいつ』がノアさんの新しい従魔になったんだ？」

「そう。ワイルドウルフの特殊個体が進化したシルバーウルフのブランくんです！」

名前は白を意味する『ブラン』に決めた。白銀色の美しい毛皮の持ち主だったので、シルバーにするか迷ったが、種族名と被ってしまう。ノアの希望もあり、ブランに決定した。

「俺がいない時に限って、どうしてそんなに面白そうなことがあるんだ……」

牧場仕事から帰宅した甲斐に顛末（てんまつ）を説明すると、盛大に拗ねられてしまった。

だが、こちらだって命の危険を本気で感じたのだ。

「めちゃくちゃ怖かったんだからねっ？　面白くないってば！」

「あー……言い方が悪かった。そうだよな、怖かったよな。——で、そんなに怖かったモンスターがどうして、そんな姿になっているんだ？」

行儀悪くテーブルに頬肘をついた姿勢の甲斐が視線を向けた先には、晶にブラッシングされている、白銀色の犬の姿があった。

そう、先程ノアがテイムした、シルバーウルフのブランだ。

「えーと、ノアさんにテイムされたら、なんか小さくなったんだよね……」

シロクマサイズのオオカミが姿を変えた時には驚かされたが、我が家に連れ帰るにはちょうど良いサイズだった。仔狼(こおおかみ)になったわけではなく、成獣の姿のままで大きさだけが小型化したようだ。

「どうもスキルで大きさを自在に変えられるようなのよ、その子」

大きなダメージを受けたので、消費魔力の節約も兼ねて小さくなったのではないか、というのが奏多の推測だ。鑑定によると、ダメージから回復すると元の姿に戻れるらしい。

賢く優しいノアはテイムが完了すると、晶にすり寄り、ブランにポーションを使うようにねだってきた。初級ポーションを五本ほど消費したところで、シルバーウルフの傷は綺麗に塞がった。

大きさでいうと、日本犬サイズ。もはやオオカミには見えない。

「まぁ、可愛いし？　ちょうど良いスキルよね。うちで飼うには」

「飼うのか？　まさか、ここで？」

「元の姿のシルバーウルフだったら、通報確実だけど。日本犬サイズのこの子なら、うちの農園の番犬にちょうど良いんじゃない？」

「いやいやいや！　過剰防衛すぎる番犬だろ！」

「可愛すぎる番犬だよねー？　アキラさん」

「はい！　とっても可愛いです！」

ブラッシングを終えたシルバーウルフのブランはふわふわの毛並みの、愛らしい犬にしか見えない。もこもこのフォルムに太い前脚がチャームポイントだ。

真紅の瞳はテイムされると、なぜか綺麗な青い瞳に変化した。

「もう、シベリアンハスキーのミックス犬にしか見えないし、問題ないよね？」

「ね？」

にこにこと微笑む晶が抱き上げたブランの片脚をつかみ、甲斐に向かって小さく振ってみせる。可愛いの二乗攻撃に、甲斐は言葉を無くし、撃沈した。

「ブランも可愛いよね、カイ？」

ニヤニヤしながら片肘で突いてやると、甲斐は「可愛いが過ぎるッ」と低く唸った。チョロい。

そうして、我が家にもう一匹。新しい家族が増えました。


中型犬サイズに変化したシルバーウルフのブランは、すぐに我が家に馴染んだ。

圧倒的な力で自身を下したノアには絶対服従。従魔仲間のスライムのシアンとも仲良くなった。ノアの飼い主である奏多には特に一目を置いているようで、彼の命令にも従っている。

晶と美沙の二人に対しては、紳士的な一面を見せてくれた。きちんと性別を理解しており、ダンジョン内ではさりげなく守ってくれることが多い。さすが、元フロアボスだ。面倒見が良い。

小型サイズの時には素直に甘えてくれるので存分に可愛がっているが、ダンジョン内で元の姿に戻った際には、二人をきっちりガードしてくれる。もちろん最優先は主であるノアだったが。

「ブラン、イケメンすぎない？　群れのアルファだったのに、こんなに紳士だなんて」

行儀良く、縁側にお座りしているブランの頭をわしわしと撫でてやる。

気持ち良さそうに瞳を細めて、おとなしく撫でられているブランの姿は毛並みの良い犬にしか見えなかった。はたりと揺れる尻尾も感情豊かだ。

本日分の仕事を終えて、美沙と奏多はのんびりと縁側でお茶を飲んでいる。

甲斐は牧場へ出勤し、晶はいつものごとく屋根裏部屋でお裁縫に励んでいる頃合いだ。

「本当に賢い子よ、ブランは。外から帰ったら、ちゃんと足を拭いてもらうまで、玄関先で待機しているし、悪戯もしない」

奏多も笑顔でブランの頬を撫でている。彼が手を伸ばすと、ブランは耳をぺたりと寝かせて、撫でやすい姿勢で固まるので面白い。やはり、奏多には一目を置いているように見える。

ちなみに甲斐には、雑に対峙している。一応仲間だと認識はしているが、ダンジョンでの活躍を競い合っているようだ。もしかして、彼のことをライバルだと考えているのかもしれない。

(アルファ争い？　まさかね。うちのボスはカナさんだし)

日課である朝のジョギングの際に、甲斐はブランを散歩に連れ出している。大人しくリードを装着して並走するブランの姿を目にすると、仲が良さそうには見えるのだが。

「仲は悪くないと思うわよ。どちらが早く走れるのか、全力で競争しているようだけど」

苦笑まじりに教えてくれた奏多に、美沙は呆れた視線を向けた。

「負けず嫌いすぎません？　大人げない」

「脳筋仲間みたいだし、放っておけば良いのよ」

「男子だぁ……」

ちょっと呆れてしまうが、相性は悪くなさそうだ。ブランが全力で遊べる相手は【身体強化】スキル持ちの甲斐しかいないので。

「でも、ブランのおかげで裏山の害獣被害が減ったから、とても助かっています」

「あら？　番犬の役目、頑張っていたのね」

裏山を筆頭に周辺の畑にも被害が出ていたのだが、ブランが夜間にパトロールをしてくれるようになってからは、目に見えて被害が減ったのだ。

もともとシルバーウルフは夜行性らしく、大喜びで山を駆け回って『遊んで』くれた。

彼にとって、山に棲む鹿やイノシシは非力すぎるエサでしかない。魔力なしの肉だが、狩りは楽しかったようで、シアンと一緒に美味しく平らげてくれた。

「ブランが鹿を丸ごと一頭、持って帰ってくれたんですけど。さすがに断りました」

お裾分けの概念のあるオオカミも、なかなかすごいと思う。

「野生の鹿はマダニが怖いものね」

「そうなんです。ブッチャーナイフを試す良い機会だったんですけどね。ジビエ肉の解体について勉強して、ちょっと無理かなと判断しました」

「鹿とイノシシなら、ダンジョンで美味しいお肉が手に入るものね」

「それです！　モンスター肉の方が断然美味しいから、駆除してもらった鹿やイノシシのお肉はシアンとブランに食べてもらうことにしました」

ただでさえ、ワイルドディア肉とワイルドボア肉の在庫は大量にあるのだ。

陸人（リクト）にもたくさん進呈し、持って帰ってもらったが、毎日ダンジョンで狩りに励んでいるため、どうしても需要より供給が過多になっていた。

「今のところ、欲しいお肉はコッコ鳥ね。黄金の卵が手に入ると臨時収入になるし、今日は六階層に行かない？」

「いいですね、カナさん。私もお魚と果物をゲットしたいので、お付き合いします」

「ワンッ！」

いつの間にかブランが二人の間に割り込んで座り、青い目を上目遣いで輝かせている。

「ブランも行きたいの？」

彼の返事より先に、「なぁん」と可愛らしい鳴き声がした。

「ノアさんも保護者枠で参加？」

やれやれ、と仕方なさそうな様子でノアがのそりと起き上がっていた。

ちなみに眠っていた場所は、スライムのシアンの上。ひんやりしており、気持ちが良いらしい。

さすが、お猫さまは快適な場所に詳しい。

「アキラさんは――」

ノアがやる気を見せると、当然シアンもついてくる。仲間が多いと心強い。

「今日は製作に集中したいそうよ。二人と三匹でどうかしら？」

「新作の研究中でしたっけ。じゃあ、ここにいる皆で行きましょう！」

お弁当を用意して、晶用の昼食は冷蔵庫に入れておく。

製作に夢中になると、寝食を忘れがちになる晶が心配だったが、ポーションを多めに渡しておいたから大丈夫よ、と奏多に笑われてしまった。

「最低限のカロリーは取るように注意しているから、大丈夫だと思うわ。ゼリータイプのスポーツドリンクも持たせてきたし。心配なら、スライムを一匹見張りにつけましょうか？」

「ニャッ」

いいわね、とノアが頷く。シアンがぽよんと上下に揺れて、小さな分裂体のスライムを一匹、屋根裏に向かわせた。仕事が早い。

頼もしい背中を見送って、美沙と奏多は三匹を引き連れて、蔵へ向かった。


「やっぱり更衣室があると便利ですね」

蔵の中で戦闘服を着替えるための更衣室を、甲斐と晶に頼んで作ってもらった。

これまでは自室で着替えてから蔵に向かっていたのだが、つい先日、うっかり郵便配達のお兄さんに目撃されてしまうという悲劇に遭ったのだ。

慌てる美沙を背後に隠して、奏多がしれっと「ごめんなさいね？　趣味のサバゲーを楽しんでいたのよ」と誤魔化してくれなければ、どうなっていたことか。

顔見知りのお兄さんは少し驚いたようだったが、「お似合いですね」と笑顔で返してくれた。

いっそ笑って欲しかった。

涙目で美沙に頼み込まれた二人は、快く更衣室を作ってくれた。

試着室と良く似た作りの個室が二部屋ずつ。着替えの予備も蔵に置くことにした。

「そうね。徒歩一分の距離とはいえ、もう喜劇はごめんだわ。作ってもらえて良かったわね」

奏多にとっては悲劇ではなく、喜劇だったようだ。

ダンジョンへ続く扉を潜り抜けると、ブランはさっそく元の巨体へと戻った。ぶるるっ、と全身を震わせると、楽しそうに一階層を駆け回る。スライムを太い前脚で踏み潰しながら。

ドロップアイテムはシアンが拾い集めてくれた。ポーションと魔石はしっかり確保する。

「ご機嫌だね、ブラン。犬の姿はストレスが溜まるんですかね？」

「あれはあれで、全力で楽しんでいるように見えたけど……。皆に可愛い可愛いって撫でられて嬉しそうだったわね、ブラン？」

「そういえば女の人が好きだったね、ブラン……」

美沙と晶に対しても、お腹を見せて甘えてくるし、ご近所さんと出会った際には、おじさんとおばさんが相手だと、露骨に対応に差があった。

おじさんは基本的にはスルーして、おばさんには鼻を鳴らして甘えるのだ。

（もしかして、女性の方がボスだと思っていたりして？）

家計と胃袋を握る女性陣はたしかに強いかもしれないが、極端すぎる。

「単に女の人が好きなのだと思うわ。犬や猫にも性別の好き嫌いが顕著な子はいるわよ？」

「友達の家の飼い猫はオスだったけど、おじさんが大好きなニャンコでしたね、そういえば」

「それは珍しいわね。猫は女の人を好きなタイプが多いのだけど」

「でも、おかげでその子、おじさんたちには大人気でしたよ。オヤツをたくさん貢いでもらって、さらにおじさん好きになっていました」

「ああ……おじさま、嬉しかったのね、きっと」

奏多が憐れみの表情で呟く。その腕の中で寛いでいるノアが喉を鳴らして甘えていた。こちらも両思いのようで微笑ましい。

張り切るブランの後に続いていくと、ドロップアイテムが大量に拾えた。瞬殺していたようだ。

のんびり散歩を楽しんでいると、二階層へ到着する。

ここでノアがようやく奏多の腕の中から身軽に飛び降りた。二階層のアルミラージは彼女の天敵だ。目にした瞬間、容赦なく得意の【土魔法】で串刺しにしていく。

「ノアさんがやる気なので、二階層も私たちがアイテムを拾いましょうか」

「拾うのは私がやるから、ミサちゃんは畑の収穫をお願い」

「あ、そうですね。では手分けして片付けましょう」

ポーチ型のマジックバッグを手にした奏多の背中を見送って、美沙は畑に向かう。

果樹はまだ育ちきっていないが、野菜は相変わらずの豊作。魔素が満ち溢れたダンジョンで育てる野菜はどれも最高品質を誇っていた。

「シアンたちも手伝ってくれるの？　ありがとう」

足元にスライムが五匹ほど懐いてきていた。

シアンとその分裂体たちだ。皆、採取や収穫のプロである。

「じゃあ、カゴを渡すから収穫のお手伝いをよろしく」

シアンが代表でカゴを受け取ってくれた。ダンジョン畑はそれなりの広さがあるため、彼らのヘルプはとてもありがたい。美沙は軍手をして剪定(せんてい)バサミとカゴを手に取った。

「艶々(つやつや)のナスがとっても綺麗。今夜はナスの生姜(しょうが)焼きにしようかな。天ぷらもいいけど、トロトロの煮物にしても美味しそう」

傷ひとつない綺麗な紫色のナスをひとつずつ、丁寧に収穫していく。すぐにカゴはいっぱいになった。【アイテムボックス】に収納し、別のカゴを取り出す。

次はキュウリを収穫しよう。棘(とげ)に気を付けながら、こちらも慎重に採取していく。濃い緑色のキュウリはたっぷりと水分を蓄えているようだ。ずしりとした重さのキュウリには惚れ惚れする。

「サラダも良いけど、洗ったキュウリをそのまま食べるのもやめられないのよね。金山寺味噌(きんざんじみそ)を付けて食べると最高に美味しいの」

普通の味噌だと辛すぎるので、我が家では金山寺味噌をディップして野菜スティックを食べている。マヨネーズで食べるのも嫌いではないが、夏はやはり塩気のある味が欲しくなるのだ。

「味噌とマヨネーズを合わせても美味しいから、金山寺味噌とマヨネーズも意外と合いそう。今度試してみようっと」

マヨネーズは醤油やケチャップはもちろんのこと、ワサビやカラシと和えても美味しいので、我が家では重宝している。オイル代わりに炒め物に使えば味がまろやかになるので、卵や野菜を炒める際にもよく使っていた。

「あとは、トウモロコシとスイカ、メロンを収穫すれば終わりかな」

ピーマンやトマト、葉物野菜の類はいつの間にかスライムたちが収穫してくれていた。カゴごと【アイテムボックス】に収納して、代わりに空のカゴを渡してやる。器用なスライムたちは土の中に潜り、根菜類まで丁寧に収穫してくれていた。お駄賃は大いに弾まなければ。

「さて、カナさんたちの狩りは順調かな？」

畑から離れて、二階層の平原フィールドを見渡す。目立つブランのおかげで、場所はすぐに分かった。のんびりと歩いて、皆と合流する。疲れた顔の奏多が美沙に気付き、小さく笑う。

「お疲れさまです、カナさん」

「うふふ。本当に疲れちゃった。ひたすらドロップアイテムを拾うお仕事だもの。大量のアルミラージ肉と毛皮が手に入ったし、ラッキーなことにラビットフットもドロップしていたわよ」

「それはラッキーでしたね。一週間頑張っても、全然ドロップしないこともあるのに」

狩りの方が体力や魔力は消費するが、延々とアイテムを拾うだけの作業は心が折れそうになるものだ。

ノアとブランは可愛らしいドヤ顔を披露しながら、美沙を出迎えてくれた。三毛猫はともかく、巨体を誇るシルバーウルフは迫力があり過ぎるが、褒めて褒めてと甘えてくる姿は愛嬌（あいきょう）がある。

「うんうん。二匹とも頑張ったね。休憩にしようか」

魔力を消費すると、やたらとお腹が空く。人間はもちろん、猫であるノアの体調も心配なので、なるべく休憩を挟むようにしていた。お楽しみの、おやつの時間だ。

ノアやブラン、スライムたちには魔法で生成した水をあげて、美沙と奏多は冷たい麦茶を飲む。

魔力は使っていないので、二人ともまだお腹は空いていないが、せっかくなのでお菓子をつまむことにした。手作りのバターサンドクッキーを【アイテムボックス】から取り出す。バターとドライフルーツを分厚く焼いたクッキーで挟んで食べる、カロリー爆弾だ。これはとても良い物です。

「んん……っ。クッキーの甘さとバターの塩加減が絶妙……！」

「美味しいわね。ドライフルーツは、ラズベリー？」

「当たりです！　こっちはブルーベリーを乾燥させた方。どっちも美味しいですよー」

クッキーとバターの甘じょっぱい味にベリーの酸味が加わり、疲れた身に沁みる美味しさだ。

「これは飲み物のチョイスを間違えたかも。紅茶かコーヒーが飲みたくなります……」

「ふふ。どっちも合いそうだけど、ヘルシーだから、麦茶も歓迎よ」

やはり奏多もバターサンドクッキーのカロリーが気になったようだ。

「……とりあえず、次の階層からは私たちも動きましょうね、カナさん」

「そうね。任せてばかりじゃ、身体が怠けてしまうわ」

真顔で頷き合っていると、とん、と膝を優しく叩かれた。

「ノアさん？　どうしたの？」

足元にお座りした三毛猫が甘えるように鳴いた。視線は手元のバターサンドクッキーにロックされている。慌てて、クッキーを口の中に放り込んだ。

「ごめんね。これはノアさんが食べられないクッキーなの。ノアさんには鹿肉ジャーキーをどうぞ。カナさん特製だよ」

張り切って【土魔法】を使っていた彼女には、ジャーキーを進呈する。市販のキャットフードには魔素が入っていないので、ダンジョンで狩ったワイルドディア肉を加工して作った特製のジャーキーだ。犬猫が美味しく食べられるように調味料は使っていないので、安心安全です。

「美味しい？　ブランは……」

ノアの後ろに控えている白銀のオオカミに視線を向けると、奏多がくすりと笑った。

「ブランには必要ないわよ。自分で狩ったアルミラージの生肉を食べていたから」

「なまにく……さすが野生……」

「最近、アルミラージ肉の在庫が過剰気味だから、ブランが消費してくれるのは嬉しいわ」

とても良い笑顔の奏多。収納スキルのおかげで我が家はフードロス問題とは無縁だが、キッチンを預かる奏多としては、ずっと気になっていたらしい。

「ご近所さんもウサギ肉や鹿肉よりも、イノシシ肉の方が嬉しそうですものねー……」

切ない。が、気持ちは分かる。

「まぁ、美味しいものね、イノシシ肉。仕方ないわ」

昨今のジビエ料理人気のおかげで、以前よりもイノシシ肉は手に入りやすくなったが、他の肉と比べても、単価はお高めだ。

老人世帯ばかりのご近所さんでは、鹿肉はなかなか消費がしきれない。いくら美味しくても、毎回ステーキやカレーにして食べるわけにもいかず。

その点、イノシシ肉はぼたん鍋にすれば飽きずに食べられるようで、自然とイノシシ肉に需要が偏ってしまったようだ。

「鹿肉は簡単なレシピと一緒に渡してあげようかな……？」

もう少し若い世帯のご近所さん宅では、ジビエ肉を色々な調理法で楽しんでくれている。

奏多と奥さま方はレシピを交換する仲なのだ。

ちなみに我が家ではウサギ肉はハムに、鹿肉はジャーキーやソーセージに加工して消費している。

鹿肉は焼肉やステーキにして食べることが多いが、やはり良く使うのはイノシシ肉だった。

最近は六階層に出没するコッコ鳥のおかげで、鶏肉を食べる頻度が上がってきている。

「鶏肉はたくさん仕入れたいわね。唐揚げを作り置きにしたいから」

「コッコ鳥の唐揚げ……！」

「どうせ揚げ物をするなら、チキン南蛮も一緒に作ろうかしら」

「フライドチキンも食べたいです、カナさん！」

「いいわね、フライドチキン。ミサちゃんも手伝ってくれる？」

「喜んで！」

六階層は他のフロアに比べて、広大だ。それはもう、自転車やバイクをダンジョンに持ち込みたくなるほどに。景色だけなら牧歌的で落ち着く光景が広がっているのだが。

（ゴブリンさえいなければ、ピクニックに最適な場所なのよね……）

緑の肌を薄汚れた布で覆っただけの小鬼は醜悪で、集団になるとその残酷さが顕著となる。

一度だけ目にしたのだが、ゴブリンがコッコ鳥を囲み、棍棒で滅多打ちにしている姿はトラウマになりそうなほどにグロテスクな光景だった。

モンスターを狩る自分たちも同じようなものなのかもしれないが、少なくとも獲物を甚振るような真似は誰もしたことはない。するつもりもない。

(もしもゴブリンの群れに囲まれてしまったら、あんな風に嬲られる可能性もあるんだよね。牧歌的な光景に騙されたら危険だわ。油断しないように気を付けよう)

今までは、【気配察知】スキル持ちの甲斐がいないと不安だったが、音や匂いに敏感な頼もしい二匹が付き添ってくれているのだ。シルバーウルフのブランはモンスターの気配に敏い上に、とても強い。その巨体から繰り出される攻撃はパワフルなワイルドボアさえ一撃で地面に沈めてしまう。

ノアからお裾分けしてもらった鹿肉ジャーキーをうまうまと齧っている姿は愛嬌があるが、我が家の最強戦力なのだ。

「頼りにしているからね、ブラン」

「ワフッ！」

良い返事だ。胸を張って、誇らしそうなブランの喉元をよしよしと撫でてやる。

我が家のニワトリをテイムしているからか、ノアはコッコ鳥狩りには消極的だ。ゴブリンは見掛けるなり、瞬殺しているが。

「三階層と四階層ではベリーやビワを採取したいの。協力してくれる？」

二匹の顔を交互に見ながら頼んでみる。

「ニャッ」

「ノアさん、手伝ってくれるの？」

「ワンッ」

「ブランもガードしてくれるって？　ありがとう、助かるわ」

鹿肉とイノシシ肉には困っていないので、採取を済ませれば、駆け足で通り抜ける予定だ。

五階層については――

「どうも、ブランがやる気満々なのよね。多分、ワイルドウルフの魔石が欲しいのよ。シアンのように進化を狙っているんじゃないかしら」

「ワフッ！」

賢い銀狼（ぎんろう）はそのとおり、と奏多に向かって頷いている。

今でも充分強いのに、モンスターの本能なのか、同種の魔石は欲しいらしい。

「貴方が倒したウルフの魔石は全部あげる。その代わり、私たちのフォローは任せたわ」

とても良い笑顔で奏多が交渉している。ブランは尻尾を振りつつ、高らかに吼えた。交渉成立だ。

張り切ったブランがフロア中のワイルドウルフを倒してしまい、ドロップアイテム拾いに悲鳴を上げることになったのは、予想通りの展開だった。

五階層と六階層は、ブランの独壇場だ。

森林フィールドである五階層ではワイルドウルフを殲滅し、大量のドロップアイテムを得ることができた。

当初の約束通りに、ワイルドウルフの魔石は全てブランが嚙み砕いて飲み込んだ。

見た目の違いはないが、鑑定した奏多によると内包する魔力量が倍以上に増えたらしい。

ワイルドウルフの毛皮と牙は美沙が預かり、【素材売買】に回した。五十匹以上は倒したので、レアドロップの金貨も二枚手に入った。これは晶にアクセサリーの材料として渡す予定だ。

ブランが狩猟に熱中している間、ノアとスライムたちにボディガードをお願いして、美沙はブルーベリーを採取した。

「たくさん収穫できちゃった！　ジャムを作ろうかなー」

うきうきと【アイテムボックス】に収納する。ネット販売に回しても、ジャムを作る分のブルーベリーは残りそうだ。おやつに食べたバターサンドクッキーが美味しかったので、ドライフルーツを作るのも良いかもしれない。

六階層に到着すると、美沙はほっと息を吐いた。

目に優しい、淡い緑色の草原を見渡して、荒んだ心を癒していく。

「やっぱり五階層は好きじゃないかも。六階層だったら、お魚は獲れるし、卵も手に入る。最高のフィールドなのに」

「そうね、同感よ。ここもゴブリンさえいなければ、天国なんだけど」

美沙の嘆息まじりのつぶやきに、奏多が同意を示してくれる。ついでに遠目に見えるゴブリンを素早く弓で射てくれた。残りのゴブリンは駆け付けたブランが踏み付けて倒している。

のんびりと歩きながら、ドロップアイテムを拾う。残念ながら魔石だけで、硬貨はない。

「あと、もう少し狭いとありがたいです。ここ、広すぎません？」

愚痴ついでにぼやいてしまう。そうなのよねぇ、と奏多が頷いた。

「端まで歩くと、一時間は掛かるものね」

「いっそのこと自転車を持ち込もうかな……」

「地面の状態はあまり良くないわよ」

「舗装されていない草原だと、我が家のママチャリではやっぱり厳しいです？　マウンテンバイクなら走れるのかな」

凹凸のある地面を睨みつけながら、美沙はしばし考え込んでしまう。

そこへ思いもしない提案を投げつけてきたのは、奏多だった。

「それなら、いっそのこと自動車を持ち込めば？」

「自動車!?」

「ええ、自動車。四人と三匹で進むなら、車の方がベストだと思うわ」

「……それもそうですね」

なるほど、考えもしなかったが、六階層ならば自転車よりも自動車の方が断然良い。四人分のマウンテンバイクを新たに購入するよりも、自宅で眠っている車を使う方がお財布にも優しい。

幸い、六階層に出没するモンスターはゴブリンとコッコ鳥だけだ。群れで襲ってくるゴブリンは少しだけ厄介だが、単体ではワイルドディアよりも弱いので、余裕で倒せる。

（カナさんの軽ワゴンに傷が付くのは申し訳ないから、ここはうちの車を使おう）

祖父が乗っていた中古の軽トラなら、気兼ねなくダンジョンで走らせることができる。

「私の【アイテムボックス】スキルなら、軽トラも収納ができますね。草原フィールドも走行可能。

うん、六階層に車を使うアイデア、いいと思います！」

「軽トラなら、私とカイくんが荷台に乗り込めば良いわね。ゴブリンが襲ってきても、弓で倒すか、
荷台から飛び降りて迎撃すれば良いし……」

「ブランなら、軽トラに並走してゴブリンを倒してくれそうですしね」

「ワフッ！」

任せろ、と胸を張るブラン。彼ならば、大人しく軽トラの荷台で運ばれるよりも、草原を駆け回
る方を選ぶだろう。ついでのゴブリン退治は、彼にとっては準備運動にもならない。

「体力の温存と時短も可能。うん、良い。皆と相談したいです」

「そうね。湖までの往復一時間半が毎回地味に負担だったから嬉しいわ」

「キツかったですよねー……」

思わず、遠い目になる美沙。

貴重な魚資源を確保するために、二人はほぼ毎日、六階層に通っているのだ。サクラマスや鮎を
捕まえるためには水魔法が必要なため、美沙は特に休みなしで草原を突っ切る日々を送っている。

「ついでにコッコ鳥のお肉と卵を確保できていたから、まぁ良いんですけど……。車だと、片道五

分とかで到着しそうですね」

「ゴブリンやコッコ鳥を倒しながらだと、片道十分くらいじゃない？」

「それでもかなり楽になります！」

むしろ、今まで思い付かなかった自分が少しだけ腹立たしい。

ともあれ、本日は徒歩。黙々と歩きつつ、ゴブリンとコッコ鳥を倒していく。コッコ鳥の卵は近くの茂みに産み捨てられていることが多いため、周辺を確認しながら進む。

ゴブリンは先行したブランが嬉々として倒してくれるので、卵探しに集中できた。親鳥は倒さないが、ノアは卵を探すのは好きらしく、見つけたら「にゃあ」と鳴いて教えてくれる。

「ありがと、ノアさん。立派な卵だね」

ダチョウサイズの卵が三つ、手に入った。ひとつはサンドイッチ用のゆで卵にして、もうひとつはオムレツにしよう。残った卵でお菓子を作りたい。

（卵をたっぷり使ったカステラを焼くのはどうかな？）

カステラはバターを使わない分、ヘルシーだ。北条兄妹も喜んでくれると思う。カステラのざらめ部分が甲斐の好物だと聞いた覚えもある。

（そういえば、ノアさん。バターサンドクッキーを食べたそうにしていたよね。猫ちゃんでも食べられるクッキーも焼いてあげたいな）

お砂糖やバターが入っていない、ヘルシーなレシピがあるはず。猫用のクッキーなら、ブランも食べられるし、コッコ鳥の卵を材料にした菓子なら、シアンも食べてくれるだろう。

（たくさん焼いておこう。鹿肉ジャーキーばかりじゃ飽きちゃうもんね）

ブランが倒したゴブリンの魔石を拾い、美沙は草原を見渡した。ブランの巨体が小さく見える。

いつの間に、あんなに遠くに駆けていたのだろうか。元気すぎる。

ドロップアイテムを拾うお手伝いをしてくれているスライムたちに彼を追い掛けさせるのは、あんまりにも酷だったので、ブランには首輪を付けてやった。その首輪にマジックバッグのポーチをぶら下げてある。何度か飛び跳ねてもらったが、邪魔にはなっていないようだ。

「ブランが倒したモンスターのドロップアイテムはここに入れておいてくれる？」

肩にノアを乗せた奏多にお願いされたブランは「ウォン！」と良い子の返事をして、ゴブリンの群れに突っ込んでいった。

奏多をボスだと理解しているのか、ちゃんとドロップアイテムは拾ってきてくれた。

ゴブリンは魔石と、たまに武器をドロップする。ゴブリンの武器は、木製の棍棒だ。使うこともないので、魔石と一緒に【素材売買】に回している。

当たりのレアドロップは異世界の硬貨。金貨ではなく、青銅貨だ。ごく稀(まれ)に銀貨を落とすのが、当たり。青銅貨は【素材売買】に回し、銀貨はシルバーアクセサリーの材料となる。

ゴブリンのドロップは微妙なため、我が家ではコッコ鳥の方が人気だ。

コッコ鳥は美味しいお肉をドロップする。魔石はゴブリンの方が【素材売買】のレートが良いが、何より、レアドロップアイテムの金の卵が嬉しいので。

産み落とされた普通の卵と違い、金の卵はコッコ鳥を倒した際に、稀にドロップするお宝だ。

本日、ラッキーなことにブランが倒したコッコ鳥と、美沙が薙刀で首を刎ねたコッコ鳥が、この黄金の卵をドロップした。

「今日は調子が良いね！　金の卵が二つも手に入ったもの」

卵の殻は黄金なので、割った後は掻き集めて、晶に渡すことにしている。

純金の殻は【錬金】スキルで他の金属と合成してもらう。ダンジョンで手に入れた硬貨や黄金素材は可愛らしいアクセサリーに姿を変えて、ネットで販売している。

普段使いにちょうど良い、シンプルなデザインのアクセサリー類は評判も良く、密かな人気商品となっていた。

これらの売上金の一部はダンジョン開発予算に充てる予定。購入物の第一候補はバスタブだ。

甲斐はドラム缶風呂を推してきたが、のんびりとお風呂を楽しみたい女子組と意見が対立している。せっかくの露天風呂なのだ。どうせなら、足を伸ばして、ゆったりと湯に浸かりたい。

文字通り、黄金のお宝を【アイテムボックス】へと慎重に収納する。

卵の殻は純金だが、中身は普通の卵なので、もちろん美味しくいただく予定です。

奏多と卵料理を何にしようかと熱く語らっていると、ブランが戻ってきた。

「ヴォフッ！」

「ブラン、おかえり。たくさん持って帰ってくれたのね。ありがとう」

尻尾を振ってアピールする大きな銀狼を、美沙は背伸びして撫でてあげた。

容量が決まっているマジックバッグの中身は定期的に回収しないと、すぐにいっぱいになってしまう。中身を【アイテムボックス】に移し替えると、ブランは張り切って駆けていった。

「行ったわね……。じゃあ、私たちも移動しましょうか」

「はい！　お魚たくさん捕まえましょうね」

ブランにコッコ鳥とゴブリン討伐を任せ、美沙と奏多は先に湖へと向かった。

鮎とサクラマスは自分たちの消費分はもちろん、ご近所さんへのお裾分けにも大人気なのだ。

「そういえば、お米農家のおじさんに「鮎十匹とお米二十キロを交換したい」ってお願いされたんですけど」

「あら、我が家的にはありがたい取引ね」

「良いのかなぁ……？　実質無料で手に入れている鮎だけど」

「悪くはないんじゃない？　天然の、しかもダンジョン産の良く肥えた美味しい鮎だもの。普通に買えば、かなりお高くなるわよ？」

「じゃあ、お返事をしておきますね。お米は正直、ありがたいです。たくさん食べるので」

「なら、今日は交換用の鮎をたくさん獲って帰りましょうか。おまけにサクラマスを付けてあげたら、きっと喜んでくれるわよ」

奏多の提案に、なるほどと頷いた。

毎日リポップする『湖の幸』は、全て浚えてしまっても資源が枯渇することはない。ならば、美味しいお米のためにも、頑張って鮎とサクラマスを捕まえよう。

張り切る美沙を微笑ましそうに見詰めながら、奏多は「物々交換、アリね」とぼそりと呟いた。

四時間ほどダンジョンに潜り、かなりの成果を手にした二人と三匹は家に戻った。

生き物は【アイテムボックス】に収納できない。鮎やサクラマスは一匹ずつ締めないといけないので、その作業に時間が掛かったのだ。

「ブランが頑張ってくれたから、たくさん持って帰れたよ！　ありがとう」

小型化したブランを抱き上げると、美沙はふわふわの後頭部に頬を擦り寄せて、その毛並みを存分に楽しんだ。ブランは怒らず、どっしりと構えている。さすが紳士なイケメンオオカミ。

お礼の鹿肉ジャーキーを三匹に進呈する。ノアにはおまけで市販のオヤツも少しだけ。

シアンはダンジョン産のラズベリージャムを貰って、こちらもご機嫌な様子。スライムは意外と甘い食べ物が好きなのかもしれない。

シャワーで汗を流して、楽な部屋着に着替えてきた。ノースリーブの膝丈ワンピースが最近のお気に入りだ。生地は自分の好みの物を選んで、晶に縫製してもらった。白地に大柄なレモンのイラストがプリントされたレトロなワンピースを身に纏うと、何となく気分が良い。

弾むような足取りでキッチンに戻ると、一足先に汗を流してきた奏多が包丁を握ったところだった。既にエプロンを着用済みの戦闘態勢だ。

「急いで夕食の準備をしないと、我が家の欠食児童が騒ぎそうよ、ミサちゃん」

「手伝います！」

ワンピースを汚したくないので、美沙もエプロンを取りに走った。

ダンジョンで宣言した通り、本日はコッコ鳥の肉料理がメインのようだ。

ドロップした胸肉、モモ肉を一口サイズに切り分けていく。

「これは唐揚げにするので、下味に漬けておくわね」

ニンニク、生姜に醬油とみりん少々。コッコ鳥の肉は大きめのビニール袋に放り込まれ、特製の調味料と共に揉み込まれていく。充分に揉み込んだところで、冷蔵庫にイン。三十分ほど放置する。

「手羽元はフライドチキンにしましょうか」

「フライドチキン！　いいですね。味は濃い目が嬉しいです」

コッコ鳥の手羽元は普通サイズの物よりもひとまわりは大きい。そのため、奏多は油で揚げる前に下茹でをするようだ。牛乳に砂糖を加えた中に手羽元を入れて、弱火で四十分ほど煮込んでいく。

「煮込み終わったら、取り出して冷やしておいてね」

「はーい」

意外と牛乳の匂いは気にならない。いつもより、肉がしっとりしているようだ。肉を冷やしている間、奏多は手早く衣を用意する。薄力粉と片栗粉、ガーリックパウダーに塩胡椒、鶏ガラスープの素とクレイジーソルトを混ぜ合わせた衣は絶対に美味しいやつです。

下味は料理酒とすりおろしたニンニクだけ。溶き卵をまぶすと、丁寧に衣をくぐらせた。

唐揚げ用の肉にも片栗粉をまぶして、後は揚げるだけの状態だ。

ちょうどそこへ、仕事帰りにご近所さん宅の雑用を手伝ってきた甲斐が戻ってきた。奏多の予想通りにハラヘッタと騒ぎ始める。美沙は無言でエプロンを押し付けた。

「食べたかったら、お手伝ぃ」

にこりと奏多が笑みを浮かべると、甲斐は胃のあたりを押さえながら頷いた。素直でよろしい。

屋根裏の作業部屋から降りてきた晶もキッチンへ強制連行です。

「揚げ物を大量に作るから、二人とも手伝ってね？」

甲斐には肉に衣をつける役割を、晶には炊飯とサラダ作りが任された。

「終わったら、ミサちゃんのお手伝いをお願いするわね」

奏多がてきぱきと役割を振ってくれたので、四人で手分けしての夕食作りだ。美沙は揚げ物以外のお惣菜(そうざい)を何品か頼まれたので、お味噌汁と副菜を作ることにした。

美味しい夏野菜、ダンジョン産のナスを使おう。

晶にはキュウリとレタス、ミニトマトなどを手渡してサラダ作りをお願いした。

コッコ鳥の唐揚げにチキン南蛮、フライドチキンが次々とキツネ色に揚がっていく。揚げ物の匂いが堪らない。唐揚げは面倒だけど、二度揚げに。シュワシュワ、チリチリと心地よい音が響く。

ピーラーでキャベツをスライスする甲斐の足元では、シアンがポーションを抱えて待機している。

「さすがにピーラーで指は切らねぇって！」

包丁でのキャベツの千切りで前科がある甲斐の言葉は信用がない。これはシアンが正しい。

「サラダができました！」

笑顔で額の汗をぬぐう晶の手元を覗き込む。ちぎったレタスにスライスしたキュウリ、彩りよく添えられたミニトマトがサラダボウルに盛られている。冷蔵庫に作り置いていた、味玉をカットしてレタスの上に寝かせてあった。彼女なりのアレンジなのだろう。

「美味しそう。サラダは冷蔵庫で冷やしておこうか」

料理に関してだけ、なぜか不器用だった晶も、今では手早くサラダや味噌汁が作れるようになった。甲斐もシェアハウス生活を始める前と比べると、調理の腕前はかなり上達した方だと思う。

二人には「くれぐれもアレンジはしないように」と厳命し、レシピ通りに作ってもらっているので、今のところ大きな失敗はない。

「油が余ったから、サクラマスも唐揚げにしてみたわ。味見する？」

三人とも手を上げたので、順番に味見した。竜田揚げ風味で、とても美味しい。これはご飯が進みそう。

大皿いっぱいに山盛りにされた揚げ物の大半は、作り置き用として【アイテムボックス】に収納する。が、それでもテーブルには料理がたくさん並んでいた。

メインはコッコ鳥の揚げ物料理で、副菜がナスのお味噌汁と生姜焼き、生野菜サラダが今夜のメニューだ。冷えたビールを人数分配り、家主である美沙が一言。缶ビールを掲げて宣言する。

「乾杯！」

いただきますと乾杯を唱和して、皆でコッコ鳥の揚げ物を大いに味わった。

第八章 ◆ 夏祭り

「夏祭り？」

回覧板を持ってきた隣人と付き添いの町会長の提案に、美沙(ミサ)は目を瞬かせた。

何やら相談事があると聞いていたので、二人を居間に案内して、すぐに切り出されたのだ。

「そう。毎年、夏の終わりに小学校の運動場を借りて開催している夏祭りだよ。ミサちゃん覚えていないかなぁ？　婦人部がテントで焼きそばやイカ焼きを販売するんだ。よそから屋台もいっぱい招いて、集落で一番盛り上がる夏祭りだよ」

「覚えていますよ。カラオケ大会や子供たちの神輿(みこし)担ぎがありましたよね？　懐かしいなー」

祖父母宅に遊びにきていた夏休みの間に、参加した記憶がある。祭りといっても、ほぼ縁日に近く、屋台やテントで飲み食いするのを楽しむイベントだったように思う。

昼前から夜遅くまで続く祭りは、二日間にわたって開催される。周辺住民や帰省客の参加者も多く、町内会の大切な財源のひとつでもあった。

「お祭りなんて、素敵ね。楽しそうだわ。お茶をどうぞ」

「おおっ、どうも」

「いきなりお邪魔したのに悪いねぇ」

奏多(カナタ)が笑顔でお茶を出してくれた。氷入りの冷えた麦茶と茹でたての枝豆。それとカットしたスイカという不思議チョイスだが、お客さん二人は大喜びで、さっそく手を伸ばしている。

お盆が明けたが、まだまだ夏の陽射しは厳しい。

「で、その夏祭りで私たちにお手伝いをして欲しい、と？」

「そうそう。忙しいところ悪いんだがねぇ。どうにも人手不足で」

申し訳なさそうに頭を掻きながら、町会長が麦茶を一息で飲み干す。数年ほど田舎暮らしの経験がある美沙は、お祭り好きなこともあって、特に悩むことなく頷いていた。

「私はお手伝いしますよ。お祭りは好きですし。ええと、会場のテント設営や、婦人部の奥さんたちのお手伝いをすれば良いんですか？」

「あー…それがなぁ……」

町会長がちらりと奏多を横目で見る。何やら意味ありげな視線だ。何となく嫌な予感がする。

「……町会長さん？」

「いやー、そのなー。うちの娘がなぁ、カナさんが有名な料理家って教えてくれて……」

「あら。あいにく、料理家じゃないわよ？　趣味で料理をしているだけだもの」

「もしかして、町会長さん……」

じろり、と美沙が睨み付けると、途端に頭を下げられた。

「すまん！　ミサちゃん、カナさん！　君らに祭りの屋台をやって欲しいんだ！」

両手を合わせて拝むように頼まれて、美沙と奏多は顔を見合わせた。

「夏祭りの屋台？」

「そう。自治体主催のお祭りなんだけど、ここ数年続いた、例の新型インフルエンザのせいで屋台を開いてくれていた協力店が軒並み潰れちゃったみたいで……」

四人でテーブルを囲んでの夕食中。美沙は町会長からの頼まれごとについて二人に説明した。

今日の夕食はオムカツカレーだ。コッコ鳥の卵を使ったオムライスにボアカツを載せ、たっぷりとカレーを回しかけた自信作。冷えたビールを合間に楽しみながら、美味しい夕食を堪能している。

「そういう屋台ってテキ屋がするんじゃねぇの？」

甲斐（カイ）の疑問も尤もだ。

「十年以上前にはテキ屋から派遣されていたのよね。それが、神社から小学校の運動場に会場が変更になってからは、排除することになったらしくて」

「あー……クリーンなお祭りに、ってことか」

「うん。テキ屋がいなくなった分、町内会の婦人部の奥さん連中が大きめのテントを張って飲食系の販売は頑張って提供してくれていたんだけど……」

さすがに婦人部のお手伝いだけでは人手が足りない。なので、町内で飲食店を経営している人など、色々と伝手を辿って屋台を出してもらっていたのだという。

「その手伝ってくれていたお店が潰れたのか」

「閉店したり、移転したり？　あとは高齢化で引退した店もあって、屋台の数が揃わないみたい」

「それで、カナ兄に代わりに屋台をやって欲しいと？」

「町会長さんの娘さんがカナさんの動画のファンみたいで。あと、ご近所さんにお裾分けしているから、料理が美味しいって噂になっているそうです」

「褒められるのは悪い気はしないけど、屋台ねぇ……」

奏多は思案顔だ。調理師免許は、バー『宵月』で勤務中に取得済みなので、特に問題はない。保健所への申請など、面倒な手続きは全て町会長が代わりに対応してくれるらしいが。

「何の屋台をお願いされたんだ？」

「あ、それはこのリストと被らなければ何でも良いって」

「ほうほう。綿菓子にカキ氷、焼きそば、フライドポテトは婦人部テントで販売。たこ焼きと焼き鳥、りんご飴の屋台はどうにか確保できたんだな」

「あ、クレープはキッチンカーが来るんですね。夜にはカクテルも提供してくれるみたいですよ。行ってみたいです！」

「アキラさんが行きたいなら、俺も行く。夜道は危険だからな」

「アンタは自分が食べたいだけでしょ」

町会長に渡された部外秘のはずのリストのコピーを眺めながら、三人でわいわい騒いでいる間、何やら考え込んでいた奏多が大きく頷いた。

「うん。私、参加するわ。屋台で」

「え！　良いんですか？　無理に参加しなくても、運営のお手伝いだけでも喜ばれますよ？」

「どうせなら、お祭りを盛り上げる方で参加してみたくなっちゃった。それに、売上げの一割を参加費として町内会に寄付すれば良いって話だし。……かなり儲けられそうよ？」

「それは、たしかに」

町会長も無理を言っているいると理解しているのだろう。婦人部で販売する予定の食材はうちの農園で購入するとまで約束してくれた。

「野菜は格安で提供する予定ですけど、農園的にはありがたいです」

「売り物は他と被らなければ何でも良いって言っていたわよね？」

「言っていましたね。うちがシェアハウスをしていると知ってからは、屋台を二つ営業して欲しいとか、もう好き勝手に」

「あら、素敵じゃないの！　屋台二つの営業、やりたいわ」

キラキラと琥珀色の瞳を輝かせて訴えてくる奏多に、三人は驚いた。まさか、こんなに乗り気だったとは。いつもは冷静な奏多の珍しい姿に、少しばかり戸惑ってしまう。

と、奏多がにやりと笑う。

「ねぇ、何の屋台でも良いなら、私たちにはうってつけの食材が大量にあるじゃない？」

「大量の食材って、まさか」

「そう！　売るほどあるけど、売るに売れないモンスター肉が山ほど！　……あるでしょう？」

「ありますけど」

「まさか、あれを売る気なのか、カナさん……」

「えええええっ!?」

結局、奏多の勢いに負けて、屋台をやることになった。

準備期間は一週間という、なかなかにハードでタイトなスケジュールだ。

屋台はレンタルで済まそうと考えていたけれど、ＤＩＹに目覚めた我が家のモノ作り担当の二人に反対され、手作りの屋台で参加することになった。

ダンジョンの五階層で手に入れた上質の木材を使い、二人は張り切って屋台を作っている。暇を見つけては木材と戯れているので、屋台で提供する食べ物の調理は奏多と美沙の担当となった。

「カナさん、屋台のメニューは決まりました？」

「ええ。使いたいお肉ありきで考えたわよ」

「あー……アルミラージ肉ですね？」

ウサギ肉は柔らかくて美味しいけれど、さすがに食べ飽きた。ならば、無駄に狩らずに二階層をスルーすれば良いのだが、ラビットフットを手に入れるためにはアルミラージ狩りは必須。

ラビットファーを使った雑貨類も晶のハンドメイドショップの人気商品なため、欠かすことはできない。おかげで、ウサギ肉は【アイテムボックス】に溜まるばかりだった。

「でも、ウサギ肉って売れるのかな……？　お年寄りは平気な人が多いけど、若い子——特に女の子は嫌がりそうな気がします」

「ウサギのお肉を食べるなんて、かわいそうーってやつかしら？　ふふっ」

偏見でしかないが、恋人と二人きりでお祭りを楽しみにやってくる女の子が、いかにも口にしそうな発言だと思う。ウサギはとても可愛いので気持ちは分かるが。

「ペットとしてウサギを可愛がっている人たちには特に厳しいでしょうね。そこは客層として諦めるつもり。私たちが狙うのは、お腹がぺこぺこな男子たちよ」

「なるほど、分かりました。匂いで釣るんですね？」

うふふ、と奏多が軽やかに笑う。

「正解！　私が考えた屋台メニューのひとつは、ウサギ肉のからあげ棒。一本百円にしたら、お子様でも手に取りやすいでしょう？」

奏多がブレンドしたハーブ塩で味付けした、ウサギ肉の唐揚げ。あれはもう、病み付きになるほどの美味しさなのだ。ジビエ肉特有のクセもなく、味も香りも素晴らしい。

ふわふわの毛皮に隠れているが、アルミラージは筋肉質だ。特にモモ肉などは引き締まった綺麗な赤身なのだが、調理すると、そのふくよかな味わいに驚かされたものである。

まるで、若鳥のモモ肉のような柔らかさを誇り、噛み締めるとたっぷりの肉汁と脂が絡み付く、文句なしに美味しい肉質なのだ。それを唐揚げで提供するとは。

これを屋台で揚げていけば、いつだって空腹を抱えている食べ盛りの男の子たちはイチコロだ。

「匂いで釣って、味で止めを刺すつもりですね、カナさん」

「一度食べてくれれば、良いリピーターさんになってくれそうじゃない？」

うふふと妖艶に笑う美貌の麗人。悪魔だ。

「百円で食べられるのは、嬉しいと思います。何といっても美味しいし、揚げ物だからお腹に溜まるのもありがたいです」

きっと、育ち盛り食べ盛りの子供を抱えるお母さんたちも喜んでくれるに違いない。

美沙は手元のメモ用紙に「ウサギ肉のからあげ棒」と書き込んだ。候補としてはかなり有望。

「あとは鹿肉ね。こっちも在庫は山盛りだから、フランクフルトはどうかしら？」

「鹿肉フランクフルト！　お酒に合いそうですね。お祭りっぽいメニューでいいと思います」

「でしょう？　あとはイノシシ肉の串焼きと鮎の塩焼きなんてどうかしら？　鮎の塩焼きは他より少しだけ単価を上げて売りたいわね。肉と魚の串焼きがあれば、子供以外の客層も呼び込めると思うのよ」

「カナさん、天才ですか？」

肉の串焼きはともかく、田舎の小さなお祭りで鮎の塩焼きは他の屋台とかぶることはないだろう。

美味しく味わってもらえて、さらにお金も稼ぐことができるなんて、最高では？

「ジビエ屋台と銘打てば、通りすがりの人の興味を引けそうですよね」

お高いジビエ料理の店に通うのは難しくても、お祭りの屋台価格なら、手も出しやすい。ジビエ初心者には、ちょうど良い敷居の低さだと思われた。

「いいわね、ジビエ屋台。看板を作ってもらおうかしら」

くすくすと奏多と笑いながら、メモにメニューを追加していく。アルミラージ肉のからあげ棒、ワイルドディア肉のフランクフルトにワイルドボアの串焼きと鮎の塩焼き。

（どれも、とっても美味しそう）

奏多はさっそく調理に必要な材料をピックアップしている。

「材料費は調味料や油、小麦粉に炭。ああ、串も準備しないといけないわね。でも、お肉や鮎はダンジョンで手に入るから、実質無料！ つくづく素晴らしいことだわ。有り余る肉の在庫を捌くことができて、更に儲けられるなんて最高じゃなくて？」

うっとりと妖艶に笑う奏多を前に、美沙も素早く電卓を叩く。

ざっと計算しただけで、満面の笑みが零れ落ちるくらいには稼げそうだ。

「お祭りの準備に掛けられる日数は、一週間。その間に屋台で出す料理を準備しないと……」

かなりのハードスケジュールになりそうだが、美沙には【アイテムボックス】スキルがある。事前に大量に作り置きをしておいても、当日にはでき立てを並べて売ることができるのだ。慣れない屋台での調理と販売には自信がないので、なるべく完成品を持参する方向でいこうと思う。

屋台の裏にクーラーボックスを持ち込み、そこからの品出しの振りをして、こっそりと【アイテムボックス】を使うつもりだ。

ともあれ、お祭りの準備は大変だけど、楽しいもの。

学生時代の文化祭を思い出しながら、忙しいながらも充実した一週間を送ることになった。

奏多が鹿肉フランクフルトの試食作りに集中している間、屋台用の雑貨類の発注を掛けた。

「串はネットで注文済み。持ち帰り用のパックは要らないよね？　念のため、ビニール袋だけ買っておこうかな……」

屋台のメニューはウサギ肉のからあげ棒、鹿肉フランクフルト、イノシシ肉の串焼きに鮎の塩焼きに決定した。シェアハウス住民、全員の「絶対に売れる！」と太鼓判付きだ。

屋台で出す料理はどれも串が必要なため、それぞれに合う種類の串を多めに注文してある。多少余ったとしても、ダンジョン内キャンプで使えば、無駄にはならない。

なるべくゴミは出したくないので、客には串のまま手渡す予定だ。大量に購入して、持ち帰り希望の客にのみ、ビニール袋を付けてあげよう。

「お祭りの屋台で、まさかそんなに大人買いをする人はいないだろうしね！」

うんうん、と頷きながらも念のため、持ち帰り用の袋を一セットだけ注文しておく。この時の美沙は、まさか本当に持ち帰り希望がそんなにあるとは考えもしなかったのだ。

「食べ終わった後の串を捨てるためのゴミ箱は必須よね。それと、フランクフルト用のケチャップとマスタード、セルフで使いやすいケースも買おう。片手で使える物があったら……ん、ある！」

ネットでざっと検索したところ、チューブポットというキッチンツールが便利そうだった。これなら、片手で扱える。念のため、屋台が混雑した時用に二セットは欲しい。

「マスタードが苦手な子供のために、マヨネーズも用意しておこうっと」

チューブポットは百円ショップでも売っているようなので、後で店舗に買いに行くことにした。

キッチンツールは汚れやすい。百均の商品なら、心置きなく使える。

業務用品のサイトを真剣な表情で眺めていると、キッチンから呼ばれた。

「ミサちゃん、フランクフルトが焼けたから、試食をお願いしても良い？」

「もちろん、喜んで！」

魅惑的なお誘いを、断るわけがない。

タブレットを放置して、弾むような足取りでキッチンへ向かった。

ホットプレートでじっくりと焼かれたフランクフルトには、少しだけ焦げ目がついている。

「皮がぱりぱりで美味しそうです！」

鹿肉フランクフルトはボイルをした後で、業務用ホットプレートで焼き色を入れたらしい。

「どうぞ。食べてみて」

「いただきます！」

奏多から手渡されたフランクフルトをまずは何も付けずに食べてみた。

「んー……む？　いつもよりマイルドな味？」

「ええ。子供が食べやすいように、いつもより胡椒を少なめにしてみたの。だから、大人用に粒マスタードも用意しておこうかと思って」

「ああ、なるほど。良いと思います」

粒マスタードを添えて食べてみると、一気に大人の味に変化した。これはビールで一杯やりたくなるやつだ。婦人部で販売予定の冷えたビールがきっと飛ぶように売れるだろう。

「イノシシ肉の串焼きはオリジナルブレンドのハーブ塩と胡椒で、濃いめの味付けにするつもりよ。これは炭火で焼いてみた。どうかしら？」

香ばしい匂いが堪らない。味見用にと奏多から手渡された串焼きを、美沙は夢中で頬張った。肉汁と甘い脂が垂れないように大きく口を開けて、イノシシ肉を嚙み締める。

「ん、んんー……！　美味しい！　食べ慣れた味ですけど、炭火で焼くと格別ですね。この匂いには抗(あらが)えません……」

「んっふふふ。串焼きと鮎の塩焼きの両方を炭火焼きにすれば、通りすがりのお客さまの胃袋を摑めそうだと思わない？」

悪い笑顔の奏多も拝みたくなる美しさだ。同じような笑みを浮かべて、大きく頷いておく。

「完全にキャッチできますね。肉好きの人が、これをスルーするのは難しいです」

暴力的なまでに食欲をそそる匂いは、官能的でさえある。

すっかり食欲が落ちていたはずの近所のご隠居さんが、我が家から進呈したボア肉の虜(とりこ)になったように、この串焼きは人々を魅了するだろう。

「調味料や燃料費その他の経費はかかっても、お肉は無料。これは稼げますね」

ダンジョンでドロップするワイルドボアの肉塊は一キロほどの大きさの物が多い。稀に、大きな個体やレアな特殊個体と遭遇すると、ドロップする肉の部位や重さが変わることはある。

そのワイルドボア肉の在庫が、美沙の【アイテムボックス】には三桁ほど眠っているのだ。

「文字通り、売るほどあるので！　お肉の在庫の心配は必要ありません。カナさん、めいっぱい売りましょうね！」

「うふふふ。もちろんよ。せっかくだもの、楽しく稼ぎたいわね」

ちなみにワイルドディアの肉の在庫も多い。どちらも陸人（リクト）に押し付けたのだが、一週間もダンジョンに通い詰めれば、あっという間に三桁に近い在庫が積みあがってしまった。

(ブランが張り切って狩ってきてくれるから、在庫が一気に増えたんだよね。多分、ノアさんに良いところを見せたいんだろうな……)

意中のメスに貢ぐような感覚なのだろうか？

もっとも、当のノアは目の前に獲物の山を築かれても迷惑そうな表情を浮かべるだけで、特に喜んだ様子はない。箱入りのお嬢さま猫なので、生肉は食べないのだ。

冷たくあしらわれても、ブランにめげた様子は見られなかった。どころか、今日も元気にダンジョン通いだ。アイテム拾いのために、スライムを何体か引き連れて行っている。

「またブランがたくさん持ち帰ってくれますよ、お肉」

美沙がそう指摘すると、奏多は頬を引き攣（ひっ）らせた。

「それはありがたいけれど……。むしろ、在庫が心配なのは鮎の塩焼きの方ね。お祭りは二日間開催されるから、最低でも百匹は鮎を確保しておきたいわ。毎日でもダンジョンに通わないと……」

「毎日、通いますよ。私、お魚獲りは得意なので」

【アイテムボックス】で収納している鮎の在庫は十四前後。ダンジョン内の湖で確保できる数は決まっており、一日で二十四前後だ。七日間通えば、奏多の欲しい数は余裕で用意できる。

広大な六階層だが、軽トラをダンジョン内に持ち込めば、移動も楽になるだろう。

「お魚料理はしばらく、サクラマスだけで我慢しましょうか。ご近所さんへの鮎のお裾分けもストップしておきます」

鮎の塩焼きは七輪を置いて、屋台で売り出すつもりだ。先に自宅で焼いておき、屋台では匂いで呼び込むためだけに炭火を置いておく作戦である。肉と魚、両方の布陣で臨む戦だ。

「そして、これがアルミラージのからあげ棒」

「意外と大きいですね。串にはからあげが五個！　これは子供たちが喜びそう」

一口かじって、安定の美味しさに頷いた。

「ウサギ肉のからあげ棒は、多分いちばん売れると思います。大量に揚げておきましょう」

一本百円で、肉を食べられるのは魅力的すぎる。屋台では一口サイズに揚げた肉を五つ、竹串に刺して販売する予定だ。

塩胡椒とニンニクに漬け込んだウサギ肉の揚げ物料理の隠し味はマヨネーズらしい。

「元々、臭みはない肉だけど、マヨネーズの風味があれば、子供たちも食べやすいと思って」

「マヨを使うと、味がまろやかになって美味しいんですよね。カイの弟くんたちも、マヨ味のからあげ、絶賛していましたもん」

この味付けなら、子供たちだけでなく大人も楽しめるだろう。ボア肉の串焼き、鮎の塩焼き共々、ビールのお供に最適だ。安くて美味しいのだから、売れないはずはない。

「ボア肉の串打ち、肉の仕込みは皆で手伝うとして。……カナさん、それ大変そうですね？」

試食を終えた奏多はさっそく準備に取り掛かっている。

一番大変な作業——鹿肉の腸詰に奮闘していた。ソーセージスタッファーというキッチンツールを使い、ミンサーで粗挽き（あらび）にした鹿肉にスパイス、ハーブで味付けをして、市販の豚腸に肉を詰めていくのだ。見ている分にはとても面白いが、手伝いは断られてしまった。

粗挽き肉（あらびにく）を詰めた腸を捩（ね）じっていくと、見慣れたソーセージの形になっていく。

「ここでスモークをしておけば、美味しいソーセージになるんだけど。今回は手間を省くわ」

風通しの良く、涼しい場所で表面を乾燥させてから、軽く茹でるらしい。

「とりあえず、私はひたすら腸を詰めていくわ」

「えっと、じゃあ土間に干せるスペースを作っておきますね」

居間にはエアコンがあるので、扉を開けて土間を冷やしておこう。洗濯物用のロープを三本、土間に張っておけば、腸詰を干すスペースとしては充分だ。

「屋台で使う雑貨の買い出しは、アキラさんとカイにお願いしようかな。ちょうどホームセンターに行く用事があるみたいだし」

本日は、牧場仕事が休みの甲斐は早朝から張り切って屋台作りに挑んでいる。朝があまり得意ではない晶も、眠い目をこすりながら参加していた。

ホームセンター内には百円ショップもあるので、ちょうど良い。

素足にサンダルを引っ掛けて、庭で作業をする二人のところへ向かった。

「わぁ……！　かなり、形になってきたね」

昨日の段階では、まだ木材が地面に転がっているだけだったのに、今はしっかりと骨組み部分が仕上がっていた。

「屋台で七輪やホットプレートを置いて調理をするんだろ？　土台をしっかり作っていないと、壊れたら大変だからな」

「カイさんが大工の親方さんに相談して、設計図を作ってくれたんですよ」

「元親方な。面白そうだからって、色々と口を挟んでくるんだよ、あの爺さん」

迷惑そうな口調のくせ、甲斐は心底楽しそうにしている。『元大工の親方さん』は近所に住むご隠居さんだ。膝を痛めた元親方に依頼されて、甲斐はよく彼の家の手伝いに通っていた。

庭の草むしりに枝木の手入れ。お盆前には、お墓の掃除も手伝っていたように思う。

そのお礼として、元親方からは大工技術を教えてもらっている。

(偏屈で頑固なおじいさんで有名だったけど、カイは気に入られているのよね……)

口が荒い職人と数年間仕事を共にしていた甲斐は彼らの扱いに慣れていた。

言動は荒いが、彼らに悪気がないことは知っているので、よほど理不尽な内容でないかぎりは、甲斐はちゃんと指示に従う。素直で働き者の甲斐を、実力主義の職人連中が嫌うはずもなく。

「人たらしだよね、カイは」

そのたらす相手が年配のご老人方や子供たち限定というのが、少しだけ切ないが。

「？　なんのことだよ、買い物か？」

「そう、買い物！　ホームセンターで買ってきて欲しいの」

ネットで調べておいた、お買い物メモと予算を入れた封筒を二人に手渡した。

「お願いします」

「はい、任せてください。今日は、のれん用の材料を買いに行く予定なんですよ」

「のれん！　看板よりもお洒落かも」

「ふふ。楽しみにしていてくださいね」

今回の屋台にかかる諸費用はダンジョン貯金から流用している。

売上げはダンジョン貯金に戻して、バスタブの費用に充てる予定だ。自分たちの懐には一銭も入らないが、快適にダンジョンキャンプを楽しむには、必要な経費なのである。

「じゃあ、気を付けてね。いってらっしゃい！」

夏空に似合いの、セルリアンブルーの軽ワゴンを見送ると、美沙はキッチンに戻った。

ソーセージ作りに奮闘している奏多にそっと声を掛ける。

「カナさん。ノアさんとシアン、あとブランを借りても良いです？」

「それは良いけど……。もしかして、一人でダンジョンに行くつもり？　危ないわよ」

「大丈夫です！　五階層までは最短距離で突っ切って、六階層は軽トラを使う予定なので」

「……そういえば、そんな話もしていたわね」

ダンジョン内で試そうと考えていたのに、夏祭りの件で忙しく、すっかり忘れていた。

「一人だと心配だわ。それに、軽トラ？　私の車を貸してあげるわよ？」

「カナさんの愛車はカイが運転していきました」

「ああ、ホームセンターへの買い出し……」

「それに、軽トラの方が気兼ねなく運転ができるので。ゴブリンは足が遅いから、軽トラなら余裕で引き離せると思います。コッコ鳥は臆病なので、エンジン音で逃げますよ」

「……そうね。ブランを連れていくなら、露払いも可能か」

「優秀なボディガードがたくさんいるので、一人きりじゃないです」

いつの間にか、ブランが足元に寄り添うように座っていた。奏多を見上げて「ウォン！」と力強く吠えている。居間で寝そべっていたノアもふさふさの尻尾を上品に振って、余裕の様子。

スライムのシアンは理解しているのか、いないのか。暢気に左右に揺れている。

ああ、もう！　と呟きながら、奏多が栗色の髪を搔き上げている。どうにか折り合いを付けてくれたようで、ため息ひとつで許してくれた。

「仕方がないわね。たしかにこの子たちが一緒なら安心——むしろ過剰戦力……？」

「寄り道せずに良い子で帰ってきます！」

「はいはい、分かったわ。くれぐれも油断せずに、傷ひとつなく帰ってくるのよ？」

「はぁい」

心配性の奏多に笑顔で手を振り、美沙は三匹を引き連れて蔵に向かった。大急ぎでダンジョン用の装備に着替える。そうして、「ちょっとお魚屋さんに買い物に行ってくるね」のノリで、薙刀を手に転移扉を潜り抜けた。

庭先に駐車していた軽トラをしっかり【アイテムボックス】に収納して、いざ。


六階層を軽トラで駆け抜ける作戦は大成功だった。

徒歩で片道一時間は余裕で掛かる距離を、軽トラは十五分に縮めてくれた。

嬉しい誤算だったのは、コッコ鳥だけでなくゴブリンもエンジン音に怯(おび)えて逃げ出してくれたことか。おかげで危惧していた襲撃もなく、平和に、かつ迅速に湖に到着することができた。

湖から少し離れた場所に軽トラを停めて、大きく深呼吸。六階層はいつも綺麗な青空が広がっており、空気も美味しい。セーフティエリア内なので、安心して過ごせる。

「ノアさんはお昼寝がしたいのかな？」

心地が良いのは彼女も同じようで、ねだられるまま自立式のハンモックを【アイテムボックス】から取り出してあげた。身軽くハンモックに飛び乗ると、のんびりと欠伸(あくび)をするノア。

「ノアさんはマイペースだよね。そばにいてくれて、とっても心強いけど」

「ニャア」

暴れ足りなかったブランが狩りに出掛けていく。ゴブリンはともかく、コッコ鳥の肉と卵は確保して欲しいので、ブランの首輪にマジックバッグであるポーチを装着しておいた。

シアンには湖の魚獲りのお手伝いを頼む。魔法の水の網で湖の魚を底引き漁の要領で確保するのだ。水球（ウォーターボール）に閉じ込めて捕まえるよりも、よほど効率が良い。まさに、一網打尽というやつだ。

確保した魚を一匹ずつ丁寧に締めていく。氷を満たしたクーラーボックスに鮎とサクラマスを詰め込んで、【アイテムボックス】に収納する。

魚は鮮度が落ちるのが早いので、なるべく傷が付かないよう、素早く処理をした。

クーラーボックス四個分の漁の成果を収納したところで、ブランが戻ってきた。

やったぞ、と嬉しそうに胸を張る銀狼の頭を撫でてやりながら、首輪のポーチを回収する。

「コッコ鳥の肉と卵がたくさん入っているね。ブラン、えらい！　良い子！」

少し乱暴に頭を撫でてやると、嬉しそうに鼻を鳴らす姿が微笑ましい。ブランはシロクマなみの巨体を誇っているが、心は忠実なワンコなのだ。

マジックバッグにはゴブリンのドロップアイテムも大量に入っていたので、フロア中のモンスターを仕留めたようだ。レアドロップの金貨や銀貨、コッコ鳥の金の卵もある。

アクセサリー素材を欲しがっていた晶が大喜びすることだろう。

「ブランってドロップ運が良いよね。実は、幸運の銀狼だったりして」

良く働いてくれた頼もしい三匹には、ワイルドディアのジャーキーとそれぞれが好物のおやつをあげることにした。

準備期間の一週間はあっという間に過ぎていく。

自分たちの仕事はいつも通りにこなしながら、合間を見計らって、屋台の準備を頑張った。

おかげでダンジョン通いは我が家の頼もしい家族、三毛猫のノアとスライムのシアン、シルバーウルフのブランたちにお願いしている。

屋台で使う肉はもちろん、その他の素材や魔石もきちんと回収してくれるので、とても助かっていた。ブランの首輪にぶら下げたマジックバッグが大活躍だ。アイテムを拾い集めてポーチに詰めてくれるスライムたちにも感謝しかない。

昼食後の数時間だけ、美沙はダンジョンに足を運んでいる。六階層の湖で鮎とサクラマスを捕獲するためだ。こればかりは代わりがきかないので、仕方がない。気分転換にもちょうど良かった。

「軽トラとブランのおかげで楽に移動ができて、本当に良かった」

五階層までは頼もしいボディガードに囲まれてダンジョン内を最短距離で駆け抜けた。

六階層は収納しておいた軽トラで移動するため、美沙の負担は少ない。

助手席には涼しい表情のノアが優雅に座っている。六階層は軽トラでドライブしている彼女は、他の階層では従魔であるブランの背に乗っていた。自分以外は全て乗り物。それが猫さんだ。

ブランはスライムのシアンを頭に乗せて、六階層のゴブリンとコッコ鳥狩りに出向いていた。

湖の魚を根こそぎ捕獲すると、あとはダンジョン農園の収穫物を持ち帰るだけ。

帰宅すると、奏多の仕込みのお手伝いが待っている。

キッチンで鮎の下処理、串打ちに励み、ワイルドボアの肉串を庭でひたすら焼く作業だ。鮎は七輪で、ワイルドボアの肉串は業務用のバーベキューコンロを使って、炭火で焼いていく。

アルミラージ肉のからあげはキッチンで作れるが、炭火は外でしか使えないため、夏空の下、ひたすら焼いた。ぽたり、と滴る汗が地面に染みを作る。

軍手をはめた左手で額の汗をぬぐって、ため息を吐いた。暑い。そして、熱い。

そこへ、涼し気な表情の奏多がやって来た。この真夏日でも、きっちりと上品なシャツを身に纏っている姿に呆れ半分、感心半分の眼差しを向けてしまう。

「お疲れさま、ミサちゃん。水分補給をしましょうか」

「カナさん……暑くないんですか……」

「私はまだエアコンの効いたキッチンで作業しているからマシよ。外の作業の方が大変でしょう？」

「揚げ物係よりはマシだと思ったんですけど……」

想定以上の暑さだった。甲斐が日除け用に設置しておいてくれたタープのおかげで、まだ多少は涼しいが、七輪と炭火を使う作業は過酷だった。タープと納屋から電源を引っ張ってきた冷風機の頑張りでどうにか乗り切れそうだが、水分と塩分の定期的な摂取は必須。

納屋の冷蔵庫には麦茶を作り置いてある。製氷機は氷をたっぷり作ってくれているため、いつでも冷たくて美味しい麦茶を飲むことができた。

スイカは食べやすいようにカットしてあるし、キュウリやナスの漬け物もタッパーに詰めてある。

「麦茶休憩にしましょう、カナさん」

グラスごと冷蔵庫で冷やしておいたので、麦茶がとても美味しく感じる。カットされたスイカを堪能し、キュウリとナスの浅漬けを噛み締めた。

「美味しい……。塩昆布で揉み込んだだけのお漬け物が沁みます……」

「ええ、良い味ね。そういえば、婦人部に卸す野菜はもう決まったの？」

「決まりましたよー。キュウリとトウモロコシとメロンです。焼きトウモロコシとスティックメロンをテント屋台で売るみたいです。あと、キュウリの一本漬け！」

「どれも手間が少なくて、夏には嬉しいメニューね」

「定番だけど、それだけ人気がありますから。メロンはカットして冷やすだけだし、トウモロコシはタレを塗りながら焼くだけ。キュウリは昆布茶とお砂糖で浅漬けにするみたいです」

キュウリは塩で板ずりし、昆布茶と砂糖をふりかけて揉み込み、後は半日ほど冷蔵庫で冷やすだけなので、こちらもそう手間ではない。

串に挿して氷で冷やして売る、キュウリの一本漬けはシンプルながらもお祭りの人気商品だ。箸休めにもちょうどよく、一本百円の手軽さで、飛ぶように売れるらしい。

「冷静に考えると、キュウリが一本百円は高いんですけど、まぁ手間賃ですね」

我が農園のキュウリを一本二十円で大量に買い取ってくれたので、文句は言うまい。

トウモロコシとメロンもかなりの量を購入してくれた。お礼にうちからはスイカを十個ほど差し入れておいた。自治会の皆で打ち上げする際のデザートにはちょうど良い。

「あ、聞きました？　カイの勤め先の牧場からも屋台で参加するって。たっぷりと牛乳を使った、牧場産の美味しいソフトクリームだそうです」

「素敵。ぜひ、食べに行きましょう」

「牧場のソフトクリームって、濃厚で美味しいですよね。贅沢な味で、幸せな気持ちになれます」

うちの屋台には甘味は置かないので、ライバルにはならない。

キッチンカーで出張してくるクレープ屋台も気になるので、晶と二人で買いに行くつもりだ。

フルーツとクリームがたっぷり挟まれたクレープも大好きだが、ツナやソーセージ入りのお惣菜系クレープも捨てがたい。

屋台営業はその日の分を売り切れば、アルコールも解禁だと町会長のお墨付きも貰っている。

(カクテルを飲みながら、クレープを食べるのも楽しそう)

久しぶりの夏祭り、何を食べようかなと心を浮き立たせながら、肉串と鮎をひたすら焼いた。

「今日仕込んだ分で、ワイルドボアの肉串は終了！　串焼きが終われば、ワイルドディア肉のフランクフルトとアルミラージ肉のからあげをエアコンの利いたキッチンで作るわよ」
奏多からの報連相で、ようやくノルマが終わったと知り、美沙はほっと安堵の息を吐いた。

「エアコン嬉しい……。あ、鮎の塩焼きも今日まで確保した分は焼き終わりました！」

「はーい、お疲れさま！　あとは肉串だけね」

鮎に関しては毎日二十四ずつダンジョンで確保してくるので、その都度焼いていく必要がある。

それなりの数の処理をしてきたため、今では塩化粧の腕前もかなり上がったと思う。

とはいえ、やはり炭火で肉串を焼き上げるのは辛い作業だ。タープで日除けを作り、冷風機を回していてもすぐに汗だくになってしまう。

「ちょっと、冷やしてきます！」

焼き場から離れて、畑の手前によろよろと歩いていく。ここなら濡れても大丈夫。

「霧雨（ミスト）！」

この夏、大活躍の水魔法を使う。ミスト状の細かな雨を頭から浴びる。水属性の魔法使いで良かったと心底思う瞬間だ。ひんやりとしていて、とても気持ちが良い。

火照った肌から熱が引いていくのが分かる。外での焼き作業は、汚れても良いようにTシャツとデニムのショートパンツ着用なため、気兼ねなく頭からミストを浴びた。

「んー涼しい！　カナさんもどうですか？　ひんやりして気持ち良いですよー」

「ちょっ……ミサちゃん!?　もう、貴女って子は！」

珍しく慌てた様子の奏多が【風魔法】を発動した。攻撃用ではなく、優しい風だ。濡れて肌に張り付いていたTシャツがたちまち乾いていく。

「お気遣いはありがたいんですけど、これだけ良い天気なら、すぐに渇きますよ？」

「そういうコトじゃないのよ、ミサちゃん……」

「え？」

きょとんと首を傾げる美沙に、ほんのりと頬を赤らめた奏多が小さな声で指摘する。

「水に濡れると服が透けちゃうでしょ、ってコト！」

「あ………」

ようやく理解した美沙が慌てて、奏多に背を向けたが、後の祭りだ。

そっと見下ろして確認してみたけれど、しっかりとTシャツの下の胸元は透けていた。

「あああ……」

頭を抱えてしゃがみ込む美沙から、奏多はそっと視線を逸らせた。

（最悪、最低！　カナさんに見られるとか、もう恥ずかしぬ……。でも、今日はいつものスポーツブラじゃなくて、ちょっとお高い可愛いブラを着けていたから、まだマシ……？）

お気に入りの水色のブラは奮発して購入した品なので、せめてもの慰めだろうか。レースで縁取られていて、胸元にはブルーのリボン付き。珍しく綺麗めの、お気に入りの下着だった。

せっかくの勝負下着のお披露目が、こんな顚末とは情けない。

涙目になりながら、上目遣いで奏多を見やる。

「……カナさん、見ました、よね？」

「んんん……そうね、ごめんなさい。嘘は良くないと思うから正直に言うけど、見ちゃったわ」

「あー……すいません、お目汚しを…ッ」

「あら、むしろ眼福だったわよ？　とても綺麗だったし、気にしちゃダメ」

「…………綺麗でした？」

「ええ、とっても」

こくこくと頷きながら断言されて、美沙は視線を揺らす。

じわりと己の頬が熱を持つのを自覚しながら、美沙は小さく咳払いをした。

「じゃあ、いいです。えっと、その、カナさんも気にしないでくれると嬉しいです……」

「ミサちゃんもね。でも、たしかに気持ち良さそうだったから、私も水浴びをお願いしたいわ。良いかしら？」

「はい、どうぞ」

ぱあっと霧雨を周囲に降らせる。奏多が歓声を上げた。

キラキラ光る水滴が栗色の髪をしっとりと濡らしていく様に、美沙はぼんやりと見惚れる。

(気遣ってくれたんだろうな……。カナさん、優しい)

自分も同じように濡れるので、気にするなということだろう。

青空の下、小さな虹が浮かび上がった。

「屋台が完成しました！」

お祭りの前日、ギリギリの日程で屋台が完成した。

笑顔で報告する晶が指し示す方向に、組み立て式の屋台が二つ、庭に並んでいる。

飴色に塗られた木製の屋台には小さな屋根が付いており、のれんが下がっていた。

縁日でよく見かける、品名が書かれたのれんは流石に短期間では用意ができなかったが、代わりに提灯をぶら下げている。全部で四つの提灯には達筆で『猪肉の串焼き』『鮎の塩焼き』『鹿肉フランクフルト』『兎肉のからあげ棒』と書かれていた。

「米農家の田村さん家のじいちゃんが、書道が得意って聞いたからさ。書いてもらったんだ」

ドヤ顔の甲斐が胸を張っている。お礼に三十分ほど肩を揉んであげたらしい。さすが、人たらし。

「和モダンな雰囲気で、格好良いね」

「だろォ？　んで、値段表もついでに書いてもらったから！　こっちは木の札で！」

「値段表は目立つように台の上に設置しました。あと、お揃いのシャツを作ってみたんです」

合間の時間に、晶は縫い物まで頑張ってくれたようだ。その彼女が笑顔で掲げたのは、半袖のアロハシャツだ。白地に青のハイビスカス柄のアロハシャツは、夏らしく涼やかだ。

「実は【錬金】スキルのレベルが上がって、スライムの魔石が扱えるようになったんです」

手渡されたシャツはひんやりと冷たかった。

「スライムの魔石には耐熱、冷感を付与できる力があったので、シャツに試してみました。このシャツなら、屋台の調理も火傷の心配はありません。そして、涼しさをキープできます！」

日中、その性能を確認し、感動した二人は晶を存分に褒めちぎった。

夏祭り当日。

会場の小学校でのイベントや屋台の販売は午前十時から開始予定だが、諸々の設置は早朝からOKとの言質は既に取ってある。

早朝、力仕事担当の甲斐を引き連れて、美沙は小学校まで軽トラで乗り付けた。

奥の中央広場をセッティングしている人影がぽつぽつと見えるが、屋台広場には誰もいない。

「ラッキー！　人の少ない、今のうちに屋台を設置しておこうよ」

「おう。ちょうど軽トラが目隠しになっているから、急いでやっつけよう」

屋台を分解して運び込み、会場で再び組み直すのは面倒だったので、美沙はそのまま【アイテムボックス】に放り込んできたのだ。

早朝なら、まだ人も少ないはずだとやって来たのだが、正解だった。

屋台は二台、並べて設置する。ロープで仕切られた、決められた場所での営業だ。運動場の外周スペースが割り当てられていたおかげで、屋台の裏には軽トラを停めておける。

売り物の八割は既に調理済み。残りの二割はその場で調理し、匂いで人寄せする計画だ。

「調理器具も先に用意しておく？」

「おう。そっちの方が楽だろ。手伝うよ」

屋台の陰でこっそりと【アイテムボックス】から取り出した七輪や大型のホットプレート、業務用のバーベキューコンロを甲斐が軽々と持ち上げて、屋台にセッティングしてくれる。

我が家の年季の入った発電機も邪魔にならない場所に置いた。扇風機とホットプレート用の電源だ。炭火を使うため、缶入りの炭も大量に持ち込んである。

「調味料は後で出そうかな。マヨネーズはこの暑さでダメになったら怖いし」

「なるべく貴重品は置いておかないように、って注意書きもあったからな。こんな感じでいいだろ。調理器具だけ並べておこうぜ」

「そうしよっか。ゴミ箱だけは置いておこうかな。発電機は重いし、持ち帰りは難しいよね？」

真夏に食材を置くのは戸惑われたので、後は折り畳み式のイスを四脚分、屋台の足元に重ねておけば、準備完了。お祭り開始の一時間前までに会場入りすれば、余裕で間に合うだろう。

「じゃあ、帰ろうか。朝ご飯を作らないと」

「あー俺はいいや。会場設置の手伝いに行ってくる。なんか大変そうだし」

何でも屋としてたまにバイトをしている甲斐は、今ではそれなりに顔見知りがいる。

町内会の中心となって働いているのは中高年からお年寄りが多いので、フットワークが軽くて力持ちの甲斐は引っ張りだこだった。

ステージの設置と大型テントの設営など、力仕事が必要な仕事はたくさんありそうだ。

「そっか。じゃあ、頑張り屋のカイには特製のおにぎりをあげよう。ミサちゃん特製です」

おにぎりはアルミホイルに包んだ状態で、【アイテムボックス】に収納してある。

最近は奏多作の美味しいお弁当ばかり食べていたので、おにぎりの在庫はそれなりにあった。

おにぎりを三つと凍らせておいたお茶のペットボトルを甲斐に手渡した。卵焼きやウインナー、サクラマスの塩焼きにツナマヨなどの具材を詰めて、ぎゅっと握ったおにぎりだ。

「デカいな。食べ応えがありそうだ。サンキュ、ミサ！」

「どういたしまして。ポーションも渡しておくけど、熱中症には気を付けて」

「おう、分かった！　じゃ、後で合流する」

元気良く駆けていく甲斐の背中を頼もしく見送った。


軽トラで家に戻ると、まずは畑の水やりだ。

わらわらと寄ってくる畑当番のスライムたちを撫でてやりつつ、ポーション水を作る。大きな水球（ウォーターボール）を自在に動かし、頭上より高い場所から細かな雨を降らせた。

緑の葉を優しく叩く水滴の音が涼しげだ。

「野菜の収穫と箱詰め作業をお願いしてもいい？」

ぴっと触手のような体の一部を上げて、敬礼するスライムたち。いつの間に覚えたのだろう。多分、教え込んだのは甲斐だと思うが、可愛いので許します。

一番人気で出荷数も多い、夏野菜セットの詰め合わせをスライムたちにお願いすると、美沙は大急ぎでキッチンへ向かう。時刻は午前七時。朝食を用意しなければ。

「和食にする時間はなさそうだし、今日は洋食にしようかな」

昼はお祭り会場で屋台飯の予定なので、気は楽だった。

食パンを【アイテムボックス】から取り出すと、格子状の切れ目を入れる。そこにバターを塗ってトースターに放り込んだ。溶けたバターが好きなので、ついこの作り方にしてしまう。

「こうすると、バターがしみしみで美味しいんだよね」

バターシュガートーストにしたい誘惑には耐えきった。あれはカロリー爆弾です。

鹿肉ベーコンと目玉焼き、生野菜サラダに手作りドレッシングを添えて。夏みかんの皮を剥き、ミキサーにかけたところで晶がキッチンに顔を出した。

「おはようございます……ふわぁ…っと、失礼」

怜悧な美貌の主がぽわぽわと気が抜けた表情で、欠伸を噛み殺しそこねている。

「おはよ、アキラさん。また夜更かし？」

「二日分の在庫を内職していたら、いつの間にか、朝でした……。ポーションを飲みます」

「もう、ほどほどにしなきゃ。目覚ましの夏みかんジュース、飲む？」

「いただきます。……んんっ、酸っぱい…けど、美味しい……」

「目が覚めるでしょ？　うちの裏山に実っていた夏みかんだよ。食べるには酸味がキツイけど、ジュースにすると美味しいのよね」

ほんの少し蜂蜜は足しているが、これが結構美味しいのだ。新鮮な１００％果汁のみかんジュースが堪能できるのも、山持ちならではの贅沢なのかもしれない。

「そろそろ、カナさんを起こした方がいいかな？」

「そうですね。ノアさん、お願いしてもいい？」

晶が声を掛けると、朝食を済ませて満足そうに毛づくろいをしていた三毛猫が面倒くさそうに「にゃあ」と鳴いた。途端に、縁側で寝そべっていたブランが飛び起きた。

ノアにけしかけられたブランが奏多の部屋に突入し、焦ったような悲鳴が響く。

「あれはブランに飛び乗られた感じかな」

「小型化したとはいえ、重いですよね。きっと、爽やかな目覚めです」

くすくすと笑い合いながら、それぞれの飲み物を用意する。

「もう、ブランの悪戯っ子！」

ぶつぶつと文句を零しつつも、奏多がキッチンへやって来た。Ｔシャツとハーフパンツという、いつもよりもラフな格好をしている。寝癖のついたイケメンが席に着いたところで、朝食だ。

「みかんジュースが美味しいわぁ……」

妹と同じような表情をして、うっとりと呟いている。

「食事が終わったら、屋台用の服に着替えて出発しますよー」

シンプルだけど美味しい朝食を堪能すると、お祭り会場へ出陣です。

「からあげ棒を三つ、ください」

「俺、鹿肉のフランクフルトがいい」

「イノシシの串焼き四本！」

「私は鮎の塩焼きをいただくわ。二本お願い」

屋台は大盛況だった。野趣溢れるラインナップだが、意外にもすんなりと受け入れてもらえたようで、ひっきりなしに客が買いにきてくれた。

「ほい、からあげ棒。あんまり無駄遣いすんなよー？」

「お小遣い貰ったからへーキ！　ウサギの肉って、どんな味なんだろー」

アルミラージ肉のからあげ棒担当は甲斐。居酒屋勤務経験のある彼は、客あしらいも慣れたもの。からあげ棒は既に調理済みの物を用意しているので、お金を貰って手渡すだけでいい。

「カナさん！　私にも串焼き肉ください！」

「分かったから、ちょっと落ち着きなさい。とびっきり美味しいのを焼いてあげるから」

「きゃあああ！」

ウインク付きでの奏多のサービスに、屋台の前では若い女性の歓声が響く。

我がジビエ屋台では四人お揃いのアロハシャツ姿だが、北条（ホウジョウ）兄妹の麗しさが集客の一角を担っているのは明白だ。女性言葉を使う美貌の奏多が気安く接客する隣では、いつもの癒し系オーラを消し去った晶がクールに客と対峙している。

「アキラさま、鹿肉フランクフルトをお願いします！」

「ん、何本？」

「にほ、いえ、三本くださいぃ！」

「分かった。ありがとう」

白地に青のハイビスカス柄のシャツという、かなり浮かれた服装をしているのだが、美貌はそれを補完するのか。涼しげな表情で微かに微笑む晶は、理想の王子さまにしか見えない。

頬を赤らめて彼女の前に行列を作る女性陣は、しっかりお金を落としていってくれた。

「アキラさんのキャラが違う……」

「ああ、ごめんね？　女子校の学園祭ではこんな風に接客していたから。やめた方がいい？」

「ぜひそのまま、王子さまスタイルでお願いしますっ！」

女性オンリーの某歌劇団に夢中になるファンの気持ちが分かってしまった美沙だった。

「フランクフルトを売ってください……！」

「どうぞ」

「ありがとうございますっ！」

鹿肉フランクフルトは飛ぶように売れていく。

美沙の担当する鮎の塩焼きも年配の方に人気だ。フランクフルトほどの売れ行きではないが、着実に売れている。価格差を考えても、妥当だと思う。鮎は少しお高めの値段設定なのだ。

「婦人部のテントでビールを売っているので、良かったら。冷えたビールと鮎の塩焼き、イノシシ肉の串焼きの相性は抜群ですよ。テントの中にイートインスペースもあります！」

鮎の塩焼きを手渡しつつ、さりげなく誘導する。

冷えたビールがあるのだと宣伝すると、串焼きやフランクフルト、鮎の塩焼きの売上げも一段と良くなる。売上げ、大事。日陰のイートインスペースで飲む冷えたビールは魅力的なのだ。

幸い、うちの屋台の品はどれも美味しいと好評で、口コミやリピーター客で盛り上がっている。

次々と売れていくので、補充も大変だ。

「ミサちゃん、串焼きの追加をお願い」

「からあげ棒も頼む！」

「はーい！　アキラさん、ちょっと離席しますね」

「ん、ついでにフランクフルトの追加も」

「はいっ！」

屋台の裏に停めた軽トラの荷台から取り出す振りをしつつ、屋台料理の在庫を補充していく。

どれも【アイテムボックス】に入れておいたので、作り立てホカホカだ。

フランクフルトと鮎の塩焼きもクーラーボックスごと運び込み、素知らぬ顔で七輪とホットプレートに並べていく。

「うん、売上げは順調だね！」

イノシシ肉の串焼きと鹿肉フランクフルトは各五百円。ウサギ肉のからあげ棒は百円だ。

鮎の塩焼きだけは七百円と少し割高だが、ダンジョン産の丸々と肥(ふと)った美味しい鮎なので、むしろ安い方だと思う。観光地価格だと、痩せた小振りの鮎が千円で売られているのだ。

試しに一本、と口にした客が家族へのお土産にと追加を買いに戻ってくれることも多かった。

交代で休憩をする暇もなく、冷たい麦茶を飲むのが精一杯なほどに忙しかったけれど、賑やかに立ち働くのはとても楽しい。全身に汗を掻きそうなものだが、不思議と肌はさらりとしていた。

「このアロハシャツ、本当にすごいね。ひんやりしていて過ごしやすい」

「スライムの魔石には無限の可能性がありそうです」

晶の耳元でこっそり囁くと、したり顔で頷かれた。

持ち込んだ扇風機と特製スライムシャツのおかげで、炭火の熱さも緩和されており、過ごしやすい。発電機の音は騒がしいが、それ以上にお祭り囃子が賑やかで、全く気にならなかった。

甲斐はアロハシャツにゆったりとしたハーフパンツ。北条兄妹はシャツと色違いのデニムパンツをお洒落に着こなしている。

ちなみに美沙はシャツの下はデニムのショートパンツと愛用のサンダル姿だった。

トレードマークのポニーテールは顕在で、本日はアロハシャツと同じ柄のシュシュを使っている。

シャツの余り布で晶が作ってくれたのだ。

皆でお揃いのシャツを着るのは少し照れ臭かったけれど、悪くない気分だった。

お昼前から子供神輿のイベントが始まり、人の波が引いたところで休憩時間だ。

昼食はせっかくなので、お祭り会場の屋台で買い食いをすることにした。交代で一人ずつ買い物に行ってきた。食べるのは、屋台の裏。軽トラの影でこっそりと。

「お祭りといったら、たこ焼きに焼きそば。デザートはリンゴ飴かな」

「私はかき氷も買って来ました！　いちご味です」

「かき氷もいいね。私はレモン味かな」

「俺は焼き鳥とフライドポテト！　あと、たこ焼きと焼きそばもお約束だな」

「私はケバブサンドにしたわ。とっても美味しそうよ」

「え！　そんなの売っていました？　カナさん、それはどこで……!?」

「売っていたわよ。そこのキッチンカーで。クレープのサイドメニューであったわよ」

「あのカクテルも販売していた、お洒落キッチンカー！　気が付かなかったなー。もう、お腹いっぱいだから、夜に買いに行こう……」

屋台の裏で、交代で食べた屋台飯はお祭り補正もあってか、どれも美味しかった。

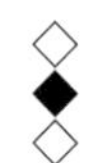

夏祭り、一日目は無事に終了した。

夜の八時には店仕舞いをし、参加者で校庭のゴミを拾う。

今から夕食を作るのは面倒だったので、閉店前の屋台やキッチンカーで食べ物は手に入れてある。こっそり【アイテムボックス】に収納しておいたので、帰宅してから皆で食べるつもりだ。

「想定以上に、ジビエ料理が売れたね」

ビニール袋を手に、ゴミ拾いをしながら呟くと、皆が一斉に頷いた。

「そうね。売れるとは思ったけれど、ここまでとは」

奏多が複雑そうな表情を浮かべている。嬉しさもあるが、戸惑いが大きいのだろう。

「いつもお決まりの屋台ばかりだったから、物珍しかったのかな？」

「それもあるかもしれませんが、純粋に美味しかったから、売れたのだと思いますよ」

「アキラさん優しい。でも、売上の何割かは北条兄妹の客寄せ効果かと……」

美味しいと判断してもらうためには、まず買って食べてもらえないと始まらない。

その、一歩を踏み出す購買欲を上手に掻き立ててくれたのは、間違いなく彼らだと思う。

「うちのジビエ肉はダンジョン産だから、特別美味い。食ったら分かる！」

「ふふ。炭火で焼いて匂いで誘う作戦も上手(うま)くいったのだと思うわ」

「それもありますね。あの匂いには抗えない……」

炭火で炙った肉から滴る脂がジュウジュウと音を立て、香ばしい匂いが立ち昇っているのだ。

あの誘惑に立ち向かうにはかなりの自制心が必要になる。

最初はジビエ料理と知って、おっかなびっくり手を出していたお客さんが、その美味しさに魅了される姿は、今日だけでもたくさん目にした。そう、食べれば分かるのだ。

「カナさんがブレントした特製スパイスがお肉の美味しさを更に引き出しているよね」

「分かる。あれは堪らんよな。いくらでも食えると思う」

空き缶やペットボトルゴミを拾いながら、甲斐が同意してくれた。

「からあげ棒も子供たちに人気だったよね」

「一本百円だったからな。安くて美味いは最強だ」

アルミラージ肉はそこらの鶏肉よりもジューシー且つ柔らかい肉質を誇っている。

安くて美味しいと評判になったためか、タッパー持参で大量に購入してくれる母親もいた。

イノシシ肉の串焼きと鹿肉フランクフルトは、合わせてちょうど千円のお会計なため、まとめて買ってくれる人が多かったように思う。

そのまま迷いのない足取りでイートインスペースのテントを目指して歩いて行くので、間違いなく、冷えたビールを一杯やるのだろう。懐に優しく、心と腹を満たしてくれる贅沢なランチだ。

ビール目当ての大人たちには鮎の塩焼きも人気商品だった。肉料理ほどは売れていないが、鮎の在庫は百匹ほどなので、ちょうど良い。夕方前には鮎の塩焼きは完売した。

「掃除も終わったし、帰るか」

ゴミの大袋を指定された場所に集めると、本日のお仕事は終了だ。

「今日は大活躍だったね、カイ」

力仕事はあの男に頼もう。そんな風に、既に町内会では知れ渡っており、大型テントの設営や什器の移動、テーブルやイスの設置など、色々と頼まれては奔走していた甲斐である。

さすがに屋台販売が始まると解放されたが、後始末にまで駆り出されていたのには同情した。

「あのくらい平気だって。ちゃんとバイト代も貰えたから、むしろラッキーだったかも！」

フットワークも軽く、設営に協力してくれた甲斐の活躍に感動した町会長が、朝と夕方の分として、そっと五千円を握らせてくれたらしい。

「最初は断ろうとしたんだぞ？　だけど、じーさんたちが「取っておけ」ってうるさくって。臨時収入は正直、ありがたいけど」

「おじいちゃんたち、カイのことを気に入っているから。そこはありがたく貰っておけば良いよ。多分、明日の片付けの時にも声を掛けられると思う」

「おう、また手伝うよ。こういう田舎の祭りに参加するのは初めてだけど、すげー楽しいのな！文化祭みたいで」

「分かる。お客として祭りに参加するのも悪くないけど、屋台で働くの、楽しかった！」

ゴミ捨て場から屋台に向かうと、先に戻っていた二人が片付けてくれていた。屋台はもちろん、七輪やバーベキューコンロにホットプレート、調味料置き場まで綺麗になっている。

晶がこっそりと浄化魔法を使ってくれたのだろう。肉や魚の脂がべっとりとこびりついていたのが、新品同様になっていた。とてもありがたい。

屋台は片付けなくても良いと、本部では確認してある。

「明日も快晴だから、このままで良いみたい。一応、屋台にはビニールシートだけ掛けておこう」

「軽トラはどうする？」

「町会長さんが置いて帰っても良いって」

ビニールシートを掛け終わった頃、奏多が食べ物を抱えて戻ってきた。

「カナさん、どうしたんですか、それ」

「周辺の屋台やキッチンカーの人たちに挨拶がてら、うちの屋台飯を配ったのよ。そうしたら、お返しに貰っちゃった」

　うふふ、と楽しそうに笑う姿から、狙ってやっているのが分かった。

　ビニール袋の中身を覗いて、美沙は歓声を上げる。

「わ、ケバブサンドだ！　クレープもたくさんありますね」

「ナマモノだから、って。残っていたクリームやフルーツをたっぷりサービスしてくれたわ。感謝しなくちゃね」

　挨拶回りをきちんとこなすとは、さすが奏多だ。嫌味なく周囲と仲良くできる話術はもちろん、飲食業に関わることが本当に好きなのだとよく分かる。

「明日は私も挨拶に回りますね。お祭りの前に」

「よろしくね、ミサちゃん。結局、ここでも物々交換になったわね」

　ありがたい荷物は全て美沙が預かり、【アイテムボックス】へ。

　お腹が空いたと力なく呟く甲斐の背を押して、軽ワゴンに乗り込んだ。

　二日目の屋台も盛況だった。

ここ数年、新型インフルエンザが大流行したために祭りやイベントが軒並み中止になっていた。その鬱憤を晴らすかのように、大勢の参加者が祭りにやって来たのだ。

久しぶりに田舎に帰省してきた若い家族連れも多く、お祭り本部は嬉しい悲鳴を上げていた。

町会長の頑張りのおかげで、屋台やキッチンカーが祭りに華を添えてくれたため、夏祭りは大いに賑わっている。

「今朝の挨拶回り、本当に物々交換大会になりましたね、カナさん」

「ね？　うちのジビエ屋台飯、本職の方にも好評で嬉しいわぁ」

「昼食を買いに出なくても良くなって、私も嬉しいです」

「屋台飯、ほぼ網羅したものねぇ」

七輪に鮎を並べ、ミニ団扇（うちわ）で美味しそうな匂いを周辺に振り撒（ふま）いていく。

手慣れた様子でイノシシ肉を炭火で焼く奏多の前にはさっそく行列ができていた。

二日目ともなると、さすがに接客にも慣れてくる。品出しも周囲の様子を把握して、早めに動けるようになった。おかげで、昨日よりは余裕をもって屋台に立つことができている。

からあげ棒をひたすら売り捌（うさば）いていた甲斐が首を傾げた。

「日曜日だからか。昨日よりも人が多くないか？」

「……それは、クチコミのおかげで行列ができているからだと思います」

「は？　アキラさん、それマジ？」

「昨日も来てくれていたお客さんが教えてくれました。彼女も友人を連れて来てくれましたし」

「そっかー。じゃあ、頑張って売らないとな！」

のんびりと会話が交わせたのは、その時が最後となった。

昼前から、どっと客が押し寄せてきたのだ。

昨日来てくれた子供たちが友人を引き連れて買いに来てくれたり、ついでに家族へのお土産も大量に買ってくれたりと、嬉しい悲鳴の連続だった。

「カナさん、これ在庫保(も)ちます？」

「たくさん用意したつもりだけど、自信がなくなってきたわ……」

実は昨日の段階で在庫が心許(こころもと)なかったので、追加を仕込んできてはいたのだが。

「焼き上げておいた分、完売しちゃいました……」

「こっちもよ。とりあえず、仕込んでおいた分を焼いていくしかないわね」

からあげ棒は多めに作っておいたので、まだ余裕があった。

が、午後を過ぎた段階でまず鮎の塩焼きが完売した。自宅で焼いて持ち込んでいた鹿肉フランクフルトも全て捌(さば)けてしまう。イノシシ肉の串焼肉も火を通しておいた物は残り少ない。

幸い、串打ちだけをしておいた物が【アイテムボックス】内にある。多少時間は掛かるが、屋台で焼いて提供することにした。

「鮎の塩焼きは完売したので、こっちの七輪で焼きを手伝いますね」

幸い、炭はまだたっぷりと残っている。

「頼んだわよ、ミサちゃん！」

[illegible]ナさん、[illegible]は俺がするから、焼きに集中して！」

昼休[illegible]る暇もなく、ひたすら焼いて売りまくった。

[illegible]するうちに鮎の塩焼きに続いて、フランクフルトの在庫が切れた。

鹿肉フランクフルト、今度こそ完売です！」

凛とした声音で晶が宣言すると、行列から悲鳴が上がった。

「えーっ！　アキラさまぁ」

「ごめんね？　良かったら、からあげ棒と串焼きはどう？」

「買いますっっっ！」

即答だった。さすが、元女子高の王子さま。

せっかくの儲け時なので、ひたすら売りまくろう、と奏多と頷き合う。店頭販売と焼きは甲斐と晶に任せて、美沙は奏多と二人でイノシシ肉の串打ちに集中した。

肉の在庫はたんまりある。屋台の裏にテーブルを出し、ひたすら肉を切り、ブレンド調味料で味付けをしていった。炭火で焼くのは甲斐の担当。バーベキューコンロと七輪が大活躍だ。

晶は王子様スマイルで来客を次々とスマートにさばいていく。

そうやって、用意した串が無くなるまで焼き続け、気が付けばクタになっていた。ジビエ肉はまだ【アイテムボックス】に大量にあったが、残念ながら、串が在庫切れだ。

売上げも想定以上だったので、疲弊はしているが満ち足りた気分で美沙は宣言する。

「ジビエ屋台、完売でーす！　ありがとうございましたー！」

晶の目利きによれば、着物はどれも上質なもので保存状態も良かったらしい。

色柄やデザインは古めかしいが、むしろそのレトロな雰囲気が良いのだと力説されてしまう。

「レトロ……。大正浪漫（ろまん）や昭和モダン風？」

着物には詳しくないが、晶が洋服や小物と組み合わせて見せてくれた着こなしは魅力的に見えた。

「普段着には難しそうだけど、ブーツやシャツと合わせて着るのは楽しそうだね」

「とっても素敵だと思います！　帰ったら、ファッションショーをしましょう」

「私の!?　そこはアキラさんのワンマンショーでお願いしたいです……」

切実な訴えはさらりとスルーされる。晶は微笑みながら、衣装ケースの中身を取り出した。

「さ、ミサさん。浴衣に着替えますよ」

やけに乗り気な晶は、いつもよりも押しが強い。

美沙が【アイテムボックス】の中身を整理している時に、着物や浴衣を見つけて、目の色を変えていた。あの時から、夏祭りに向けて、こっそりと準備をしてくれていたのだ。

「アキラさんがちゃんと寝ているか、心配。屋台作りにアロハシャツの縫製、おまけに浴衣の手直しまで同時進行していたんだよね……？」

「慣れているので平気ですよ。いざとなれば、ポーションもありますし」

さらりと問題発言。やはり無理はしていたようだ。

「見てください。浄化（クリーン）で汚れやシミは落としたので綺麗になりましたよ。ほつれも直しましたし、虫食い穴は刺繍で誤魔化しました。さぁ、ミサさん！　浴衣に着替えましょう！」

「分かった、分かりました。着替えるから、脱がさないでー！」

晶に言われるまま、アロハシャツを脱いでいく。

着替える前にシャワーを浴びたかったな、と考えていると、察した晶が浄化してくれた。

浴衣用の肌着は、肌触りがガーゼに似ていて着心地が良い。スリップ形式のそれを頭からかぶって身に着けると、ひんやりとしており、気持ち良かった。

「アキラさん、コレはもしかして……」

「分かりました？　スライムの魔石を使って、接触冷感の加工を施してあります」

「アキラさん、もしかして女神さまです？」

暑さに弱い美沙は、夏祭りでもTシャツにショートパンツ一択だった。浴衣は素敵だが、すぐに汗だくになってしまうので、子供の頃に着たきりだったのだが――

「こんなに快適に浴衣を楽しめるなんて、思いもしなかったわ」

「浴衣も良いものでしょう？」

「そうだね。このスライム素材の肌着があれば、心の底から楽しめそう」

「ふふっ。良かったです」

肌着を纏った美沙に、晶が浴衣を当ててくる。

「この朝顔柄と迷ったんですけど、ミサさんにはこちらの紫陽花柄の浴衣が似合うと思います」

「わぁ……！　白地に綺麗な青紫色の紫陽花が咲いている柄なのね」

「帯はこの薄紫色の物が上品かと」

「うん、合っているね！　とっても素敵だわ」

手早く浴衣を着付けてくれる。さすが旧家出身のお嬢さま。あっという間に着付けが済んだ。

荷台にはワイルドウルフの毛皮を敷いておいたので、膝も痛くない。

スタンドミラーを置いて、全身を確認する。

「すごく綺麗……！　アキラさん、ありがとう！」

「いえ、私も楽しかったので」

「アキラさんはどの浴衣を着るの？」

「えっと、この浴衣をお借りしようかと思っているんですが」

晶がおずおずと差し出したのは、濃紺色の麻（あさ）の葉（は）模様の浴衣だ。モダンテイストで、クールビューティな外見の彼女に良く似合っていると思う。

「これも素敵ね。じゃあ、私も着付けを手伝う！」

「え、一人で着られま――」

「遠慮しないで！」

先程、シャツを剝がれたお返し、いや、お礼です。

麻の葉模様の浴衣に合わせたのは臙脂（えんじ）色の帯。引き締まって見えるし、何とも色気のある合わせ方に、美沙はうっとりと見惚れてしまう。

「アキラさん、綺麗！　すごく似合っているよー」

「ありがとうございます。胸がないので、着物はわりと着こなせるんですよね」

「うう……その発言は私にもダメージがっ」

とはいえ、綺麗に浴衣を着こなせたのは素直に嬉しい。

「後は髪型とメイクかー」

「私はショートヘアなので、ミサさんの髪を整えましょう」

美沙が鏡の前でメイクを直している間、晶がいつものポニーテールをほどき、器用に髪を編み込んでくれた。後れ毛を少し散らして、柔らかに纏めてくれた髪には紫陽花モチーフのコサージュが飾られている。青が基調のコサージュは、浴衣とも良く似合っており、とても可愛らしい。

お礼に、晶のメイクを手伝うことにした。いつもはスッピンか、UV効果のあるBBクリームしか使わないという彼女の肌は、透き通るように美しい。これは腕が鳴る。

「睫毛(まつげ)が長いから、ツケマは不要だね。ビューラーとマスカラだけで映(ば)えそう」

それほど女子力は高くはないが、大学生活四年間で鍛えられたメイク技術で、綺麗めなメイクを頑張った。元が良いので、筆をそっと入れるだけで艶やかに彩られていく。

「ん、完成！　さぁ、カナさんとカイを驚かせるよー！」

戸惑う晶の腕に己のそれを絡めて、軽トラの荷台から降り立った。浴衣だと少し歩きにくい。

サンダルから持参した下駄(げた)に履き替えて、遅い昼食を食べている二人の元へ向かった。

「じゃーん！　浴衣に着替えてきました！　どう？　アキラさんの美女っぷり！」

「なんでお前がドヤ顔なん……えっ、女神？」

予想通りの甲斐の反応に、美沙はドヤ顔のまま頷いた。見よ、この神々(こうごう)しい美貌を！

いつもの髪型のまま行こうとする晶をどうにか説得して、美沙は彼女の髪を弄らせてもらった。サイドの髪を編み込み、耳の裏でピン留め。そうして、春に裏山で採取しておいた椿(つばき)の花を【アイテムボックス】から取り出して、耳元に飾ったのだ。

春咲きの椿がちょうど目の前で花を落とし、まだ綺麗だったので拾っておいたものだった。

臙脂色の帯と椿の飾りは濃紺色の浴衣に良く映えて、とても麗しい。

「良く似合っているわ、アキラちゃん。もちろん、ミサちゃんもとっても素敵よ？」

そつなく褒めてくれる奏多に、美沙も笑顔でお礼を言う。

甲斐はぼんやりと晶に見惚れているし、晶は頰を染めて恥ずかしそうにはにかんでいる。

「アキラさんが男物の浴衣も用意してくれているんですよ。カナさんも、荷台へどうぞ」

「あら、私たちにも？　ふふっ、楽しみね。カイくん、うちの妹に見惚れるのは良いけど、こっちにいらっしゃい。私たちも着替えるわよ」

甲斐のアロハシャツの襟首を摑むと、笑顔で引きずっていった。

荷台には二人用の衣装ケースを置いてある。男物だし、奏多がいればどうにかなるだろう。

「二人が着替えている間に、ご飯を食べようか。夜にはお楽しみの花火大会だし」

「あっ、はい！　食べちゃいましょう！」

確保していた屋台飯で遅い昼食を終わらせて、二人が戻ってくるのを待つ。デザートは美沙がチョコバナナ味、晶がイチゴケーキ味のクレープを食べた。ホイップクリームが濃厚で美味しい。

女子組が着替えている間に、甲斐と奏多の二人は屋台を片付けてくれていたようだ。

（大物の屋台だけはそのままにして、調理器具や雑貨類だけ収納しておこう）

幸い、車の陰なので人目はない。ささっと【アイテムボックス】に仕舞っておく。

やがて、軽トラの荷台のシーツが開かれた。奏多が颯爽と現れる。

「着替えて来たわよ。どうかしら？」

「カナさん、カッコいいですっ！」

奏多が完璧に着こなしている浴衣は、黒地に縞（しま）模様が入ったシンプルな柄物だ。帯は光沢のある白、いや銀色だろうか。とても色気のある、モダンな浴衣は彼に良く似合っていた。

いつもはシャツのボタンをきっちりと留めている奏多の麗しい鎖骨を拝めて、美沙はつい「ありがとうございます」と口走りそうになってしまう。

「なんで俺だけ浴衣じゃないんだ？　動きやすいし、涼しいから大歓迎だけど」

奏多の後ろから顔を出した甲斐は濃紺色のシンプルな甚平姿だ。

「似合っていますよ、カイさんも」

「おう、ありがとうな。アキラさんもすげー似合っているよ」

「ありがとうございます。……何だか、照れますね？」

凛とした立ち姿の晶だが、頬を桜色に染めた様はいつもよりも可憐（かれん）さが際立って見えた。

「せっかくだし、お祭り会場を歩いてみようよ」

美沙が誘いかけると、奏多が乗ってくれた。

「そうね。夜の部の屋台を冷やかすのも楽しそうだわ」

夕闇が降りてきた時間帯から、特設会場ではカラオケ大会が開催され始める。登録した参加者とは別に、飛び入り参加で歌う酔っ払いも多い。子供たちの太鼓演奏は意外と迫力があり、つい聞き入ってしまったほど。だが、のんびりとお祭りの雰囲気を楽しめたのも、そこまでだった。

盆踊りが始まると、四人は揃って校庭から逃げ出した。元々、踊るつもりはなく、楽しく眺めていたのだが、目の色を変えた女性陣に囲まれてしまったのだ。

「まさか、あんなに大勢の北条兄妹ファンが押し掛けてくるとは」

「怖かったです……」

ダンジョンで鍛えていて良かったと、心の底から思った。

浴衣姿でお洒落した女子から、死に物狂いで逃げることができたのは、レベルアップの恩恵に他ならない。どうにか追手の全員を撒いて、今は校舎裏手の非常階段を上っている。

「私もさすがにアレは無理だわ。一人を相手にしたら、延々と囲まれて全員と踊ることになったでしょうね」

「盆踊りだぜ？　社交ダンスと違うのになー」

訳が分からない、と甲斐は首を捻っている。

「カナさんファンは女性ばかりだったのに、浴衣姿のアキラさんにフラフラ寄って来る男共があんなにいるなんて！」

「あー、アレな。ちょっとタチの悪いのが混じっていたから、こっそり脅しておいた」

さらりと甲斐が言い放つ。爽やかな好青年だと、お年寄りたちから絶大な人気を誇る甲斐だが、掛け持ちバイトをしていた建築現場で色々と揉まれてきたらしく、実は喧嘩慣れしている。

おまけにダンジョンで鍛えた肉体は【身体強化】スキルを使わなくとも、そこらの破落戸（ごろつき）なら、十人いたとしても、甲斐には余裕で倒せる自信があった。

「むしろ、怪我をさせないように相手をする方が大変そうよね、カイくんは」

呆れたように言う奏多に、美沙も大きく頷いてみせる。

「そこはちゃんと気を付けてね、カイ。手を出すのは殴られた後で、正当防衛を主張しなくちゃ！」

「おう。過剰防衛にならないよう、気を付けておく」

あいにく屋上には鍵が掛かっていたので、その手前の踊り場のところで花火を鑑賞することにした。浴衣を汚したくなくて、ハンカチを敷いて腰を下ろす。

「私も強くなったから、カナさんとアキラさんを守ってあげますからね！」

「ミサ、お前さぁ。自分も狙われていた側だってコト、理解、してねぇよな」

「とっても可愛らしく変身したけれど、このシンデレラは自覚に乏しいのよ……」

なぜか、奏多にまでため息を吐かれてしまい、美沙は首を傾げた。

「そろそろ時間だぜ」

山ひとつ向こうの河原で、花火が打ち上げられる。ドン、と震える夜空。

地方の祭りなので打ち上がる花火は小さくて数も少ないが、特等席で眺める夜空の花は格別だ。

「この花火を見ると、夏も終わりだなーって思えて、少し寂しくなる」

ぽつりと美沙が呟く。ふ、と隣に座る奏多の、琥珀色の瞳が優しく細められた。

「でも、今年の夏は充実していたわよね。やりたかったことはほとんどできたんじゃない？」

「……そうかも。皆と思い切り遊びたいって夢、叶っちゃいましたね？　山遊びに川遊びも」

「美味しい物を食べる。あとはダンジョン攻略？　どっちも満喫しましたよね、ミサさん」

「う……。満喫していたね……？」

「あとは川で冷やしたビールを飲む、だっけか？」

「それはカナさんの夢！」

「んっふふふ。私も叶っちゃったわぁ、壮大な夢が」

花火を眺めながら、皆でくすくすと笑い合う。

「じゃあ、秋の予定は？」

ニヤニヤと意地悪く笑いながら聞いてくる甲斐の肩を叩いておく。

「もう！　そんなの決まっているわ！　たくさん稼いで、ダンジョン攻略も頑張る、よ！」

「ふふっ、あとは？」

「……豊穣の秋を存分に味わう？」

「素敵ね。美味しい秋の味覚を堪能しましょう」

一際大きな花火が夜空に打ち上がり、歓声が響いた。

履き慣れない下駄によろけた美沙の手を、奏多がそっと繋いで支えてくれる。

夏の終わりを惜しむように、美沙は絡む指先に力を込めた。

第九章◆夏の終わりに梅酒を飲む

初夏に漬けた梅干しは残暑に悩まされる、この時期にちょうど良いご馳走だ。

土鍋で炊いた白飯に添えて食べると、不思議と食欲が湧いてくる。

塩にぎりの具にするのも良い。刻んだ大葉と胡麻を加えた、白だしの梅茶漬けは宴の締めには最適だ。食欲が戻ってきたら、梅干しを添えた素麺で食べるのも有りだと思う。

細かく刻んだ大葉と白髪ネギを薬味に、ボア肉の冷しゃぶを素麺と共に胡麻ダレで食べると、それはもう震えるほどに美味しかった。梅干しを崩しながら食べるのがポイントだ。

スープやサラダの具材にも梅干しが使えることを、美沙はこの夏、初めて知った。

「梅サラダ、美味しかったなぁ……」

水菜や大根を刻み、梅干しとなめたけ、ごま油を和えただけで、お洒落で美味しいサラダに早変わりしたのには驚かされた。

「さすが、カナさんだよねー。ワカメと梅干しのスープも美味しかったし、お吸い物と梅干しの相性も最高だった。これは来年もたくさん漬けておかなくちゃ」

あんまりにも美味しくて、梅干しの消費が激しい。

本当は半年くらい寝かせて、まろやかな味の梅を楽しむつもりだったのだ。だが、一ヶ月ほど漬けたところで誘惑に負け、焼酎の梅干し割りに手を出してしまった。これがまた、絶品だったのだ。そこから、封印されていたはずの梅干しの壺（つぼ）が開けられる頻度が高くなり、気が付けばもう半分ほど中身が消えていた。

「夏バテ防止を言い訳に、何度も摘まみ食いしたのもあるのよね……」

さすがに反省した。反省はしたが、後悔はしていない。それくらい、奏多（カナタ）の漬けた梅干しは美味しかったのだ。とはいえ、反省を形にする必要はある。

美沙は梅干しを入れた壺に「半年後まで開けるな」と注意書きを添えて、封印用のシールを粛々と貼り付けた。まろやかに円熟した梅干しを冬に堪能するためだ。我慢しよう。

「そういや、梅シロップも美味かったよな」

封をした壺を保管庫に慎重に収納する美沙を何となく眺めていた甲斐（カイ）がぽつりと言う。仕事帰りの彼はシャワーで汗を流した後、キッチンでアイスを食べていたのだ。

「梅シロップは双子くんたちにも人気だったよね」

「ああ。普段、梅干しなんて口にしないくせに、梅ジュースはお気に入りだったな」

夏休みに古民家へ遊びに来ていた間、水分と塩分補給のために、よく飲ませていたのだ。梅シロップを炭酸で割ったジュースに彼らはすっかりハマっていた。

「気に入ってくれたみたいだから、リクくんにお土産で半分あげたよ。ちなみにポーション入り」

「……それは大丈夫なのか？」

「カナさんの鑑定では、問題ないって。胃腸が活発になって、代謝もよくなるらしいわよ」

「まぁ、ポーションだしな。体には良いか」

陸人(リクト)には疲れた時や体調が悪そうな時に飲ませると良いよとこっそり伝えて、渡してある。

「梅干しが美味しいのも、何か良い作用があるのかもね」

なにせ、庭の梅の木も畑と同じく、ポーション水を与えているのだ。濃度はかなり薄めて与えるようにしているため、梅の実の無限リポップ現象は起きていない。

「だとすると、梅酒が楽しみだな」

「梅酒……」

そう、梅干しと梅シロップと共に、梅酒も作ったのだ。梅シロップは早めに楽しめるようになるが、梅酒はなるべく半年は寝かせておきたい。おきたいのだが――

「そんな話を聞くと、飲みたくなっちゃうじゃない」

「じゃ、飲もうぜ」

「ううう……誘惑しないで」

祖母が漬けた梅酒は美味しかった。我が家の梅の実は香りも良く、形も悪くない。

その自慢の梅がポーション水で更に質が良くなったのならば、ホワイトリカーに漬けてある梅酒の味が気になって仕方がない。

「ちょっとだけだよ。飲み干したりしないって」

「うう……」

唆してくる悪魔の声に、美沙は陥落した。

「そういうわけで、今夜は梅酒を飲みませんか、カナさん」

夕食の準備を手伝いながら、そっとお誘いを掛けてみた。

「梅酒は好きだから、私は構わないけれど……。いいの？　大事に育てるって言っていなかったかしら？」

不思議そうに奏多に尋ねられてしまった。

「育てるつもりですよ？　でも、ちょっとだけ味見をしたいなって思って」

「ふぅん。まだ若い梅酒か。それはそれで楽しめそうね」

「……そうなんです？　寝かせた方が美味しいイメージがあるんですけど」

「あら。ワインだってボジョレーヌーヴォーが持て囃されているじゃない。清酒も搾り立ては人気があるわ。なら、梅酒も若い方を好む人だっているでしょう」

「カナさんが言うと説得力があります」

俄然、気になってきた。若い梅酒。半年漬けた梅酒が若いとされているようだが、今回飲むつもりの我が家の梅酒は五月に漬けたばかりなのだ。三ヶ月と少し。どんな味なのだろう。

「今夜、梅酒をテイスティングするなら、それに合う料理も用意しておきたいわね」

「それは楽しみです！　何がいいかな」

「チーズは外せないわね」

「ガーリックを使った料理も合うと思います！」

「肉か、海鮮か……」

「いっそのこと、どっちも作っちゃいましょうよ。梅酒と一緒に色んな味を堪能したいです」

「ふふっ、そうね。今夜は梅酒の宴ね」

そういうことになった。


張り切って調理をしたので、テーブルの上にはご馳走がたくさん並んでいる。

ちょっと作り過ぎてしまったかもしれないが、問題ない。我が家は皆、健啖(けんたん)家なので美味しく平らげてくれるのだ。

「今日は何かのお祝いですか？」

ずっと屋根裏部屋に引きこもってモノ作りに励んでいた晶(アキラ)が目を丸くして驚いている。

「今夜は若い梅酒を味見する宴です！」

「梅酒の味見……」

「ほら、夏の初めに皆で漬けた梅酒だよ」

梅酒に梅シロップ、梅干しと全員で張り切って漬け込んだ。梅シロップと梅ジャムを一緒に作った記憶を思い出したのか、ぱっと晶が顔を輝かせる。

「思い出しました。もう飲めるんですか？」

「本当はもう少し寝かせておきたいんだけど、悪魔の誘惑に敗北しちゃって」

「悪魔じゃねーし。ミサだって乗り気だっただろ」

「喧嘩しないの。今夜は去り行く夏を惜しみながら、若い梅酒の味を堪能しましょう？」

奏多に止められて、美沙と甲斐はおとなしく席に着いた。今は幼馴染み同士でじゃれるよりも、目の前のご馳走に注力したい。

「梅酒と合いそうな料理をミサちゃんと一緒に作ったの」

「だから、酒の肴っぽいメニューが多いのか」

「美味しそうです」

「おかわりもあるから、いっぱい食べてね！　今夜は『小料理屋カナさん』です」

「なぁに、それ」

軽やかに笑い合いながら、皆で梅酒のグラスを掲げて乾杯する。まずはロックで味わおう。

「ん、梅の酸味が強い。爽やかな味がする」

氷砂糖を大量に入れたはずだが、まず舌を刺激したのは、梅の香りだった。後から甘味が追い付いてくる。いつも飲む梅酒とは風味が違うが、素直に美味しいと思った。

「ええ。口当たりも良いわね。梅の香りが鮮烈だわ」

「美味しいです！　飲みやすいですね、この梅酒」

北条（ホウジョウ）兄妹にも好評のようで、ほっとする。

甲斐などはあっという間にグラスを空けて、おかわりを所望してきた。

「これ、すげー美味いな。軽快で甘すぎないのがいい」

甘い酒があまり得意ではない甲斐の口にも合ったようだ。

「夏に飲むのに、ピッタリの果実酒だね」

お次は梅酒に合うご馳走を堪能しよう。何を食べようか迷うほど、メニューは多彩だった。

ワイルドボア肉の角煮、ワイルドディア肉のトマトソース煮は甲斐が真っ先に箸を伸ばした肉料理だ。コッコ鳥の皮だけを使った唐揚げも、梅酒がさっぱりと口の中を洗い流してくれるので、いくらでも食べられそうだ。文句なしに美味しい。

アボカドとチーズのサラダ、クリームチーズと豆腐を和えた和風のおつまみも梅酒と良く合った。

「この春巻き、おやつ感覚で食べられますね」

晶が気に入ったのは、春巻きの皮に色々な具材を包んで油で揚げたものだ。具材はディア肉ソーセージにボア肉のベーコン、チーズや大葉、アスパラなど。調味料は岩塩とブラックペッパーだけを使っているので、素材の味を存分に楽しめるのが良い。

「アヒージョと梅酒も合うよー。ガーリックオイルが美味しすぎる！」

海老とブロッコリー、マッシュルームだけのシンプルなアヒージョだが、たっぷりとニンニクを使っているため、中毒性が高い。バゲットがどんどん消費されていく。

「和食も合わないわけがなかったわね。揚げ出し豆腐、揚げナスと梅酒のマリアージュ……」

うっとりと揚げ出し豆腐を堪能しているのは、奏多だ。揚げナスを噛み締めると、じゅわっと口の中いっぱいに和風の出汁が広がる。これは大根おろしとなめこをたっぷりと使ったタレだ。

和食といえば、奏多が揚げた天ぷらか。夏野菜の天ぷらを抹茶塩で食べる。コッコ鳥の天ぷらに半熟卵の天ぷら。サクラマスは大葉と叩いた梅のペーストを挟み揚げにしている。

「天ぷらと梅酒も合う！　こってり系の肉料理ともあっさり系の和食とも相性が良いなんて」

奏多が作った鮎の甘露煮、サンマの代わりに鮎を使ってみた梅煮もご飯が進む。

「餃子とピザ、めちゃくちゃ美味いな。ピリ辛具合がちょうど良い」

甲斐が抱え込むようにして食べているのは、ボア肉のチリ風味餃子とコッコ鳥の照り焼きピザ。ピザにはチーズがたっぷりとトッピングされており、溶けたチーズがどこまでも伸びていく。

慌てて顔を寄せる甲斐の姿に皆が笑った。

土間では、ご相伴に預かっているシルバーウルフのブランの姿がある。さすがに彼に梅酒を振舞うことはできないので、コッコ肉の胸肉の素揚げとワイルドディア肉のステーキを食べてもらっていた。基本は生肉を食べるブランだが、火を通した肉も嫌いではないらしい。

ブランの隣では、三毛猫のノアがお食事中。専用の陶器のお皿に顔を突っ込んでいる。

「ノアさんはサクラマスのお刺身を食べているのね。美味しい？」

ダンジョン内の湖で捕獲したサクラマスの刺身は奏多が切り開き、丁寧に包丁で叩いてあげたものだ。小骨やウロコが刺さると大変だから、と細やかな心遣いの産物。飼い主の真心を理解しているのかは不明だが、ふわふわの長毛が美しい三毛猫は瞳を細めて美味しそうに食べている。

「シアンはいつもの鹿肉ジャーキーに野菜サラダか。他に欲しい物はないの？」

淡い水色のゼリーのような体をつん、と指先で突いてやると、ふるんと揺れた。

梅酒のグラスを持つ美沙に気付いたシアンは、興味深そうに寄ってくる。

二本の触手がグラスに伸びてきたので、慌ててグラスを持ち上げた。

「なに？　もしかして、梅酒が気になるの？」

尋ねると、上下に揺れた。興味があるらしい。スライムにお酒は大丈夫なのだろうか。

「……水は飲むし、大丈夫かな？　何かあったら、ポーションを与えれば良いよね」

ちょっとした好奇心も加わり、美沙は梅酒をシアンに飲ませてあげた。酔っていたのもあるかもしれない。結果、シアンは水色の体を淡い桜色に変化させ、てろんと地面に伸びた。

「シアン!?　どうしよう、シアンが溶けちゃった……」

慌てて奏多に泣きつくと、すぐに鑑定をしてくれた。

「酔っ払って眠っているだけみたいよ。すぐに中和するわ。心配なら、ポーションを使う？」

「……気持ち良く酔って眠っているだけなんですね？　じゃあ、ポーションはやめておきます」

いつも畑仕事やダンジョンでの手伝いを頑張ってくれているシアンなのだ。どうやらお酒が好きらしいと分かったので、次回からのお礼に梅酒も追加しようと思う。

「それにしても、随分と馴染んだわね、私たち」

感慨深そうに奏多が呟く。こちらも頬を桜色に染めた晶が、こくりと頷いた。

「春にここで同居を始めてから、まだ四ヶ月しか経っていないのに。なんだか、もう何年もここで暮らしている気がします。不思議……」

「それな。ミサから話は聞いていたけど、田舎暮らしがこんなに楽しいとは思わなかったな。景色は雄大だし、飯は美味い。それに何といっても、ここにはダンジョンがある！」

「カイはそれが目当てでしょうに」

「そんなことないぞ？　牧場仕事も性に合っているみたいだし、力仕事のバイトも楽しい！」

娯楽施設もない田舎暮らしをそこまで満喫してくれるのはありがたかった。

開け放した窓から風が吹き込んでくる。ちりん、とガラスの風鈴が涼やかな音を奏でた。風鈴の音に寄り添うように、虫の音が聞こえてきた。アオマツムシだ。晩夏から秋の初め頃によく鳴く。

「もう、夏も終わりだね」

何となく、皆が黙り込み、虫の音に耳を傾ける。風鈴がチリリと音を奏でると、負けじとマツムシや鈴虫が鳴く。そこに、氷を浮かべた梅酒のグラスが軽やかな音を立てた。奏多だ。

「そういえば、春の終わりにも皆に聞いたわね。ミサちゃんは、秋に何をしたい？」

唐突な質問に困惑しつつ、素直に考え込む。秋。秋といえば食欲の秋だろうか。

「うーん。美味しい物をたくさん食べたい……？」

「ミサらしいけど、同意。てか、それは秋に限らないけどな」

「じゃあ、具体的に。ダンジョンの攻略を進めたいかな。まだ見ぬ美味しい食材を求めて！」

「ふふ。私も賛成です。食材に、素材も追加してください」

「俺もダンジョン攻略を頑張りたい。あと、火魔法の練習もしないとなー」

「美味しいご飯を食べつつ、ダンジョンの恵みを甘受する秋ということね？」

その頃にはこの若い梅酒ももう少し、まろやかに円熟していることだろう。

夏の終わりを惜しみながら、その夜は遅くまで皆とグラスを重ねた。

あとがき

お久しぶりです。猫野美羽です。

このたびは『ダンジョン付き古民家シェアハウス』の二巻をお手に取っていただき、ありがとうございます。楽しんでいただけたでしょうか。


一巻が春のお話で、この二巻は夏のお話です。

作中と同じ、夏の初めの時期でのお届けとなり、個人的にもとても嬉しく思っております。

昨年の夏は長期入院のため、まったく夏を感じることなく終わってしまったので、今年の夏を二巻の発刊と共に味わえる幸せを噛み締めています。健康、大事。お仕事、嬉しい……！

シェアハウス暮らしの四人の大人たちが楽しい夏休みを満喫する諸々を詰め込んだ二巻、楽しんでいただけたら幸いです。


初夏の楽しみは梅酒を漬けること。我が家では両親共にお酒を嗜まないので、もっぱら私が一人で消費しておりましたが、とろりと甘い自家製の梅酒は格別でした。

氷を入れてロックにするか、炭酸で割ろうかと悩む時間も贅沢な楽しみです。漬け込んでいた梅をこっそり齧るのも、秘密の娯楽。その時ばかりは体重計の存在は忘れたことにして、味わいます。

古民家ダンジョン内では色々な果実が採取できるので、果実酒も作り放題で羨ましいですね。

二巻では、甲斐家の兄弟が古民家へと遊びに来ます。四人兄弟が揃います。秘密基地ならぬバスハウスを拠点に、川遊びに山遊び、バーベキューも楽しみます。

元気な双子と苦労性の次男の夏休みのお話が書けて、とても楽しかったです。

夏を満喫しながらも、ダンジョン内の探索も忘れていません。狩猟と採取生活を楽しむ四人と二匹。そこに今回、新メンバーが参戦しました！　シルバーウルフのブランです。

オオカミのモンスターですが、猫のノアさんには絶対服従。イケメン紳士枠のオオカミさんをメンバーに加えて、まだまだ楽しいシェアハウス＆ダンジョン探索生活は続くので、お楽しみに！


末尾となりましたが、あらためましてお礼を。

担当の舩津さまをはじめ、お世話になりました関係者の皆さま、御尽力ありがとうございました。的確な助言に、いつも救われております。

そして一巻に引き続き、二巻でも素敵なイラストを描いてくださった、しの先生！

夏の装いの四人が拝めるのは眼福です。猫のノアさん、シアンにブランと、可愛く且つ格好良く、魅力的に描いてくださり、感謝の言葉しかありません。もふもふは正義！

ワクワクするような楽しく麗しいイラストを、本当にありがとうございました。

読んでくださった読者の皆さまにも心より感謝の言葉を。応援してくださったおかげで、続けることができました。また、お会いできますよう、心よりお祈りしております。

電撃の新文芸

ダンジョン付き古民家シェアハウス2

著者／猫野美羽
イラスト／しの

2024年6月17日　初版発行

発行者／山下直久
発行／株式会社ＫＡＤＯＫＡＷＡ
〒102-8177　東京都千代田区富士見2-13-3
0570-002-301（ナビダイヤル）
印刷／図書印刷株式会社
製本／図書印刷株式会社

【初出】……
本書は、カクヨムに掲載された『ダンジョン付き古民家シェアハウス』を加筆・修正したものです。

ISBN978-4-04-915710-9　C0093　Printed in Japan

ファンレターあて先
〒102-8177
東京都千代田区富士見2-13-3
電撃の新文芸編集部

「猫野美羽先生」係
「しの先生」係

神の庭付き楠木邸

お隣のモフモフ神様とスローライフ……してたら自宅が神域に!?

田舎の新築一軒家の管理人を任された楠木湊。実はそこは悪霊がはびこるとんでもない物件……のはずが、規格外の祓いの力を持っていた湊は、知らぬ間に悪霊を一掃してしまう！　すっかり清められた楠木邸の居心地の良さに惹かれ、個性豊かな神々が集まってくるように！　甘味好きな山神や、そのモフモフな眷属、酒好きの霊亀……。そして、気づけば庭が常春の神域になっていて!?　さらには、湊の祓いの力を頼りに、現代の陰陽師も訪ねてくるほどで……。

お隣の山神さんたちとほのぼの田舎暮らし、はじまりはじまりです。

著／えんじゅ　イラスト／ox

電撃の新文芸

異世界のすみっこで快適ものづくり生活

～女神さまのくれた工房はちょっとやりすぎ性能だった～

著／長田信織
イラスト／東上文

転生ボーナスは趣味のモノづくりに大活躍――すぎる!?

ブラック労働の末、異世界転生したソウジロウ。「味のしないメシはもう嫌だ。平穏な田舎暮らしがしたい」と願ったら、魔境とされる森に放り出された!? しかもナイフ一本で。と思ったら、実はそれは神器〈クラフトギア〉。何でも手軽に加工できて、趣味のモノづくりに大活躍！ シェルターや井戸、果てはベッドまでも完備して、魔境で快適ライフがスタート！ 神器で魔獣を瞬殺したり、エルフやモフモフなお隣さんができたり、たまにとんでもないチートなんじゃ、と思うけど……せっかく手に入れた二度目の人生を楽しもうか。

Unnamed Memory I
青き月の魔女と呪われし王

読者を熱狂させ続ける
伝説的webノベル、
ついに待望の書籍化!

「俺の望みはお前を妻にして、子を産んでもらうことだ」
「受け付けられません！」
　永い時を生き、絶大な力で災厄を呼ぶ異端――魔女。強国ファルサスの王太子・オスカーは、幼い頃に受けた『子孫を残せない呪い』を解呪するため、世界最強と名高い魔女・ティナーシャのもとを訪れる。“魔女の塔”の試練を乗り越えて契約者となったオスカーだが、彼が望んだのはティナーシャを妻として迎えることで……。

著／古宮九時
イラスト／chibi

電撃の新文芸